U1017495

他来自星海

溺舟 著

天津出版传媒集团
百花文艺出版社

图书在版编目（CIP）数据

他来自星海 / 溺舟著. -- 天津 : 百花文艺出版社, 2022.9
ISBN 978-7-5306-8299-9

Ⅰ. ①他… Ⅱ. ①溺… Ⅲ. ①长篇小说-中国-当代 Ⅳ. ①I247.5

中国版本图书馆 CIP 数据核字(2022)第 131866 号

他来自星海
TA LAIZI XINGHAI
溺舟　著

出 版 人: 薛印胜　**策划统筹:** 魏　青
责任编辑: 赵世鑫　**美术编辑:** 郭亚红
出版发行: 百花文艺出版社
地址: 天津市和平区西康路 35 号　**邮编:** 300051
电话传真: +86-22-23332651（发行部）
+86-22-23332656（总编室）
+86-22-23332478（邮购部）
网址: http://www.baihuawenyi.com
印刷: 天津新华印务有限公司
开本: 880 毫米×1230 毫米　1/32
字数: 210 千字
印张: 7.5
版次: 2022 年 9 月第 1 版
印次: 2022 年 9 月第 1 次印刷
定价: 58.00元

如有印装质量问题,请与天津新华印务有限公司联系调换
地址:天津东丽开发区五经路 23 号
电话:(022)58160306
邮编:300300

版权所有　侵权必究

目录

第一章
重逢 \ 001

第二章
适应 \ 025

第三章
过往 \ 049

第四章
照顾 \ 073

第五章
和解 \ 095

第六章
心意 \ 117

第七章
明朗 \ 137

第八章
思念 \ 165

第九章
取舍 \ 181

第十章
变故 \ 185

第十一章
公开 \ 209

第一章 重逢

梅雨时节，岩光市连着下了两场雨仍不见一丝凉爽，空气中弥漫着压抑沉闷的黏腻。

大楼内，时机将工位上最后一件东西收好放到箱子里。

大办公室里静悄悄的，只能听到衣物摩擦的微弱声响。

明明有不少人，但却静得有些过分。

时机抱着装满个人用品的箱子走出新闻部，在门口遇到同样抱着箱子的陈广田。

她几不可闻地叹气：“你其实不用这样的。”

这次人事调动，说是为期半年的历练，但实则跟流放差不多，归期渺茫。

陈广田笑着说：“和你搭档这么久了，换个伙伴儿我会不习惯的。”

他是个摄影记者，一入行就和时机搭档，在外跑新闻，有一份独有的默契。

“再说了，”陈广田补充道，“渝川市电视台挺好的，不会像现在这样脚不沾地的，我女朋友再也不会说我一天天忙得没时间陪她了。”

时机眉头轻蹙，眉头的朱砂痣越发明显：“留在总部，上升空间大一些，资源也广一些，对你来说更好。”

“好了，我们时大记者什么时候喜欢劝人了？这可不像你。”陈广田不想再在这个话题上多打转，转移了话题，“你东西交接完了吗？”

时机见状也只能不再多言，接过他的话：“交接完了。”

也没什么东西要交接的，台里的调动令一下来，她手上负责的版块全被瓜分干净了，今天来她就是收拾一下自己的东西，跟人事那边走了流程就好了。

临走时时机的脚步微顿，扫视了一圈她工作了一年多的地方。

和几个没出去跑新闻的同事眼神碰撞，对方无一不是匆匆收回了视线。

陈广田注意到她的眼神，顺着她的视线扫视了一圈，将办公室其他人的神色收入眼底。

相处了这么久的同事调到其他地方工作，他们的表现实在太冷漠了。

他下意识地去观察时机的脸色，对方却只是淡淡地收回视线，冷白素净的脸上没什么表情，似乎对这一切并不在意。想想也是，她向来是这样的性子。

时机是台里出了名的冷美人，连负责娱乐版块，每天最不缺见到明星的同事都曾经这样评价：时机这张脸，不进娱乐圈太可惜了！

但冷美人最大的问题就是冷，所以时机也有“美则美矣，不近凡人”的评语。她气质清冷，又是冷漠寡言的性子，有时的确会让人感到压迫感十足，不好接近。

陈广田刚和时机搭档时也很忐忑，毕竟只看外表，时机长了一张不好相处的脸。但真的接触下来才发现，其实她人很好，并不像外表那般难以接近，只是比较慢热。

“你买票了没有？”清丽的声音打断了陈广田的思绪。

时机在问他买没买去往渝川市的火车票。

他们下周一就要到渝川市电视台报到，今天周三，还有四天的时间。

“我先去我女朋友那里，周六晚上再过去。”陈广田反问她，“你呢？什么时候走？”

“明天。”

陈广田诧异:“这么快?住的地方落实了?”

时机解释了句:“嗯,我弟在渝川大学读书,我暂住他那里。”

“这样啊,那挺好的。”

陈广田倒是见过时机的弟弟时隽,挺帅的小伙子,不愧是亲姐弟。

“哎呀!”他看了一眼时间,神色变得匆忙,“我还有事,先走了,周一见!”

几句话的工夫,他们已经到了大厦门口。

时机看着陈广田急急忙忙跑去打车的身影,轻叹一声。

第二天一早,时机就带着行李箱直奔高铁站。

高铁很快,两个小时就到渝川市了。

出了高铁站,时机随手拦了辆出租车,向司机师傅报了地址。

这会儿是午休的时间,市中心的道路上熙熙攘攘。

红灯绿灯转换,车辆走走停停,有些小拥堵,在长达一分钟等红灯的过程中,司机师傅打破了车内的静谧,随口唠嗑道:“小姑娘第一次来渝川市?”

时机听到这话时正看着车窗外的高楼,这里的城市街景变化许多,但风景依旧。

她摇头回答:“不是,但是很久没来了。”

司机师傅一听来了兴致,他是本地人,所以感慨着这里的变化。

“这几年搞建设什么的,把渝川市搞得真的太先进了,直逼一线城市,房价也涨得极其快。

“你看看现在这些高楼大厦,越来越多了,老城区基本都拆了,时代在变化啊。”

时机浅浅地“嗯”了声,她当然知道渝川市这两年发展迅猛,城市GDP直线上升,不然台里也不会在这里新设一个地方电视台,全省拥有自己的地方电视台的城市加上渝川市这里,也才9个。说实话,渝川市的城市发展很不错,并不比岩光市这种省内一线城市差到哪里去。

只是时机多少是不愿意来渝川市的,无关职位高低。她陷入自己的思绪,没有再接话,车厢内便静了下来。车窗外的风景后退,很快就到了目的地。

“到了,姑娘。”司机的声音扯回时机的思绪,时机习惯性地在眉间轻按,眉头的细小红痣半遮半掩。

她轻声应了句,利落地付钱下车。

她是第一次来时隽租的房子,地段和环境看着很不错。

时机推着行李箱在保安处登记过后便进了小区,等电梯的间隙,掌心里的手机震了一下。

是时隽。

“你到了吗？房间给你收拾好了,门上挂着捕梦网的那一个就是。”

下面紧接着一条:“旁边那间是我室友的房间,你别乱进,他不喜欢别人进他房间。还有,冰箱里我买了吃的,你肚子饿了就先吃。”

时机回复:“知道了。”

行李箱的轮子在光滑的地板上摩擦发出声响,时机输入密码,门“叮”的一声就开了。

入目是浅灰和蓝调的极简风装修,时机打量了一下这套两居室,家具摆放和陈设点缀都十分有格调。看得出时隽的这位室友兼房东品位很不错。

早起坐高铁,旁边又实在吵闹,一路都没法好好补觉,这会儿她着实有些累,只想找个地方躺下。时机扫视了一圈儿,在两扇紧闭的门上锁定挂着捕梦网的那间,推着行李箱走进去。

房间的色调基本和客厅一致,简约大方,一眼扫过去一尘不染,柜子里还摆放了不少奖杯。

时机懒懒地坐到床上仰头倒下,身体被柔软的床铺接纳的瞬间,她舒服地眯上了眼睛。鼻腔里充斥着好闻的香气,身体松懈下来,意识被瞌睡侵蚀。

她满足地蹭了蹭柔软的被子,如同上好绸缎般柔顺的墨色秀发散落在深蓝的床单上,精致的脸被衬得越发白皙透亮。

窗外斑驳金黄的阳光斜斜射进窗内,床上的人缩成一团。

林政一一回家就看到这个场面,手一抖,包没拿稳“啪嗒”一下掉到了地上。

时机本身就浅眠,一下子被这动静惊到,猛然坐了起来,怔怔地看着门口的人。

那是一张略带稚气的脸,整个人如同正午的阳光一般热烈,那是少年时期独有的青春气息。

在看清对方的长相时,时机惊讶地脱口而出:“是你!”

林政一眸光微亮,垂落在身侧的手顿时捏住了衣角:“你……认得我?”

“嗯。”时机点头,“认得。”

林政一的心窒了一拍,紧张地等待着时机的下文。

“跳水运动员,林政一,我看过你的采访。”

虽然她不是负责体育版块的记者,但对于林政一,时机还是有所耳闻的。

不仅是因为他在一众国家级运动员里拔尖的外貌,更因为他“开挂”的履历:9 岁进入省队训练,11 岁拿下全国少年组冠军, 同年加入国家队训练,14 岁代表国家队出征,以强硬的姿态横扫各大赛事奖项,名声大噪。

去年,19 岁的他拿下跳水世界杯男子冠军后就退役了, 退役前采访他的是当时台里的同事,所以时机对这事有所耳闻。

当时一起去采访的小助理回来就一直在说林政一,来来去去就那几句感叹他本人长得帅的话。时机没闲心去八卦,只知道林政一退役后进了国内排名前十的高校。没想到会在这里见到他,还是弟弟的同学、室友兼房东。但也不算意外,渝川大学的确是国内数一数二的大学。

时机站起来,走到林政一面前:“你就是阿隽的室友吧?”

她伸出手:“第一次见面,你好。”

林政一扯出了一张笑脸,道:“很高兴认识你。”他握住时机的手。

林政一太高了,这个距离,时机一米六八的个子都得仰视他。迎面的阳光为林政一冷白的肌肤镀上了朦胧的暖意。

时枫一眼就注意到他的眼睛，那是一双漂亮的杏眼，但又有些不同，他的眼尾是稍稍下垂的，笑起来时眼睛成了一弯新月，酒窝深深凹陷。那面容像是冬日曝晒过的棉被，柔软又轻盈，纯良又无害。

这张脸果然没有辜负当时小助理洗脑式的夸赞，颜值简直不输娱乐圈的小鲜肉。高大的身形往往带来压迫感，可在他身上却完全没有这种感觉。气质是体育生与生俱来的，他像邻家弟弟一般温和，一看就很好相处。

时枫客气道："感谢你对时隽的照顾，也感谢你同意让我暂住这里，我会尽快找到房子搬出去的。"

时隽说是室友提议让她暂住，然后慢慢找房子的。而且时隽在这边读书，也是租的林政一的房子，姐弟一起住可以做伴。自家弟弟的脾气时枫了解，估计也受了林政一不少照顾。于情于理，时枫都该好好谢谢他的。

林政一对此只是笑着表示："应该的，不着急，房子要仔细点儿找，急不得。"

简单打过招呼之后，不大的房间里又恢复了安静，两个人站在原地尴尬地僵持着。

时枫在想：他怎么还不走？

时间过了几秒，却好像过了一个世纪一样漫长。

时枫终于忍不住开口："你，还有其他事吗？"她想再躺会儿。

"呃……这是我的房间。"

时枫愣了一下："时隽说挂着捕梦网的房间是给我准备的。"

她目光又转去林政一身后，看到门板上挂着的捕梦网，确认自己没有走错。

林政一却挠了挠头，俊逸的脸上挂上了几分不好意思："我不知道这个是用来给你做提醒的，早上铃铛太响了，我就随手摘下了，出门时随手挂我门上了。"

原来是个乌龙。

时枫看了眼被自己弄得皱巴巴的床单，想起时隽的交代，向来没什么情绪变化的脸浮上了几分歉意。

“抱歉，把你床弄乱了。”

林政一十分善解人意：“是我的问题，不怪你。”

时机道了歉立马就推着行李箱到了隔壁房间，经过这个小插曲，她已经睡意全无。

虽然身体还疲惫，但脑子很清醒，她感到肚子有些饿了。

但外面有不熟的人，她不太想出去，一个人待着更让她舒心。

时机躺在床上直愣愣地看着天花板发呆，她关了门，不知道林政一在做什么，透过门板传来细小的声响。

没一会儿，房间门被敲响了：“姐姐。”

这句“姐姐”让时机感觉有点儿怪怪的，不过林政一和时隽同龄，同时隽一样叫她姐姐也没什么不对。她甩开怪异的感觉，翻身下床，打开门。

“怎么了？”

林政一站在门外，屋里温度高，他脱了一开始穿着的薄外套，只穿了一件短袖衫，露出小半截手臂，肌肉线条流畅。额间的碎发落下，带着几分因为长期泡水导致的褐色。他笑容清澈友好：“我煮了面，你要吃点儿吗？”

“不用了，我不饿。”时机下意识地拒绝，不熟的人她从不会轻易麻烦。但是肚子里五脏庙显然对她的说法非常不满，发出来抗议。

“咕噜——”很轻的一声。

室内很静，林政一显然听到了。他轻轻挑眉，时机的表情僵住，耳朵一下就烧起来了。

“我煮的面还可以的，姐姐试试吧。”

林政一说这话的时候，语调似乎有些戏谑，但时机抬眼去看时，他还是那副无辜清澈的模样。

好歹长林政一几岁，虽然对于刚才的局面有些困窘，耳朵很红，但时机还是能维持住面不改色。

“那好吧。”她说。

两人来到餐桌前坐下。

林政一就是很简单地煮了两碗番茄鸡蛋面，味道清淡，时机一碗热汤喝下去，胃暖乎乎的，得到了极大的满足。

一抬眼，对方正直勾勾地看着她，像个等待大人夸奖的小孩子：“好吃吗？”

时机扬起一个浅浅的笑，给出好评：“嗯，好吃。”

林政一也浅浅一笑，酒窝深深的：“合你口味就好。”

午后阳光普照，室内流淌着令人满意的温馨。但这样的场面很快就被人打破了，时隽提着时机指定的外卖回来了，还背着书包。看见林政一时，时隽一愣：“你不是在游泳队训练吗？怎么这么快回来了？”

林政一虽然退役了，但依旧在学校的游泳队训练，保持体能。平常去训练的话，他都得很晚才回来，今天倒稀奇。

“训练结束得早，我就先回来了。”林政一解释。

时隽没在意，将手里的外卖放到桌子上，目光移到了时机身上，帅气的眉毛紧紧拧起：“才几个月没见，你又瘦了！”

时机闻香打开外卖，听见时隽的话毫不在意：“你姐我吃不胖。”

时隽知道她的身体状况，也不再说什么。

面已经吃了大半，但是窑鸡闻着很香，时机觉得自己还可以吃得下。她戴上塑料薄膜手套，去掰鸡腿，鸡腿有些烫手，她扯了好一会儿才扯下来。

想到刚刚林政一给她面吃，她忍痛把鸡腿给了他：“鸡腿给你，感谢你给我煮面吃。”

林政一垂下眼帘，“不用那么客气的，你已经说了很多句谢谢了。”

时隽一把拿过那只鸡腿，自己啃起来，还不忘附和：“不用和阿政客气的，都是自己人。”他们俩是上大学才认识的，一个宿舍，机缘巧合住在了一起，满打满算也快认识两年了，关系很铁。

时机瞪了时隽一眼，因为有他在，她放松了不少，声调也高了些：“我说给你吃了吗？”

时隽觉得不可思议：“我花的钱，我不能吃？”

时机戳破他：“还不是花我月头给你打的钱。”

还真是如此。时隽蔫了。

林政一适时开口："你们姐弟俩关系真好。"

"还行吧。"时机又扯了只鸡腿递给林政一。

对方没拒绝，伸手接过，慢悠悠地说："不过之前从来没有听阿隽说过自己还有个姐姐，一直以为他跟我一样是独生子。"

"是吗？"时机转头去睨时隽，眼神示意他解释。

时隽满不在乎地回答："这有什么好说的。"

他读金融系，身边僧多肉少，个个都是单身汉，时机长得这么好看，被人知道了还得了。俗话说得好，不怕贼偷就怕贼惦记。多一事不如少一事。

"我可没那么闲，逢人就说我有个姐。"

时机"啧"了声："小鬼头。"

夜晚，因为时机在这里住，时隽把房间腾给了她，自己则抱了被子去客厅沙发睡。

晚上睡得早，早上也起得早，时机第二天起床走出房门时，林政一刚从洗手间出来。看见她时，他嘴角扬起了弧度："早安。"

看着林政一衣衫整洁干净的样子，时机下意识地扒拉了一下自己乱糟糟的头发，小声道："早安。"

时隽还在睡，她蹑手蹑脚地进了洗手间洗漱。

再次出来时，林政一已经在厨房忙活起来了，开放式的厨房，他动作再小也会有声音，时隽被吵醒，睡眼惺忪地坐起来。闻声看到厨房里忙碌的身影，他脑子还没完全清醒呢，嘴巴先动了："我要加两根火腿肠！"

时机一掌过去把人拍醒，压低声音："你倒是会指使人。"

瞧他这理所当然使唤人的样子，她猜时隽在这儿读书受了林政一很多照顾。

时隽本来就迷迷糊糊的，又莫名其妙挨了一巴掌，更蒙了。

好一会儿他才反应过来：什么叫指使？林政一做饭，他洗碗干家务，分工合理！

时隽张嘴正要反驳，看到自己亲姐身影已经出现在了厨房，正温柔地询问林政一要不要帮忙。

林政一摇头，应了句："快好了。"又问，"你要不要加根火腿肠？有没有什么忌口的？"

"我都可以，"时机说，"麻烦你了。"

早餐很简单，一杯温牛奶、两片吐司和煎鸡蛋，时机盘子里多了一根火腿肠，时隽和林政一各有一根。

时隽一看就嘟囔起来："我的两根火腿肠呢？"

"只剩下四根了。"

林政一动作斯文地吃着早餐，额间头发散乱。

时机本来想给时隽一根的，听林政一这么说，问："给你姐吃，你不乐意？"

时隽当然不会不乐意："算了算了，一根就一根。"

时机又默默地收回手，自己吃起来。

周五时隽和林政一都有早课，吃完东西就打算走。

临走前，时隽询问她姐："你今天要出去吗？"

时机点头："下午要去公司报到，填一下资料。"

"几点？"

"两点出去。"

时隽看了眼课表："我刚好有课，不能送你，你自己能行吗？"

说完不等时机回答，转头问起林政一："你下午有事吗？要不你送一下？"

林政一点头："可以，我下午没事。"

"不用麻烦，我自己去就行，你们忙去吧。"时机拒绝得很干脆，大部分时间她都不喜欢麻烦其他人。

突然想到什么，她又问："你们晚上回来吃饭吧，我到时候顺便买菜回来做饭。"

时隽一惊："你要做饭？"

时机反问："不行？"

林政一不明所以地答："回来吃，阿隽下午只有两节课，都回来吃。"

时隽:“……”

“那好,你们晚上回来吃饭。”

…………

时机下午两点独自坐车去了联广大楼,坐电梯直上 17 楼,同层还有另一家企业。

渝川的电视台不比省电视台,才成立半年,规模要小很多;各部门界限不清晰,台里的人也不多,氛围松散,时机简单看了一眼便收回视线。

时机在人事部登记完走了出来,迎面看到一个穿着职业装的女性走过来。

带着她去登记的前台姑娘,态度恭敬地喊了句:“许总编。”

这头衔,时机一下明白了,这个看着很严厉的女性就是她在这里的顶头上司许清嫣了。出于礼貌,时机也冲对方点头问好。

许清嫣注意到了这个生面孔,脚步微顿。

前台姑娘赶紧介绍:“这是总部来的时记者,时机。”

“时机?”

许清嫣犀利地打量了面前的年轻女孩:一头墨色的披肩直发柔软垂落,衬得她肌肤赛雪,唇红齿白。简单的衣着也没能掩盖她长相的优越。眉眼精致,眉头的红痣无端为她添了几分妖冶,中和了清冷的气质。

她不像是来这里当记者的,倒像是当明星的。

许清嫣嗤笑:“就是那位自带摄像过来的大记者?”

时机抿了抿嘴唇,不知道怎么接话。

许清嫣没空儿搭理她,只是淡淡说了句:“欢迎你来渝川市广播电视台。”然后就走了。

有了前面那句意味不明的话,这句话也显得格外意味不明。

林政一下午没有课,被游泳队的队员拉去和华通科技大学的球队打友谊赛。

渝川大学和华通科技大学都是本地数一数二的高校,各项成绩都在暗暗较劲。

虽然打着“友谊第一，比赛第二”的口号，但也不比正规比赛随意多少，队员个个都是铆足了劲儿。

体育馆里座无虚席。渝川和华通两所学校的游泳队都是拔尖的，主力队员更是两大高校的风云人物，拥有一帮迷妹。比赛的消息一传出，附近的小姑娘都过来了。

林政一来得稍晚一些，披着大毛巾一出场，场上就掀起了一阵惊呼。看台上到处是交头接耳的讨论，期间不乏一些压低声音的尖叫。

“我的天啊！林政一怎么会来？他是要下场比赛吗？我不是在做梦吧？他怎么可以长得这么好看！”

“啊啊啊！渝川犯规吧！怎么能把国家队队员请来，这不是明摆着碾压吗？”

有人反驳：“怎么就犯规了？华通不是还有陈柏吗？那才叫犯规吧！”

…………

林政一走到队长杨立飞旁边，简单打过招呼，看向游泳池。

其他人已经比过一轮了，目前是2:1的局面，渝川大学游泳队暂时领先一分。

渝川游泳队的王峰连赢两场，昂首挺胸地走过来，春风得意地说：“我就说不用拉政一过来，华通那群人的水平，我对付他们绰绰有余。”

杨立飞给他扔了条大毛巾：“骄兵必败，你就总吃这种亏。”

王峰撇了撇嘴，没法反驳。

杨立飞又说：“华通王牌还没出来呢，你一会儿小心点儿。”

华通游泳队的王牌陈柏是国家队退役的游泳选手，实力深不可测。

王峰不以为然：“他都停止训练一年了，技能都生疏了，谁厉害还不一定呢！”

林政一脸上漾开了笑容，边和他们聊天，边看远处的陈柏。前年全运会的时候，他们在选手村有过一面之缘。当时陈柏失误，只拿到了第四，无缘奖牌，之后就退役了，他们没再见过。

体育馆的泳池就那么大，两队各据一方也能将对面看清楚。

陈柏显然也还记得林政一，远远地冲他点头，林政一回了个笑容。

王峰见状问：“你们很熟？”

不等林政一回答，又自顾自地说：“国家队的退役选手，我倒要看看他是个什么水平！”说完便气势汹汹地往出发台走去。

杨立飞挠了挠头，对林政一说：“我总觉得他在内涵你，不就输了一次，一个大男人至于吗？”

上次队里随测，王峰输给了林政一，对此他一直觉得自己发挥失常，耿耿于怀。毕竟，林政一虽然是国家队退役选手，但专业是跳水，在游泳方面并不算特别拔尖。王峰游泳实力强，好胜心更强，觉得输了面子。

林政一毫无芥蒂地说：“我游泳本来就不如他，赢也是侥幸，他不服很正常。”

杨立飞用手搭了搭他的肩膀没说话，他心里也是这样认为的。

王峰易骄易躁，而骄躁在比赛场上是大忌，很多时候并不是实力不如人才输。太看重输赢，反而要吃亏。

比赛哨声吹响了，紧张的时刻开始了，杨立飞和林政一都把视线转移到了泳池里。

王峰作为曾经被选入国家队的选手实力不容小觑，和陈柏咬得很紧。但还是因为急躁出现失误，最终败下阵来。

杨立飞感叹：“前国家队选手，果然实力强悍。”

林政一却看着陈柏若有所思。王峰垂头丧气地回来，再没刚才的意气风发。杨立飞拍了拍他的肩膀安慰他：“和国家队水平还是有一定差距的，不是你的问题。”

王峰觉得更扎心了。

王峰一败，林政一就被派上场。作为队长，考虑到实力的差距，杨立飞十分佛系地说：“输了也不要有压力，输给强手，不丢人。”

林政一把身上的大毛巾拿下来，宽肩窄臀的身形线条一览无余，体育场里惊呼声此起彼伏。他听见王峰说了句让人哭笑不得的话：“你给人解压的方式真特殊。”

耳边全是关于他的小声议论，林政一恍若未闻，踩着坚定的步伐，一步一步地走向出发台。

林政一站上出发台和陈柏握手后拉下泳镜，做出预备姿势。随着哨声响起，两道身影几乎同时入水，身姿优美。陈柏实力强悍，速度拿捏得很稳，不急不躁，一直压着林政一一点。林政一咬得也很紧，虽然速度稍落后一些，但是差距不大。

杨立飞实事求是地说：“老林还是差一点儿，陈柏实力太稳了，看来比赛要输了……”话还没说完，场上突然就爆出了声势浩大的喝彩声，把不明所以的人吓一跳。杨立飞定睛一看，原来是林政一靠着转身触壁动作爆发的力量，一把加快速度，竟超过了一直稳压他一头的陈柏。

激烈精彩的比赛把全场的气氛都带起来了，旗鼓相当的过招比单方面的压制精彩太多了。所有人都屏息凝神，不想错过任何一个瞬间。

最终，林政一以一分三十二秒的成绩险胜陈柏，赢得全场喝彩。

林政一伸手去拉陈柏上岸，立于岸边。陈柏拍了拍他的肩，感叹了句：“后生可畏。”

林政一看着他远去的背影，似乎想到了什么，但想法很快被队友们的祝贺声冲散了。

比赛结束，林政一在更衣室换好衣服，和队友们一起出来。

体育馆门外还有许多没散去的观众，看到他们出来又是一阵小小的骚动。

杨立飞当然知道引起骚动的罪魁祸首是谁。他感叹：“每次跟你一块儿，都能感受到这样明星般的排场。”

“又来了，又来了！”另外一个队友捅了捅林政一的手肘，压低声音说。

林政一还没来得及反应，就有个女孩子被人推搡到了他面前。女孩子红着脸说：“林同学，可以加一下你的微信吗？”

除去国家队运动员的身份，林政一还是个身高一米八八的大帅哥，这种情况，大家已经见怪不怪了。毕竟他是一入学就夺取校草宝座的人，靠一张感染力十足，可以迷倒所有人的笑脸，成功霸榜学校风云榜。

置顶的热评是这么写的：弟弟的酒窝没有酒，我却醉得像找不到回家的路的狗，只想躺在弟弟的怀里不走。

但是弟弟是个直男，向来凭实力单身。

林政一抿嘴思考了一下，十分认真地说："不好意思，同学，我妈不让我随便加女孩子。"

要微信的女孩子错愕地瞪大了眼睛："什……什么？"

林政一露出歉意的笑容："抱歉。"

女孩子还在呆愣，林政一已经绕过对方打算回家了。

杨立飞和其他人跟上去，好心提醒："你下次拒绝女孩子的理由可以换一换了。你再这样，到时候就有人该说你是妈宝男了。"

王峰摆脱了输给陈柏的阴影，嗤笑了声："放心吧，她们都说政一是个根红苗正又听话的好弟弟！"

只有他们处久了的才会发现，表面看着乖巧无害的林政一，其实肚子里都是坏水。

林政一笑着回答："那我下次思考一下，争取换一个。先走了。"

他大步流星地背着书包往校门口走，杨立飞大声喊："不去吃庆功饭啊？"

林政一背对着他们挥手，脚步不停："不去了，还有事，你们好好吃！"

杨立飞嘟囔了句："这家伙是赶着去投胎吗……"

回到家还不到五点，夕阳余晖透过窗玻璃斜斜洒落，一室暖意。

开放式的厨房里有个纤细的身影在忙活，柔顺的长发盘起，露出修长的脖颈，夕阳暖黄的余晖为她镀了层温暖的光晕。

林政一不自觉地放缓脚步，望着那身影，眼神充满眷恋。

时机正认真做饭，突然听见外面有动静，正想转身，脚下却一下子打滑，身形不稳地要摔倒，手上的铁勺也哐当一声掉到地上。

预想中的疼痛没有降临，鼻腔被淡淡的青草香充盈，她落入了一个宽厚的怀抱，头顶传来关切的询问：“你没事吧？”

时机睁开眼看到眼前放大的俊脸，几秒后反应过来：“没事。”

她赶忙从林政一怀里退出来，心有余悸：“你什么时候回来的？”

温香软玉的触感骤逝，林政一不自觉蜷了蜷长指，双手重新垂落身侧。

他脸上浮出笑容：“刚刚，你做饭太认真了，没注意到。”

“是吗？”时机摸了摸鼻子，顿了一下又说，“你肚子饿了吗？我刚开始弄，你要不要吃点儿其他东西垫一下肚子？”

“不用。”林政一探头看了一眼时机正在弄的东西，有模有样的，询问道，“有没有要帮忙的？”

“不用，我一个人能行，你去坐着吧。”

和林政一不是特别熟，两个人这样待在一个狭小的空间里，时机觉得很不自在。

被人从厨房赶出来，才刚在沙发上坐下，林政一就接到了时隽的电话：“你跟我老姐说一下，我晚上不回去吃，偶遇好友，我却之不恭，必须得去撮一顿。”

时隽不回来！

林政一故作平静：“你怎么不自己和她说？”

时隽：“她没接电话。”

林政一继续故作平静：“那行吧，我和她说。”

电话那头，时隽看着挂断的电话，在心里默默为林政一点蜡。

结束通话，林政一就向时机转达了时隽的话。

她皱起好看的细眉，红痣若隐若现：“他怎么不给我打电话？”还打电话让别人转述，时机怀疑时隽是不想吃她做的饭。

“他说你没接。”

“是吗？”时机有些狐疑，但手上油油的，也没心情去求证。

少了个人，时机少炒了个菜，很快饭菜就全部上桌，二人可以吃饭了。饭菜看起很不错，色香味俱全。

林政一兴冲冲地去拿碗盛饭，两人面对面坐下，伴着时机满怀期待的眼神，他夹了一块鱼。

炸得外焦里嫩的淡水鱼上面铺满姜丝蒜末，生抽加热油浇下，香味扑鼻，品相良好。

林政一也很期待，但一口鱼肉下去，他的脸色就变了。

时机还没意识到，眼巴巴地问："好吃吗？我前几天刚学的，这还是第一次做。"

她其实很爱做饭，不过工作忙，又是独居，就很少动手做；即使做，也很少大费周章地做这些复杂的菜。有时候和时隽聚一块儿，一说要做饭，时隽就要去外头吃，搞得她一身厨艺无用武之地。好不容易有机会一试身手，又有人品尝，时机眼巴巴地等待林政一的评价。

见他不说话，她再次询问："味道怎么样？"

林政一顿了一下，勉强咽下那块鱼肉，回答："很好吃。"

时机惊喜地问："真的吗？"

"我很想这样说。"林政一补充，"但是味道的确有些奇怪，你是放错什么调料了吗？"

"啊？哪里奇怪？"

时机也夹了一块送入口中，当下就皱了眉：味道的确不好，很腥，而且盐也没放够。

"可能是我没处理好，太腥了。"她推开那盘鱼，"吃菜吧，回头再叫点儿外卖吃算了。"

林政一又将那盘鱼拉回来："做都做了，不吃多浪费啊，你等一下。"

他起身端着鱼盘到灶台边，把鱼放到锅里加点儿生抽重新蒸了一下，时机跟着进去看。

"这样能行吗？"

"应该会好点儿。"

等了一阵，林政一端着盘子出来，重新放到桌面上。时机率先夹了一口，轻轻蹙眉：加了点儿生抽，味道咸了一些，比刚才入口味道好一些，但也没有好吃到哪里去。

“还是不好吃。”她说,“算了,别吃了。”

第一次大费周章地烹鱼就翻了车,时机有些失落。她在做饭这块儿真没有天赋,很喜欢但总做不好,翻车几率简直太高,做什么翻什么。

林政一将她的神情收入眼底，夹了一块鱼送入口中，面不改色地说:“可以吃的,还行。”

时机抿了抿嘴:“不用勉强吃的。”

“不勉强。”

林政一大口扒拉着饭,把几个菜都吃了大半,吃得肚子圆滚滚的。

见时机也吃完放下筷子，林政一立马起身收拾东西:“你做饭辛苦了，我来洗碗就行了。”

林政一笑眼弯弯,酒窝深深,表情软糯得像只可爱的小兔子,又贴心又暖心。现在的弟弟们真的是好懂事,时机看着林政一熟练收拾东西的身影不由得感慨。

“那就麻烦你了。”时机轻声说,转头进了房间拿衣服洗澡:做了饭被油烟一熏,整个人都觉得油腻腻的。

洗澡加洗头,时机磨蹭了快半个小时才出来,她穿着长袖睡衣,手上拿着干毛巾擦拭着头发。

屋子里静悄悄的,时机目光扫了一圈,没看到林政一,正想回房间,不想从客厅沙发那个方向传来一声清脆的响声,像是玻璃掉落在地上破碎的声音,她吓了一跳。她赶忙走过去查看,的确是杯子打翻在地,玻璃碎了一地,还有水。

林政一蜷缩在沙发上,好看的五官拧在一起,时机瞳孔一缩:“你怎么了?”

林政一脸色有些发白,骨节分明的手紧紧地攥着,青筋暴起。

他缓了好一会儿才说话:“没事。”声音有些有气无力。

时机见他捂着肚子的动作,脸上难得焦灼:“你脸都白了,怎么会没事!是肠胃不舒服吗?”

刚刚那盘鱼和那些菜林政一吃了很多，肯定是她做的饭出了问题,时枫有些愧疚。

“我扶你去医院。”

她绕过地上的狼藉，伸手去扶林玫一，可面对林政一将近一米九的身高，以她的力量如同蚍蜉撼树。

林政一缓了一阵感觉没那么疼了，扣住时枫的手：“我好多了，没事。”

“可是……”

“你能帮我倒杯水吗？”他努了努下巴，“家里备了药，我吃了就好了。”

家里备了许多日常用药，他刚刚感觉不舒服想吃点儿药的，没想到一阵绞痛，疼得他直不起腰，这才失手打碎了杯子。

时枫看见桌子上的药，立马去倒水：“你等一下。”

一阵忙乱过后，林政一仰靠在沙发上，脸色稍霁。

时枫仍是担心，坐在他旁边：“你感觉怎么样了？还好吗？要不要去医院？”

吃了药，缓了一阵，林政一感觉好多了，摇头道：“没事了，我可能就是肠胃有些弱。”

跳水运动员要控制体重，所以他的饮食比较清淡，可能是今天吃了太多杂七杂八的东西，晚上又吃了时枫做的饭，所以一下子有些刺激到了，这才腹痛难忍。

“确定吗？”时枫再次确认，有些不好意思，“肯定是我晚上做的饭菜有问题。”

林政一拍了拍她的手：“不是的，你也吃了，不是没事吗？”

时枫才反应过来自己一直按着林政一的手，她把手一下收回来。

“那……那你现在感觉怎么样？我扶你回房间休息吧？”

林政一其实好很多了，没严重到要人搀扶，但是看着时枫那张表情冷淡的脸心中泛起局促，他还是点头道：“好。”

时枫伸手拉过他的手臂搭在自己肩上：“你慢慢站起来，不舒服的话就跟我说。”

她搀扶着林政一，感到肩上一沉。现在的小孩儿长得真好，时枫想，那么高大，真的太沉了，像是扛了一座山。

他们以乌龟的速度一点一点地挪回房间。

林政一垂眼看着时机因为费劲涨红的脸，脸上泛起零星笑意，他悄悄将重量收了些，怕将她累到。

和时机的初见很平凡，比起他的人生来说，太过渺小不值得记挂。

可偏偏，他就是记挂了很久。

在那个沿海的小镇上，咸湿的海风吹过，码头上的渔民戴着草帽穿着雨靴，淳朴的脸上笑容漫溢，像是在述说当天的丰收。

那是四年前世锦赛，他第一次无缘奖牌，屈居第四。对于跳水比赛一直顺风顺水、奖牌不断的林政一来说，这是一次不小的打击。

能力越大，责任越大，队里在他身上是押了很多希望的，但是他还是让人失望了。那段时间压力很大，队里给他放了一个星期的假，所以他来到这个小镇放空。

在这里有一个女孩儿，不知姓名，在欢声笑语的码头，坐在不高的围墙上，眺望蔚蓝的大海，脸上一片落寞。

林政一背着包从围墙下路过，莫名地回头看了那个女孩儿一眼。她的裙角随着海风轻扬，露出一截白皙圆润的小腿，很白，蔚蓝的天际当作底色，将她衬得透亮。林政一只记住了那眉间的一点红，因为特别。

没多久他们又再见了，这次是在街巷，浑不吝的青年们刁难着外乡来的人。运动员需要爱护自己的身体，平常他鲜少与人发生冲突。可那天他却莫名地烦躁，本身就是血气旺的年纪，受不得一点儿挑衅，冲突骤起。可是双拳难敌四手，林政一落得下风。那些人打人没有章法，手脚并用，出阴招。

有一个染着黄毛的混混看不得他落下风还满脸不服气的样子，啐了一口，几步上来就要往膝盖上踹。

林政一正将另一个人推开，却退之不及，原以为要生生挨下这一脚，不想一个白色的背包横空飞过，正好砸中那人面部。

巷口的女孩儿长发飞扬，一颗红痣点缀眉间，素净白皙的脸上满是冷漠。

挑事混混蒙了，温热的液体从鼻腔流下来，伸手一抹，一手鲜红液体，气得叫骂："你个死胖子！找死！"

这句话不知戳中了哪里，只见女孩儿抿直了唇线，眼神越发冷漠。

她慢条斯理地扎起头发，丝毫不畏惧几个混混的气势。

圆润憨态的体格没有让她的速度变得迟钝。她是个练家子，在发泄自己的脾气。

林政一非常清晰地感受到了她的情绪，因为还不等他出手帮忙，女孩儿已经独自打趴下那些混混，看来练得很好，动作干净利索。女孩儿打完就捡起自己的包，毫不迟疑地离开，未留只字片语，只余一个背影，却深刻留在了他的记忆中。

四年了，那些场景镌刻于心，他从未忘记。

所以，当时隽拿出照片给他看时，他一眼就认出了时机就是当年那个女孩儿，他原以为终生都不会再次相遇的人竟是好友的姐姐。

这就像是命运冥冥之中在提醒他什么。于是他伸手捉住命运，按下满腹欣喜，善解人意地提议让时机过来暂住，才有了这后面的事情。

"小心点儿。"时机扶着他坐到床上，肩上的重量一轻，她暗自松了一口气。

思绪被打断，林政一目光的焦点回到时机的脸上，抿嘴露出一个好看的笑容，酒窝深陷。他知道自己的优势：笑起来很好看，又乖又纯良，没人能抵挡。他说了声："谢谢。"

今晚这事本就是因为她做的饭菜不好，林政一为了安慰她的情绪吃了那么多才会肠胃不舒服，他现在还这么乖巧懂事，一时间时机越发愧疚了。

"那你好好休息，有事叫我，我去客厅收拾一下。"

"没事的，你放那里吧，我一会儿去收拾就好了。"

林政一直勾勾地看着她，眼里似有薄雾，湿漉漉的，像极了不谙世事的小鹿，言语中满是认真。

"都是玻璃碴子，不小心扎到就不好了。"

时机抿嘴笑了一下，不似之前的客套疏离："没事，我收拾干净就行，你好好休息吧。”

看着时机转身离开的背影，林政一嘴角的弧度再次翘起。

四年过去了，时机较当年瘦了很多，也变了许多，但他仍旧在重逢时第一眼就认出了她。

掩藏于心中的爱恋历久弥新，在重逢后越发清晰深刻。

周一，是时机上班的日子。第一天上班，她起了个大早，但发现有人起得比她还要早。

林政一从厨房探出头，看见她，嘴角上扬，眉眼弯弯：“早安。去洗漱吧，可以吃早餐了，给你加量了，第一天报到要有好精神。”

时机已经习惯了林政一的好作息和每日早餐了，点头道：“好。”

她转头看向睡得跟头猪一样的时隽，又转回视线看了一眼穿戴整齐系着围裙的林政一，不由得感叹：这就是别人家的好弟弟吧。

时机洗漱完出来，时隽刚醒，顶着一头炸毛，看向她：“你咋也起那么早？”

时机说：“……我今天上班。”

时隽昨天晚上熬夜赶论文，现在被早早吵醒，还有点儿蒙，反应慢半拍：“啊……我记起来了。要不要送你？”

这话听着像人话，自家弟弟还是不错的。她嘴角扬了一下反问：“你要送我？”

“我一会儿有课，翘不得。”

灭绝师太陈老的课他要是缺勤被揪到，到时候可以哭出来。

时机很无语。

看着自家老姐无语的样子，时隽连忙补救道：“让阿政送你，他有小毛驴刚好。”

“反正你早上也没课，起这么早也没事干，送一下呗。”他冲林政一喊道。

林政一眉毛一挑，刚想说话被时机抢先道：“不用不用，我自己去就好了，就是开个玩笑。”

她自己认得怎么去，不需要麻烦别人送。

林政一拿着碗碟的手一顿，垂下眼帘，鸦青的眼睫微颤，有些失落。

吃完早饭，时机叮嘱弟弟洗碗，自己背着包出门。办公地离这里不算太远，只不过市中心的早高峰让时机错过了一班公交车，还好准点赶到电视台。

人事部的人把她带到工位，简单介绍后就离开了。

这里的新闻部不大，办公室里坐了六个人，加上她七个。

以前在总部新闻部，那里的记者都有四五十人，人员规模比这里大了不止三倍。不过这里办公室氛围挺好的，现在个个还在吃早餐，有说有笑地小声聊天。

这也侧面体现了这里制度的松懈，毕竟是才成立半年的地方电视台，比起纪律森严的省电视台，差了不是一星半点儿。

时机将包里的东西拿出来，打算拿保温杯去打水，结果发现手里的杯子沉甸甸的，她这才想起早上林政一给她泡了花茶。

保温杯放好，办公室突然安静下来。时机环顾四周，一群人正熟练而快速地将桌面收拾干净，速度之快让人咋舌。

紧接着就有人进来了，一丝不苟的职业装、利落干练的短发，一脸高冷，高跟鞋踩在大理石地面上发出“哒哒”的声响。

直到她进了自己的办公室，新闻部的人紧张的神经才松弛下来。

旁边工位的同事凑过来，见怪不怪地解释：“许总编就是这样的，比较高冷严厉，部门里个个都怵她，你别见怪。”

时机表情没有起伏，她一点儿也不感到奇怪，但还是客套似的“嗯”了声。

同事半点儿没在意她态度的冷淡，笑嘻嘻地说：“你好呀新同事，我叫程齐，叫我橙子就好。”

时机抿嘴一笑，疏离客气地说：“时机。”

程齐看着比时机大不了几岁，穿着格子衬衫。人长得斯斯文文，十分热情，一点儿也不在意时机的冷漠。

“做好分内的工作，许总编不会为难你的。”程齐敲打她，“但是许总编特别讨厌做事拖拖拉拉的人，你可别触她霉头。”

其实还有一句，程齐没敢讲：许清嫣最讨厌关系户。

时机是从总部调过来的，台里早就有风声，说是要来一个女记者，还自带了一个摄像师，就差没把“关系户”三个字贴在脸上了。

这样的传言在时机报到那天，越传越烈，原因无他：时机太漂亮了，漂亮得像是个来体验生活的女明星，而不是记者。

第二章 适应

记者是个很辛苦的工作，顶着风霜雨雪、烈日高温到处跑，报道新闻。省台比市台竞争激烈，工作压力更是大。相较于总部，这里比较清闲，适合体验生活。再加上时机带了一个摄像师，像是自带特权，这点就正好踩在许清嫣的雷区。

前路艰险，程齐语重心长地说："你机灵点儿。"

时机一脸困惑。

…………

一早上只有零星几个同事出去跑新闻，有些则在撰稿。看着他们各自都有自己的事情做，时机不知道要做什么。

时间一点点过去，终于熬到了午休，一到点儿，大家都解放了。大办公室里细小的交谈声响起，渐渐变大。

程齐也做好了手头上最后一件事，把文稿保存好，伸了个懒腰笑嘻嘻地问："还不走？"

"嗯？"时机猝不及防被人询问，还没反应过来。

"吃饭呀！二楼有食堂，太晚了就没位置了。"

他们这里没有自己的食堂，二楼的食堂是供应整栋大厦的。因为和这里的公司都签了合同，所以餐食比外面的便宜，味道也还行，所以一到餐点位置爆满。

“我们这不像总部，地方小，中午晚了就占不到座了。”程齐看她刚来不懂，便解释了一句：“走吗？一起。”

“橙子，走啊。”有女同事喊程齐。

他抬眼，笑容不减：“来了。”

“走走走。”程齐催促时机，自己拿了东西起身要走。

跟着人群下楼到了食堂，果然人很多，空位不多了，他们赶紧去占座。

看得出程齐人缘很好，他们一路走过来，队伍从一开始的三人壮大到六人，个个都和程齐熟稔的样子。

其中一个女同事说：“橙子不愧是我们电视台的人缘王，这么快就和新同事混熟了。”

“同事之间就是要搞好关系嘛。”程齐笑呵呵地说。

“顾艳你就别酸了，你刚来那会儿，橙子不也很照顾你？”一个年纪略大的男同事说，“橙子就是人好。”

他说完又转头和时机打招呼：“嘿，新同事，我姓杨，杨国礼，大家都喊我杨哥。”

时机抿嘴，客套地打招呼：“你好。”

简单地打过招呼，大家都落座吃饭，时机坐在最角落，她向来不愿意待在中间。

但是初来乍到的人总容易成为人们谈论的焦点，特别是时机的外貌还这么出众，话题不自觉地转到她身上。

顾艳问：“你怎么会调到渝川呢？”

根据台里的小道消息，时机在总部混得很不错，突然一下子调过来，大家都很好奇，毕竟爱聊“八卦”是人的天性。

突然被点名，时机愣了一下才淡淡说：“台里的决定，我也不清楚。”

她的态度不冷不热，没聊几句，其他人就失了兴趣，没再围着她，各自聊其他。被冷落，时机反而微微松了口气：她实在不想成为大家的焦点，只想安静地吃饭。

下午比上午忙很多,大家都出去跑新闻了。

许清嬿踩着高跟鞋,手里拿着杯子从茶水间出来,经过时机座位时,脚步一顿。“跟我进来。”她声音冷淡。

时机赶忙起身,跟着进入许清嬿的办公室。

新闻部不大,一个总编和一个副总编管所有的记者。副总编请了婚假,所以现在管事的只有许清嬿一个人。

许清嬿的办公室不大,时机站在办公桌前面,等待对方下达指令。她刚来,一般新人会有两天适应期,有人带她熟悉这边的情况。

但显然许清嬿并不是按套路出牌的人,只见她头也不抬,翻着文件,语气冷冷地说道:“去档案室,把这半年记录的所有新闻档案整理成册,归类划分,做一个小结报告给我。”

她话音一顿,又情绪不带起伏地继续说道:“明天早上,放我桌上。”

时机蹙眉:“明天?”

虽然是地方电视台,但是渝川市那么大,新闻每天都在发生,像民生类的新闻报道,一个月可以达到数百个。

半年累积下来的档案册说多不多,但整理起来可以把人累死。而且不光要整理,还要做总结报告,明天就要交,时间实在太紧了。

许清嬿丝毫不觉得她这个要求有多苛刻,听见时机的求证,眼皮一抬,说:“做不到?”凉凉的声音不带起伏,却压迫感十足。

时机抿了抿嘴说:“可以。”

许清嬿点头:“那就忙去吧。”

…………

的确很忙,时机找到档案室,一打开门就看到那些没有分类、乱七八糟堆着的档案,感到有点儿头疼。

不过沮丧不是她的个性,只是沉默了几秒,她就开始整理东西了。

档案上都标注了日期,渝川市电视台也才成立了半年,按时间很好找,她一点一点归类。但档案太多了,所以她准备先把它们搬到办公桌上,翻阅后再做笔记。

搬着半人高的档案册，只露出两只狭长好看的眼睛，时机慢慢往工位挪动。

程齐刚从外边回来，看到这个场景，就要上手帮忙："我帮你。"他想帮，但无从下手。而时机在这个空隙已经将东西放在桌子上了。虽然对方没有帮上忙，但出于礼貌，她还是说了声"谢谢"。

程齐摸了摸脑袋，憨笑："不用谢，也没帮上什么忙。"然后又问，"这是要干吗？"

时机言简意赅地回答："整理，明天要给许总编报告。"

程齐开玩笑道："许总编不会叫你把创建以来所有的档案都整理了吧？"

时机转头看着他没说话。程齐愣了一下，诧异道："不会吧？"半年的新闻档案资料，那么多，明天还要出报告，神仙也做不出来吧？这就开始了许清嬿的地狱式历练？

时机点头，没啥情绪："嗯。"

闹情绪是最没用的，有时间幽怨还不如多干两件事，这样还能完成得快一点儿。

程齐用表情表达了"我很想帮你，但我无能为力"。他刚跑完新闻回来，还得写稿，也很忙。

大家都有自己的工作要做，时间过得飞快。

夜幕降临，站在办公室的窗前，能看到大街上的车辆缓缓移动。

时机在一堆文件中抬起头，揉了揉疲惫的双眼，好一会儿才睁开，环视四周。

墙上的时钟走到了十一点三十分。

办公室里的人都陆续走了，现在只剩下她一个人。白天看起来很小的办公室，突然变得空旷而安静，只有时钟滴答滴答的声音。

时机转了转脖子，起身去茶水间接了杯水喝。还有一些档案没整理完，她弄完才能回家写报告。

时机第一天上班，这么晚还没下班，林政一有些担心。他瞅了一眼打游戏的时隽，走过去拍了拍他的肩，说："你姐到现在还没回来，你不发消息问一下？"

时隽打得正激烈，冷不丁被人打扰，他头也不抬："什么？"他心都在游戏上，根本没听到林政一说了什么，敷衍地问了句。

"我说都快十二点了，你姐还没回来。"林政一说。

"什么？"这次时隽听清楚了，不自觉提高声调，"这么晚了？"

他立马退出游戏，看了一眼时间，果然马上要到午夜了。

时机在傍晚的时候打电话告诉他说要加班。他洗了澡，打游戏到现在，没想到时间过得这么快。

林政一说："有你这么当弟弟的吗！姐姐那么晚没回来都不问一句，一点也不上心。"

"她都成年了，有什么好问的。"时隽嘴上是这么说，动作倒是很实在，打通了时机的电话。

电话响了两声后被接起，他问："你这么晚了还没回来，是还没做完事？"

时机按了按疲惫的太阳穴，看着车窗外，略带嘲讽地说了句："现在才关心我，会不会太迟？"

时隽被噎，无话可说。

好在时机也只是随口那么一揶揄，又接着说："在车上了，马上到家了。"

…………

时机到家时是林政一开的门。她早上还精神十足的人，现在像霜打的茄子一样，蔫了吧唧。瞅见时机眉眼间的疲惫，林政一有些心疼："第一天上班，工作很累？"

时机勉强打起精神："还好。"

她不是个在别人面前展露太多自身状态的人，更习惯掩藏。

时隽凑上来，看见时机这副样子，也有些心疼："你第一天上班就累成这副样子,太夸张了吧?”

之前在岩光市的省台工作,也没见时机累成这个样子,时隽义愤填膺,忍不住说:“你初来乍到,你们电视台也太欺负人了。”

时机揉了揉太阳穴:盯了一天的电脑,脑袋胀得厉害:“你能不吵吗?我头疼。”

时隽立马噤声。

林政一帮时机把包放好,给她倒了杯水。

“谢谢。”时机接过杯子。

她靠着沙发闭目养神,一分钟后起身进房间,拿了衣服去洗澡。

时隽见状,把被子从房间拿出来准备睡觉了。走出房间,看到林政一,他突然反应过来:“你为什么这么晚还不睡?”

林政一是雷打不动的小学生作息,大约是很早就进入省队训练的缘故,他们的作息和饮食都是有严格要求的,哪怕现在他退役快一年了,也依旧保持。今晚倒是稀奇,都快十二点半了,林政一还在这里晃。

林政一解释:“还没刷牙。”

时隽看了一眼紧闭的卫生间的门,又对他说:“我要睡觉了。”

“嗯,我关灯。”林政一说。

时机很快洗完澡出来了。林政一洗漱完,看见时机房间的灯还亮着,她的房门没关严,留着一条缝隙,隐约可见她在书桌前忙碌。轻微细小的键盘敲击声在安静的夜里回荡着。

林政一想了想,进厨房给时机温了一杯牛奶,然后走到她的房门前,叩了下门。

他压低声音问:“方便进来吗?”

万籁俱寂的夜里,一点儿小动静都分外明显。时机揉了揉肚子,微微侧过头,压低声音说:“进。”

林政一将手里的牛奶杯放在她的桌上,看见资料横七竖八地摆放着,显然会是一个不眠夜。

他问:“还要加班?”

他低头看时枞的侧脸，小巧秀丽的脸上挂着一副黑框眼镜，遮挡了眉眼的犀利。此刻，她像是一个赶作业的大学生。

时枞没时间搭理他，淡淡“嗯”了一声，头也不抬：“你还有事吗？”

“给你温了杯热牛奶，你趁热喝。”林政一说。

时枞的胃不是特别好，她揉着腹部，闻言从电脑上挪开视线，看了一眼林政一。

他刚刚洗漱完，这个距离，能清晰地闻到他身上的薄荷清香，混夹着少年蓬勃的朝气。

“谢谢。”她拿起牛奶喝了一口，温热的液体入喉，落入肠胃，时枞感觉胃里灼烧的感觉慢慢缓解。

她扭头继续做事，还有一些，弄完就可以睡觉了。

林政一注意到她微小的动作，询问：“你肚子不舒服？”

时枞一进入工作状态，就属于两耳不闻窗外事的情况，眼神都没机会分他一个，随口解释：“晚上没时间吃饭，胃有点儿烧，喝了牛奶好多了。”她又紧跟一句，“谢谢。”

林政一闻言蹙起了下眉，眼里满是不赞同。看着时枞认真工作的侧脸，他也没说什么，扭头出去了，还不忘替她轻轻带上门。

春夏交替的季节，凉风从窗户悄悄溜进，拂起窗纱，此刻已经是凌晨，大部分人都熟睡了。

时枞终于做完工作，出来准备上个厕所就去睡觉，经过厨房时，看到吧台上的小锅。

小锅贴着一张便利贴，上有四个字隽秀有力，很是好看：“吃点宵夜。”

时枞一眼认出这几个字不是来自时隽。时隽的字，达到了每个语文老师看到都会哭的程度。

不是亲弟弟，那这份宵夜就只能是这屋里另外一个男孩子准备的了，时枞心里流过一股暖流。

她掀开锅盖，看到一份简单的瘦肉粥，袅袅的热气夹杂着食物的香气扑鼻而来。看来是刚做好没多久。时枞看了眼那扇紧闭的房门，盛了一碗粥。

今天忙了一天，本来没什么胃口，但林政一手艺的确好，食物的香味勾得时机胃口大开，便多吃了一碗。

第二天，闹钟响了两次，时机都没起床，岿然不动安如山。

这姐弟俩一样能睡。林政一瞅了眼睡得不省人事的时隽，走到时机的门前敲了下。

他连着叫了好几次，无人应答。

他看了一眼时间，要来不及了，上班第二天就迟到可不是好事情。

不过他还没想出办法，门就开了。

时机睡眼惺忪地走出来，素来冷冷的小脸上似乎还有些蒙，露出几分憨厚，愣愣地看着他，眼里满是熬夜后的红血丝。

像是摊开柔软肚皮懒倦的猫儿，林政一很想揉揉她毛茸茸的头，但又怕惊扰了猫儿。

"你快迟到了。"他提醒她。

时机反应有些迟缓："几点了？"

林政一如实回答："八点二十。"

时机听到时间，迟缓的大脑终于转动起来。她急忙回房间换衣服，洗漱后连饭都没来得及吃，便匆匆要出门。

她现在还没出外勤，早上九点要打卡，从家到单位，顺利的话也要二十分钟，加上等车和走路，得立马出门才行。

时机速度很快，十五分钟已经穿戴整齐打算出门了，这是长时间去现场跑新闻锻炼出来的速度。

而林政一一早拎了东西在玄关等她："我送你去。"

他食指挂着钥匙，冲时机晃了晃："用我的'小毛驴'。"

时机愣了一下，点头道："好。"

林政一的"小毛驴"就停在楼下，是一辆冰激凌绿的小电动车。

戴上头盔，时机长腿轻轻一跨就坐上了车，双手握住皮垫后面的矮杆，不是很好握，但是还算有安全感。

她低声道："好了。"

林政一回头一看，面不改色道："我带你绕小路，路会有点儿不平。"

时机点头说："好。"

林政一手搭在车把上回头看，见时机没有下一步动作，很自然地把她的手拉过来。

他突如其来的动作让时机下意识地用力把手抽回。林政一的力气也不小，没让她把手抽走，两只手便僵在了半空。

时机反应过来后卸了力，看着林政一单纯的脸，有些疑惑："怎么了？"

"路会有些不好走。"他重复了一句，然后把时机的手搭到了自己的腰间，"抱着我，这样会比较安全。"

夏天即将来临，早晨的阳光明媚，肌肤的温度透过薄薄的衣服传过来，灼热而撩人。

少年独有的清澈明亮的笑容与柔和的光融为一体，让人不自觉卸下心防。

时机还在愣怔，对方已经转头望向前方，轻快昂扬的声音带着这个年纪的无虑："姐姐要坐好哟，走咯！"

路经减速带，一颠，时机吓一跳，猝不及防地前倾抱紧了林政一。

在她看不到的角落，头盔之下的双眼满是笑意。感受到后背紧贴的温度，林政一咧起嘴角，脸颊两侧的酒窝深深凹陷，无声笑着。

迎着和煦的阳光，少年的衣衫被吹得鼓起来，时机一路拽着他的衣服，很快便到了电视台大楼下。

还有几分钟就到九点了，她急急忙忙道了谢，就准备往大楼门口走。

"这个给你。"林政一给她怀里塞了一个袋子。

时机有些疑惑，拎着东西看了一眼："这是什么？"

"胃不好，一日三餐不能落下。"他暖心叮嘱，"我帮你准备了三明治。"

没时间说太多，时机扬了扬手中的袋子，道了谢，说道："你回去路上小心点儿，我走了。"她边说边往大楼里跑。

林政一看着时机的背影，心情越发好了。

他看了一眼后视镜里的自己，自然不做作，恰到好处，就像今天早上他的表现。

时机对他的弯弯绕绕并不知情，踩着点儿成功打卡后，才松了一口气。

还有一分钟九点。

她拿着东西走到座位上坐下，打开了林政一给她的早餐：一份三明治和一瓶牛奶；三明治做得很漂亮，还夹了块牛排。食物的香气扑面而来，让人食欲大增。

程齐吃着街边买来的早餐，闻香发现时机的三明治，他脚一蹬，椅子滑到时机旁边，好奇道："这是哪里买的三明治？看着真不错。"

"不是买的。"时机想起林政一的笑脸，眉间带上了浅浅的暖意，"弟弟做的。"

程齐感叹："你弟真好，还给你准备早餐，不像我弟，一天不打上房揭瓦。"

时机点头："的确是个很不错的弟弟。"

阳光开朗，为人和善，体贴入微。

她仔细一想，林政一真的蛮多优点的，才短短两三天，就能看出来了。

有这样的弟弟，当姐姐估计半夜都能笑醒。

时间不紧不慢地过去，不一会儿许清嫣到了，时机拿着她整理出来的文件进了许清嫣的办公室。

在对方的目光中她把文件放到她的桌上："许总编，东西整理好了，您过目。"

许清嫣看了一眼她，这才拿起文件翻阅。

时机补充道："要整理的东西太多了，我做了一份详细的归类，还有每年重大事件的报道资料放在U盘里，方便查找。"

她放下手中的U盘，不卑不亢地迎上许清嫣从文件堆抬起的目光。

"我似乎没叫你做这些。"她指的是U盘。

时机解释："有备无患，也许可能会用到。"

这是她做记者这些年积累的经验，一个在采访前线的记者，必须要有充分的准备，才能应对出镜时可能遇到的各种突发状况。

把事做到极致，是她的个性。

许清嬿点点头，没说好也没说不好，只说道："我会让程齐带你两天，习惯一下我们这边的风格，之后你就要独自跑新闻了。"

她简单交代了一下，便挥手让时机出去了。

林政一回到家，时隽已经起床了，他今天没有早课，这会儿正坐在沙发上打游戏。听见玄关有声音，他头都不抬，随口问道："去哪了？"

林政一换了双拖鞋，边走边答："早上你姐起晚了，我送她去上班。"

他心情实在是好，看着时隽一心扑在游戏上的样子，想起时机，突然有点儿好奇："如果你姐谈恋爱了，你要怎么办？"

林政一从冰箱里拿了一瓶酸奶出来，插上吸管，大咧咧地往沙发上一坐。看似漫不经心，实则十分紧张地等着时隽的回答。

时隽刚好打完一局，听到这话冷笑一声："怎么可能？"

林政一眉心一跳，又听时隽说："我怎么可能让我姐在我的眼皮子底下被个小兔崽子拐走！"

他又开了一局游戏，显然对这个话题嗤之以鼻。

林政一不解："你姐都二十五岁了，难不成你还管她谈恋爱？"

"二十五岁又怎样，她眼光不好容易被骗，过几年成熟了再找对象也不迟。她的对象我是要严格把关的。"

林政一垂眼沉思。

倒是时隽顿了一下回过味儿来："你怎么突然关心起了这个？"他一双眼紧紧地盯住林政一，脸上的表情越发狐疑，说："你是不是——"

林政一一颗心悬到了嗓子眼。

"今天送她去上班的时候，看到了什么可疑的人？"时隽问。时隽十分重视这个，连手中的游戏都扔下了，一双眼直直地看着他。

林政一摇头："没有。"

时隽狐疑地看了他好一会儿，这才放下心："没有就好。"

他拿起手机打算继续他的游戏，但想到了什么，又放下了。"那你问这干什么？难不成你想追我姐？"虽然觉得不太可能，但他还是警告了一句，

“你要是对我姐有非分之想，那兄弟就没得做了！”

林政一放下手中的空瓶子，刚好躲过时隽审视的目光，说：“想什么呢，我有喜欢的人，你又不是不知道。”

时隽没有多想：“那就好。”

林政一有个藏在心底，他自己不知姓名但很喜欢的人。时隽一直都知道，所以也没怀疑，只是觉得这小子默默喜欢别人那么多年也没个结果，还是怪可怜的。

于是他问：“你那喜欢的人现在找到了吗？”

林政一想起时枂，笑了：“找到了。”

“找到了？”时隽十分震惊，“是谁啊？带我去瞅瞅？”

林政一当然不可能带时隽去看，十分坚定地拒绝：“我还没追到，不能带你去瞅。”

“也是。”时隽撩了一把自己的刘海，“我这么帅，万一她喜欢上我，那就不得了了。”

林政一不想接话。

时隽自恋了一阵，才想起要给兄弟支招：“想人家那么久了，快用猛烈的攻势把人拿下，鲜花巧克力当众告白。虽然你这张脸比我是差一点儿，但是骗骗小姑娘问题不大。”

林政一对时隽这种老土的套路表示摇头，他起身回房，经过时隽身边的时候拍了拍他的肩。

他脸色十分沉重，心里却在想：对不住了小舅子，我不想当你兄弟。

时隽对他的心路历程一概不知，只觉得林政一脸上的表情十分沉重与悲痛。他突然想到了一种可能性——难道对方已为人妻？

看着林政一“落寞”的背影，他觉得大有可能！

这可怎么办？

一扇门隔绝了时隽忧虑的视线。

…………

下午林政一有三节课，上完之后还要去体育馆和游泳队的队员一起训练，在外面吃完饭，已经到了晚上九点。

学校离家不远，他背着包走回家时，远远看到时机从一辆出租车上下来。那车里应该还有其他人，因为时机冲着后排说了句什么，然后挥手。

有人送她回家。

林政一大步靠近，但出租车已经开走了，他没看到后排坐的人。

时机见到他愣了一下："你才回家？"

林政一点头："和游泳队的人训练完吃了饭才回来的。"

他动作自然地去帮时机拿包，询问道："同事送你回来的？"

"嗯，我这两天和人一起搭档跑新闻。"时机边说边伸了伸脖子，感觉身体有些酸软。今天帮采访的主人公搬东西，有点儿抻到筋了。

林政一笑道："男同事啊？你可别让时隽知道了，他可是很提防你身边的每一个异性的。"

说到时隽这个警惕性，时机也笑了："小隽就是喜欢大惊小怪。"

果然是男同事。

林政一垂眼遮住波动的情绪。

两人一同回到家。时隽跟朋友聚餐去了，这会儿还没回来。

时机坐在沙发上，手按着脖子转了转。她今天和程齐采访的是一位空巢老人，腿脚不太方便，所以她和程齐就一起打扫了一下老人的屋子，还帮忙扛了些东西。大概是太久没有这样干体力活儿了，时机感觉脖子有些抻到了，不太舒服。

林政一之前注意到了时机的动作，贴心询问道："是脖子不舒服吗？"

"嗯，有点儿。"

"我帮你按一下？"林政一提议。

时机有些惊讶地望着他："你还会按摩？"

"会一点儿，以前训练，脚踝容易扭到，队医就教了一些。"

他单腿跪在沙发上，找了个合适的姿势低头查看："是这里吗？"

指腹与脖颈娇嫩的肌肤相触，时机感觉到有些轻微的酸软，但感觉还差点儿。

“再往上一点儿。”

“这？”

“对，差不多，重一点儿。”

过了些时候，时隽拎着宵夜回来了，叫他们两个吃宵夜。

林政一这会儿刚洗完澡，肩膀上搭了条毛巾走出来，听到时隽喊他吃宵夜，拒绝道：“我晚上不吃宵夜。”

时隽知道他的秉性，没说什么，反倒是时机有些好奇：“你都退役回学校读书了，还要控制体重吗？”

“不算吧，就是习惯了。”林政一用毛巾擦着湿漉漉的头发，补充道：“而且可能以后会复出的。”

他没想那么快放弃他的体育生涯。

时机点头道：“也是，才二十岁，至少能参加比赛到三十岁。”

现在的孩子真的是不得了，林政一才二十岁，比赛生涯就长达十一年了。时机想起她的二十岁，嘴角不自觉向下耷拉着。

她不是很喜欢缅怀从前，所以打起精神，看着面前两张朝气蓬勃的脸感叹道：“现在的小孩儿真的是不得了。”

明明她才二十五岁，看着这些弟弟却莫名感到沧桑。是那种过来人心态的沧桑。她感觉自己老了。

林政一不是很喜欢她把自己归类成小孩，抿嘴道：“你也没大我们几岁。”

时机倒是没觉得什么，吃着宵夜。

电视里播放着电视剧，她突然想到什么，转头问时隽：“周六你有事吗？”

时隽叼着爪子转头，眼神询问她什么事。

“星期六下午，你没事就陪我一起去找房子吧？”时机说。

“好。”时隽将爪子啃干净丢到垃圾袋里，边擦手边说，“但是我那天有个兼职，我得结束了才能过去。”

林政一开口道：“我去接你吧，我周六没事，陪你们一起去看。我在渝川待得长，这一片比你们熟，哪里好我比较清楚。”

“也好。”时隽点头，自顾自和林政一商量，“那到时候你去接，然后来我兼职的地方找我。”

林政一点头。

这事就这样定下了。

周六那天，时机到办公室，就看到了桌子上的早餐，眉头紧锁。

一位叫顾艳的同事蹬了一下椅子，从时机背后滑过来，瞅了眼那连续几天都有的早餐，问时机：“人事部的郑泽恺真的是在追你啊。”

时机虽然性格冷了些，但是架不住漂亮，一来这边，台里的单身男性都有些蠢蠢欲动。电视台这边不限办公室恋情，只不过大部分人还是会比较犹豫，这个郑泽恺，还是第一个表现得这么明显的。送早餐、约吃饭、送花，他样样不落。他太高调了，现在台里没人不知道他在追时机，像是一种圈领地的行为，其他人见他这个样子就都退缩了。

顾艳摇着头：“哎，这人是长得不错，追女孩儿也肯用心思，就是太花了。”

台里来来去去的漂亮女孩儿，没几个能架得住郑泽恺的追求，这种高调满足了很多女孩子的虚荣心，所以郑泽恺基本没吃过瘪。就是与几任女友的恋情维持的时间都不长。

时机拧着眉，把东西给了其他没吃早饭的同事，自己埋头工作。

傍晚她临近下班的时候，给林政一发了微信说自己马上要下班了，林政一回了个“好”，还说已经打车过来了。

时机便开始收拾东西，和程齐说了一声后离开了办公室，走到一楼大厅时，却遇到了一个不速之客。

“时机你下班了？”郑泽恺走过来，笑盈盈地问她。

他在电视台刚成立的时候就从其他地方调过来了，算得上电视台的老人了。

时机看见他，知道这些天自己办公桌上的早餐都是眼前的人送的，感到有些压力，冷淡地“嗯”了一声。

郑泽恺倒是没介意她的冷淡，十分热情地说："那一起去吃饭吧，我知道一家餐厅的菜特别好吃，你一定会喜欢的。"

"我有约了。"时机算是拒绝。

郑泽恺故作伤感道："哎呀，你拒绝得也太快了，让我好伤心。"

时机看着这个和自己一般高、面容清秀的男人，实在谈不上对他有什么好感。

"我真的有事。"她语气很冷，再次和对方强调，"还有，请不要再送早餐什么的了，我不需要，谢谢。"

时机明明白白的拒绝和眼里的不喜有些打击到了郑泽恺，而且这不是她第一次这样说。

三番五次被人拒绝，郑泽恺感觉有些难堪。

正想说什么，时机看到从车上下来的林政一。"我朋友来接我了，再见。"

她转身就要走，郑泽恺下意识伸手去抓她的手，却抓了个空。

林政一看着时机向他走来，也注意到了那个陌生男人的举止。他直直看着那个男人，第六感告诉他，时机和那个男人之间有点儿不对劲，上次送她回家的那个男人会是他吗？还是不同的人？无论怎样，他都有了危机感。

"怎么了？"林政一温和地问她。

时机摇头："没事。"

她不想说，林政一也不便刨根问底。转头看了一眼那个还站在原地目送他们离开的男人，他垂眸极力掩饰住自己不安的情绪。

时隽在渝川大学校门口的咖啡屋做兼职。他外形很好，也是学校里的风云人物，给咖啡屋老板带来了不少营业收入。

附近几个大学的女学生都喜欢来这边，时机和林政一到的时候，店里人挺多。

时隽解了围裙出来，他们三个外形都十分惹眼，站在一处引得不少人频频路过后回望。

时机是打算在单位附近租房的，渝川大学和电视台的车程不太远，所以他们商量了一下便打算在这路程中间那一圈儿的住宅区找找。

大学后边都是老房子，虽然租金便宜，但又老又旧，时机一个女孩子住，他们不放心。

于是他们又把目标放在小区房，中介带着他们看了几间，终于看到一处满意的。这一片属于旧楼翻新，水电费贵了一点儿，是商业用电，但其他还行，很新。

时机看了几套房了，这套勉强满意，也不贵，就打算定下来。

林政一看了时机一眼，在屋子里转了一圈儿，开口道："这房子朝向不好。"

那中介一听，心里咯噔一下：这一路看了几套房子，他每次说动人都决定要租了，这小哥一出口立马坏事。

他赶紧道："怎么会？这朝向很好的，这一片又清净，都是附近公司的职员在租，很不错的。"

"这屋子没有阳台，而且每一栋楼都靠得很近，白天光线不好，住久了会压抑。"林政一说。

时隽点头附和："没有阳光可不行。"

现在已经是晚上了，外面漆黑一片，压根儿没注意到光照情况，林政一不说，他还没察觉到这个问题。现在听他一讲，感觉很有道理。

"而且我看了一下这边的路，感觉有很多偏僻的路段，女孩子一个人上下班，还是不太安全。"

中介被他说得不知道怎么回复。走了那么多路，看了这么多间房，他也没心情多纠缠："那你们仔细想想好了。"

时机倒没觉得安全是个问题，但没阳光的确是个问题，她不想妥协，于是问："还有其他房吗？"

"没有了。"中介摊手道，"这一片符合你要求的单身公寓都看完了。"

林政一随即道："那没事，有了再看，也不急于一时。"

一时找不到合适的房子，三人也还没吃饭，于是就找了个地方吃晚餐。

等菜的间隙，林政一看了一眼时机，说："其实你也不用那么着急找房子搬出去住的，不如等稳定下来了再慢慢找。"

"住在你们那里实在也不太合适。"时机说。和时隽住在一起倒是没什么，林政一毕竟是外人，而且还是房东，她这样和他们两个男孩子住在一起，还是不太好。而且她也怕林政一不方便，更怕他感到不方便但不好意思说。

"是我让你感到不方便了吗？"林政一满脸真诚地问。

时机连忙摆手："不会不会，我是怕你不方便。"

她对林政一还是比较有好感的：弟弟的那种好感，相处起来很舒服，细水长流的感觉。而且她住在他家几天了，自己都是被照顾的那个。林政一恰到好处的照顾，并不会让她感到不自在。

林政一弯弯的眼睛，像天上的新月，目光皎洁温和。"我不会觉得不方便，姐姐继续住吧。房子我会帮你留意的，没找到好的之前，就住我家吧。"至于什么时候能找到，那就是个未知数了。

林政一都开这个口了，时隽就有底气挽留了："那就先住着吧，你这工作也指不定什么时候就给调回去了，房子找得到就找，找不到就接着住好了。"

虽然睡沙发不太舒服，但是让时机一个人去外面住，他也不是很放心。

今天转了一圈儿，的确是没有好的选择，找房子这种事也确实急不来，时机只好点头。

找房子的事就这样被暂时搁置了。吃完饭回到家，趁着时机去洗澡的空隙，林政一从冰箱里拿了一瓶牛奶去温，自己则拿了瓶酸奶喝，慢悠悠地在沙发上坐下。

时隽正在看电视，脚翘到了茶几上。林政一没空去管这个，一只手撑在沙发扶手上，漫不经心地说："我今天去接你姐，看到有个男的似乎在纠缠她。"

时隽一听眉头立马就皱了起来："哪个男的？"

林政一叼着吸管摇头道："不知道，不认识，就在他们电视台楼下看到的。"他慢悠悠继续补充道，"那男的看着不像好人。"

“同事？”

“不知道。”

林政一耸肩摊手，睨了一眼时隽，默默抿了抿嘴唇。

时枞刚好洗完澡出来，他见状进了厨房，将温好的牛奶递给她：“喝杯热牛奶吧，可以助眠。”

时枞道了谢，接过牛奶喝了一口，感觉时隽看着她的眼神很奇怪，便问道：“干吗？”

“你换了地方工作，有没有什么不适应的？”时隽试探地问，“电视台有没有什么新奇的事？”

“突然问这个做什么？”时枞没在意他的话，只是说了句“都挺好的”，就进了房间。

时隽脑海中警铃声大作，感觉问题很大，一个人在那里琢磨。

林政一见状也进了房间，他躺在床上刷着手机，上网冲浪和前辈们取经：今天的事情让他警惕心上来了。

原本还想近水楼台先得月，不急不慌细水长流，现在想来，时枞这么招人喜欢，和单位同事也是朝夕相对，他要是脚步慢了，很有可能就被人先行一步了，一定要快点儿展开攻势才行。

林政一和自己跳水队刚刚娶了老婆的心理医生对这个话题进行了深入的交流。

“谈恋爱就像跳水的起跳，犹豫就会败北。”队医的这句原话，林政一觉得十分有道理，于是他放弃了温水煮青蛙的做法，打算迅速出击。

很快机会就来了。时枞在渝川市电视台工作满一个星期后，开始自己出去跑新闻了。

林政一去买了一堆棒棒糖，在花店找人包装好之后，捧着一束沉甸甸的糖果花回了家。

因为今天有课，买糖果和包装又耗费了不少时间，所以回到家时，已经华灯初上了。时隽在客厅里开着手机外放打游戏，卫生间有淅淅沥沥的水声，林政一以为时枞在洗澡，却在阳台上发现了她。

“别闹了。”她在打电话，清丽的声音顺着微风从未关的阳台门溜进来。

“我不喜欢弟弟款，更何况和小隽一样大的，那样太罪恶了，我会觉得我在玷污祖国的花朵。

“而且，我没有谈恋爱的想法，更不想成为他人关注的焦点，不喜欢无端地示好，更讨厌带着目的地接近。大张旗鼓地追求，对我来说都是压力，我只会想逃离。”

时枫今天回来得稍微早了些。她今天第一次自己独立当背包记者出去采访，虽然有些磕绊，但还算顺利。

渝川市电视台不比省电视台，这边为了节省经费，记者基本都是背包出勤，也就是一个记者包揽所有的工作，从出镜、拍摄到剪辑、配音、撰稿。除非必要，一般不需要两个人出勤。

这样是节约了成本，但记者本人会很累。时枫开始和程齐一起出去采访的时候感觉还好，今天第一次独立工作，感觉累多了。

一回家，好友陈曼就打来电话，时隽在客厅打游戏开了语音，吵得脑瓜子疼，她便去阳台的藤椅上缩着。

划开接听键，陈曼欢快的声音传过来，刺激着她脆弱的耳膜：“宝！想我了没？”

时枫有气无力地回应：“没有。”

陈曼啧啧有声：“我那么想你，你居然不想我，我太伤心了。”

“太想我了，所以电话也不接？”时枫损她。这丫头片子在国外走秀，满世界走完一圈儿回来都两个月过去了，期间给她打电话，居然没有一个打得通的，现在还好意思问想不想她。

陈曼立马赔笑道：“那不是忙吗，公司封闭培训。我不是给你发信息解释了嘛。”

时枫轻轻哼了声，陈曼立马转移话题：“我还有一个多月就可以回来了哟，到时候飞岩光市找你，我要赖在你家不走了。”

“我已经调到渝川了。”时枫说。

陈曼惊讶道:“怎么突然调到渝川市去了?”

时机跟她解释了半天才解释清楚了最近的情况,但陈曼似乎比较关注与她同一屋檐下的林政一。

“这个弟弟怎么样?”

“挺好。”时机不吝夸奖,“很乖很懂事,也细心,我和时隽都受了他不少照顾。”

自从发现她胃不好,林政一便每天都做早饭给她吃,有时来不及了,还会打包让她带走;知道牛奶可以缓解胃烧心的症状,晚上也会给她温一杯热牛奶,平常相处也很会照顾人。

当林政一的姐姐或者妹妹应该都会很幸福,时机常这么想。

陈曼来了兴趣:“那长得怎么样?”

时机想了想答:“很好看,长得特别乖,很阳光帅气的男孩子。”

“那就上啊,姐妹儿!扑倒他!”

时机顿时无语。

清醒点儿吧,姐妹儿!

“我不喜欢弟弟款,更何况和小隽一样大的,那样太罪恶了,我会觉得我在玷污祖国的花朵。”

陈曼倒是觉得无所谓:“和时隽一样大,那就二十岁,已经成熟了,姐姐的快乐你值得享受。”

时机斩钉截铁道:“不可能的事儿,对我来说他就是个孩子,要是有什么想法儿也太罪恶了。”

陈曼耸耸肩说:“好吧。”

她也就是开玩笑说说,又没见过林政一本人,只是难得时机对一个人评价这么好,嘴上跑一下火车而已。

陈曼转移了话题:“那新的工作环境还适应吗?”

她们是高中同学,认识这么多年了,陈曼很了解时机的性格,她真的不是一个很社会性的人,很难融入群体。在那件事之后,时机有一阵子十分惧怕去接触新人或新事物,更别说融入。这两年步入社会了,这种心态轻微好了些，但她仍是不太爱和人打交道，和大部分人都只维持表面点头示好的状态。她这样的人不太容易适应新的人际关系。

“还行，市电视台的同事比较……嗯……”时枞顿了一下，组织了一下语言，“挺好。”

陈曼追问了句：“没什么特别的？”

“特别的话……”

时枞想起郑泽恺，她说：“有个人，令我很困扰。”

“怎么讲？他在追你？”

陈曼一下就猜到了，时枞凭自己的外貌，到哪里都是香饽饽，被人追求也很正常。只不过她这种性格，向来不愿多事，也没什么情绪波动，能令她困扰的人显然很不一般。

时枞沉吟了一下才说：“我想应该是，但是他的行为干扰到了我，我不喜欢成为人们关注的焦点。”

“他的行为很夸张，搞得人尽皆知？”陈曼猜测着那个人的踩雷方式，“当众送花、送温暖、邀约、送礼，野心勃勃地让所有人知道？”

“差不多。”时枞说。这些也正是郑泽恺的举措，所有追求的套路，基本都轮番上阵了。

陈曼听了，有些诧异：“我觉得这些还好吧，现在追女孩儿都这样啊，很多女孩子都吃这一套。”

“我不喜欢。”时枞说。

对这种完全无视当事人的感受，沉浸在自己的世界里，声势浩大的自我感动的行为，时枞只觉得困扰。

陈曼却劝她：“你可以尝试接触一下别人，可以试试看的。”

不单这个人，其他人也可以。这么多年了，时枞一直都是自己独处，抗拒所有人的靠近，这不是一个好现象。陈曼希望她可以摆脱桎梏。

“万一接触下来，你觉得还不错呢？不是每一个人都那么坏的。”

可时枞仍是抗拒：“我不想，我没有谈恋爱的想法，更不想成为他人关注的焦点，不喜欢无端地示好，更讨厌带着目的地接近。”

这样的情况总会反复唤起那段过去的记忆，相似的经历，她不愿意重复。那次受的伤，至今仍没有痊愈。

“大张旗鼓地追求，对我来说都是压力，我只会想逃离。”

…………

挂了电话，时枫看着漆黑的夜空发了一会儿呆。今晚的夜空没有星星，城市里的天空都是这样，压抑而沉闷。

她几不可闻地叹了口气，起身打算进客厅，却看到了不知道何时站在不远处的林政一。

时枫问：“什么时候回来的？”

林政一愣了一下说：“刚刚。”

时枫注意到他手上的糖果花，有些疑惑：“你这是……”

林政一猛地一激灵，迅速将手背到身后去：“朋友送我的！”

时枫没多想，刚好时隽出来看到他们两个：“你们杵在那里干什么？”

还不等人回答，门铃响了。

“应该是外卖到了。”时隽兴冲冲地去开门。

果然是外卖。

“我点了两只烤鸡。”他拎着东西放到桌子上，边撸袖子拆包装边招呼他们，“快过来吃。”

时枫还没吃饭，上前接过弟弟递给她的饭。

林政一看着他们两个，暗暗松了一口气，手里的花一下成了烫手山芋。

时隽见他久久不过来，便开口招呼：“快来快来，等下就凉了。”

林政一坐在沙发上，食不甘味。

真是小孩子啊……

电视里在播放最近最火的连续剧，姐弟俩看得起劲，林政一的思绪却不知道飘到了哪里。

第三章 过往

隔天时机起得稍微早些，时隽还在睡觉，她没有直接去拉窗帘。马上就是夏天了，早上阳光很足，即便不拉开窗帘，也有调皮的暖光偷偷溜进来。

时机走进厨房打算简单做个早餐，煎个鸡蛋和烤吐司还难不倒她。

在锅里倒入油，油热后打个鸡蛋下锅，简单翻面儿继续煎，没一会儿就煎好了。

时机关了火，打开橱柜门去拿盘子，厨房的橱柜门有些高，她踮着脚刚要拿，结果猝不及防被一阵暖意包围，清冽的沐浴露的香味充盈鼻腔，她被人半包围环在怀里。

时机被这样的变故惊到，踮着的脚落在了对方的脚面上。

她转过身，不自觉地后仰拉开距离。

是林政一，对方正一只手撑着台面，另一只手伸到壁橱里拿东西。

“要拿盘子？”林政一问。他的头微仰着，在找盘子。

这个姿势有些暧昧，他几乎把人圈在怀里，以时机的角度，只能看到林政一下颌流畅分明的轮廓、修长的脖颈和漂亮的喉结。

见时机迟迟没有回应，林政一垂眸凝视，从喉咙发出一个单音：“嗯？”

时机盯着他滑动的喉结，喉咙有些发干：“嗯。”

“好。”林政一从壁橱里拿出好几个盘子，放在台面上，姿势仍是不变。

时机顿了一下，见他没有退开的打算，有些磕巴地开口："我……让一下我。"

"你踩着我的脚了。"林政一仍是看着她，直勾勾地。

"哦，抱歉。"时机赶忙退开。

"你们在做什么？"一个沙哑的声音打破两人奇怪的氛围。

时隽刚好醒来，一转头看到这两人都在厨房挤着，有些茫然。

林政一不动声色地拉开距离，转头看向时隽，提醒他："你早上的课要迟到了。"

时隽一下清醒了："啊？不早叫我！"

今天一大早要上选修课，那个老师总是格外"关照"他，上课点名必点他，迟到就要扣平时分，半点儿不通融。时隽急急忙忙跳起来去洗漱。

时机看他这副样子，数落道："自己有早课都不上点儿心，闹钟也不调好。"

回答她的是洗手间门关上的声音。

时机摇着头，转身继续煎鸡蛋。她怕时隽来不及吃早餐，便先做好一份早餐打算给时隽带上。

林政一给自己倒了杯水，靠在厨房的吧台上："你今天不用去电视台吗？"

时机回头，发现林政一正半倚靠着吧台，一双杏眼直勾勾地看着她。

时机摇头道："我一会儿直接去采访。"

她之前都要按点儿去打卡上下班，但开始跑新闻后就不用打卡了。记者本身就是弹性较大的工作，并不像一般的工作一样朝九晚五。

渝川市电视台还好，毕竟只是小地方的电视台，稍微清闲自在一些，之前在省电视台，熬夜加班，通宵直播，休息时间半道儿被叫出勤是常事。

现在在这边有一个多星期了，其他同事看着还算清闲，没有那么忙和累。平常跑跑小新闻，一天倒也过得很快。

没一会儿时隽出来了，又是火急火燎的。他折腾完，时机也差不多要出门了。穿好鞋拎上包，她刚打算往外走，却被林政一叫住："这个给你。"

他递过来一个保温杯，时机有些诧异。

“我冲了一杯红糖水给你，特殊时期喝一点儿，会比较舒服。”

“你怎么……”

她今天刚好生理期，但她又没说，林政一怎么会知道？

对方腼腆一笑，耳尖有些发红，解释道：“我刚好在洗手间的垃圾桶看到了暖贴的包装。”

他顿了一下又补充：“而且你今天气色不太好，我猜应该是。”

这个年代了，提生理期不是什么害羞的事，时机只是诧异林政一观察的细微，却也没感到太尴尬，于是大大方方地说：“多谢。”

她将杯子放入自己的帆布包，出门坐地铁去了采访目的地。

时机今天要去拍个爱护城市花草树木的公益短片。很简单的一个小视频，她去了公园拍摄，因为是一个人操作，有些不太好弄，折腾了两个小时才拍完，又去城市周边拍摄了一些素材，便收拾回公司了。

后期剪辑、配音完成后，上传到渝川市本地的公众号和各大传媒账号上，这时已经到了下班的点儿。

时机在一楼大厅门口等时隽。最近这几天，时隽不知道为什么突然揽下了接她下班的活儿，颇有一种姐慈弟孝的感觉。

外面天还是亮的，高耸大楼的间隙，霞光温柔倾泻。

她披着的头发，一边别在耳边，风一吹露出纤细白皙的脖颈，衬衫衣角微扬，美不胜收。

郑泽恺一出来就看见她，立马就心痒痒了。虽然时机从来没有给过他好脸色，但他还是忍不住想接近她。

“时机。”他道，“这么巧啊，今天下班这么早。”

时机看见他，脸色平淡地点头：“嗯。”

“这么巧，不如一起去吃饭？”郑泽恺说。

时机拒绝他：“不了，我有事。”

“哎呀，我都约你这么多次了，你怎么也不给个面子呢？约不出去哪有机会嘛。”郑泽恺说。

时机拧眉正要堵他的嘴，有人比她更快："没机会了。"

时隽长腿一抬，从他的重型摩托车上下来，将头盔夹在臂弯中。

他本身留着板寸，这样的造型走过来，远远一看像是哪个帮派的大哥。

"你还不够格。"时隽将时机拉到自己身后，看着面前这个矮他小半头的瘦不拉叽的男人，满眼都是不屑。连着蹲好几天了，终于被他逮到了，原来就是这个男人在纠缠时机。长得一般般，眼神色眯眯的，一看就不是什么好东西。

时隽从鼻孔哼了一声："就你这副样子，我一拳两个，你最好别打我女朋友主意！"

郑泽恺满脸震惊，眼神在这两人之间穿梭："你是她男朋友？"

"不可以吗？"

郑泽恺目光转向时机，想得到她的回答。

"如你所见。"时机顺着台阶下，说话不留情面，"希望以后郑先生不要做超出正常同事范围内的事情。"

她生就一张六亲不认的脸，此刻板起脸来说话，更显得不近人情。眉间一点朱砂亦没有让这样的冷漠消弭。

有些事情还是要说得干脆些，不留余地。

之前因为是同事，考虑到低头不见抬头见，她委婉拒绝过，但郑泽恺没有半点儿收敛，反而得寸进尺。所以这次时机说得十分直接："这些天郑先生的行为让我感到十分困扰，希望您以后不要再这样做了。"

她的话掷地有声，郑泽恺被她说得脸红一阵白一阵。

下班的时间点，大楼门口人们进进出出的，大家纷纷回头看，他感觉脸上有些挂不住，想开口说些什么，却被时隽抢了先。

"听见没有，不要再来纠缠了！"

时隽黑着脸警告一通后，拉着时机就走，一副桀骜不驯的模样，背地里却被时机捏住软肉，疼得龇牙咧嘴。

他小声求饶："姐，姐，手下留情，手下留情！"

时机板着脸："你这副样子和谁学的？出去交什么不三不四的朋友了？"

"没没没,我就长着一张坏人脸,凶起来就是这样的。"他龇牙咧嘴地去抓时枞的手,让她松了劲儿。

"你最好别学坏。"时枞警告他。

时隽就差举双手双脚保证了,满眼真诚:"我没那个胆量。"

时枞也就是警告一下他,她对时隽还是比较放心的,相信他不会跑出去和不三不四的人鬼混。

坐上时隽的车,很快到了家,时隽在楼下帮林政一拿快递,她便先上去了。

她拿出钥匙开门,走进玄关一抬头。我的妈……呀!

林政一正在练臂力,他房间的门上安了一条横杆,时枞上次就注意到了,但没想到是这个用处。

估计是运动身体会发热,他没穿上衣,从时枞这个角度看过去十分养眼。

时枞不怎么看体育新闻,所以这还是她第一次看到林政一的身材。

虽然知道运动员的身材不会差,但她也没想过看着十分清瘦的林政一,身材可以好到这种地步……

脖子以下,肌肉线条流畅明显,大概是跳水运动员的缘故,他的肌肉不像那种壮汉似的一块一块夸张地隆起,而是既饱满又不失利落的线条。

细密的汗珠在暖黄的夕阳余晖的映射下散发着晶莹的光,顺着肌肤的纹理蜿蜒而下,没入人鱼线的尽头。

时枞感到喉咙有些发干。

林政一似乎才发现她,握着横杆的手劲一松跳下来,松松垮垮的运动裤抖了一下。

"你回来啦?"他靠近她,疑惑地问,"时隽呢?不是说去接你吗?"

林政一身上的汗味儿,混合着强烈的男性荷尔蒙的气息。

时枞看他擦着汗靠近,感到空气稀薄,不由得后退一小步,说话都有些磕巴了:"他……他在楼下帮你拿快递。"

林政一点点头,一只手撑在柜子上,不动声色地将人半环抱在怀里,又因手长空出了一小段距离，不算太靠近。他伸手绕过时机从抽屉里拿出一盒纸巾，然后转身离开。

“那你先坐一下吧，饭我已经煮好了，炒几个菜就可以吃了。”

时机差点儿因为忘记呼吸而窒息，暗暗地长吐了一口气。“嗯。”

林政一将放在沙发上的T恤穿上，径直走进了厨房。

时隽刚好回来，将快递盒往地上一放，大咧咧地坐在沙发上，嘴里吐槽着：“你买的啥啊，那么重？”

林政一头也不回：“健身器材。”

时隽无语了。林政一天天在学校游泳队训练，现在回家还要锻炼身体，是想练成大块头儿吗？

时隽将长腿一抬架在茶几上，视线一转，扫到自家老姐像红苹果一样的脸，不禁问：“你脸怎么这么红？”

他“噌”一下靠近，抬手去摸时机的额头：“生病了？”

时机一把拍掉他的手，面色如常：“天有点儿热。”

“噢。”时隽没多想，起身去给林政一帮忙。

饭菜做完了，时隽去端了碗筷，就开吃了。

林政一的厨艺很好，三菜一汤，色香味俱全。他买菜的时候，照顾到了所有人的饮食习惯，做出来的菜都合人胃口。

都说想拢住一个人的心，要先拢住对方的胃。像林政一这样的厨艺，应该很好拢住人心吧？

时机吃着饭，看着林政一的脸，脑子里突然闪过这个想法。

对方发现了她的视线，抬眼看她，微微下垂的眼角显得格外无辜：“怎么了？”

时机一下回过神来：“没什么。”她也为这突如其来的想法感到吃惊。

二十岁啊，还是读书的好时候。

自那天严肃表明立场后，时机这几天在电视台就清静了很多。郑泽恺没再出现，这让她感觉松了一口气。

她实在不喜欢被人拿来议论，当成茶余饭后的谈资，可偏偏郑泽恺高调极了，每次出现恨不得尽人皆知，连带着她总是被人当成动物园的大猩猩一样围观。

这两天没那种被围观的感觉了，时机感到十分轻松。

到了晚上，新闻部的人组团去吃饭，时机不太想去这种场合，但是领导发话要全体都去，她也只好去了。

人比较多，饭桌上的气氛很热烈。她安安静静地坐着吃饭，偶尔点头应和一下，一顿饭也就吃完了。

但吃完饭，一群人提议去KTV，不去就是不给面子、扫兴。

没办法，时机也只能跟着去。包厢里烟雾缭绕，有男人在的地方少不了烟酒。

她感觉有些闷，出来透气。

走廊有个小阳台，时机边给时隽发信息边走过去。长指按下发送键的瞬间，她抬头看到熟悉的面孔。

她瞳孔一缩，眼里掀起波浪。

阳台栏杆处依靠着一个女人，她长指夹着烟，烟雾缭绕。见到时机愣了一下，看着熟悉的面孔，她有些迟疑："时机？"

时机直抿嘴，嗓音清冷得如同当晚呼啸的风："好久不见，盛曦月。"

盛曦月不可思议地上下打量了一下面前的时机，除了五官有些熟悉，她完全看不出面前这个人会是四年前那个灰头土脸的小胖妹。

时机变化太大，变得太漂亮了，漂亮得令人嫉妒。

就像当年一样。

盛曦月眼里染上了几分酸意："是很久不见了，每年同学会，你总是不出现。"

她撩一下头发又说："你变得好漂亮，如果当年也是这么漂亮，应该就不会被谦霖抛弃了吧？这么好的底子，早一点儿减肥多好，不用后悔。"

一个被戏耍的傻子。她们应该都是这样想的吧？

时机攥紧了拳头，现在她已经不是当年那个唯唯诺诺的女孩子了。面对这样的羞辱,也不再只是沉默。

她眼皮轻抬,眸子里闪过冷冷的光。

“你好像记错了,是我不要他的,扔掉垃圾怎么会后悔?”

那时是她不要的他,在发现真相后,及时止损。何来后悔一说?

盛曦月拉下脸:“何必这么说呢?当年你可是伤心得不得了,还因此休学了。”

她想起那时候时机悲伤难过的样子,又笑开了:“这么久不见,今天碰到了,不如见个面吧?谦霖就在包厢里。”

她顿了一下,又像是炫耀般地抬起手指,手上的戒指在昏暗的灯光中闪烁着晶莹的光芒。“不过他现在是我的未婚夫了,我们马上要结婚了。”

时机也笑,但并非发自真心:“不必了,没有必要特地去见垃圾一面。”

本想出来透透气,却不想遇到了晦气的人。

咄咄逼人的盛曦月就成了宣泄的出口,在转身离开时她不忘给人添堵。

“你倒是完全没有变化。”时机睨了盛曦月一眼,笑得凉薄,一字一句掷地有声,“不管是四年前还是四年后,还是那么喜欢回收垃圾。”

盛曦月完全拉下了脸,脸上一阵青一阵白的,而时机早已转身离开。

她恨恨地跺了一下脚。

回到包厢,时机显得有些沉默,但这里面鬼哭狼嚎的倒也没人发现她的异样。

晃动的灯光,昏暗的环境,让她想起四年前那晚。

也是这样的 KTV,她就像一个小丑一般被人毫不留情地嘲笑。

“你不会以为谦霖真的喜欢你吧?你胖得像头猪!”

“谁会喜欢一头猪呢?”

“我的天!胖妹当真了,做白日梦也不能这样做吧?你就是个死胖子,又胖又丑,谁会喜欢你?”

…………

那些人的嘴脸丑恶到会成为梦魇，不断纠缠着她，这么多年过去，偶尔想起她还是会感到窒息。

时机晚上没想碰酒，但这会儿却忍不住喝了几杯。

口袋里的手机嗡嗡振动，她以为是时隽，却不想是林政一。“结束了吗？我在一楼大厅了。”

时机原本就想早退，所以叫时隽掐着点儿来接她，但没想到时隽找了林政一过来。

不过没关系，结果是一样的。

时机和程齐说了一声，又向其他人告知有人来接，就离开了包间。

KTV的整体氛围都热，人来人往的走廊里温度也高。时机喝了两杯酒，酒精一翻腾，脸越发红了。

走出大厅，冤家狭路相逢。

这次不再是一个人，而是一群人。

时机不是没有预料到，只是觉得太快了。重逢太快了。快到她还没有准备，就这样一身狼藉地与这些人重逢，在这方寸之地。

她看见盛曦月的脸，还有那个一身笔挺西装，打扮得一丝不苟的男人。

恍惚回到了四年前，在那个昏暗的包厢里，在那些嘲笑声中，他坐在劣质的沙发上，一双眼直直地看着她。原本总是含情的眉眼，在那一刻没有波澜，好像也在说：癞蛤蟆想吃天鹅肉。

时机以为四年过去了，随着身上减去的脂肪，她已经将这些东西忘却，再次重逢时可以风轻云淡地对他一笑置之。

却不想，他仍然是她最大的梦魇。是噩梦。

在她拼命想挣脱时，总有人想要将她一脚踹回去。

盛曦月一脸兴奋地挽着姚谦霖的手，走到时机面前，这次她脸上是带着胜利者的得意的。

“又见面了，时机，你要回去了吗？”

乍一听到这个久违的名字的时候，姚谦霖愣了一下，过了好久，才把记忆中的身影和面前的人重合起来。

“你是时机？”

不仅是他难以置信，就连他们周围那群人也难以置信。他们都是当年那群人，这么多年仍旧玩儿在一起，对于那件事情的女主人公，自然有印象。

记忆中绰号叫小胖猪的同学，摇身一变成为媲美大明星的美女。谁能不震惊？

盛曦月又紧了紧姚谦霖的臂弯：“是啊，完全想不到，对不对？当年时机可是胖得不得了，没想到现在这么瘦了。”

她向来以戳痛时机为乐趣，自然不吝于在每一个时候挑起以前的事情，用来羞辱时机。

“我今天晚上刚刚见到也没认出来呢，毕竟以前是真的好胖。”她笑着说，“脸都要挤一块儿，看不到五官了。”

时机不自觉攥紧了衣服，一群同样的面孔，她好像又回到了当年，回到那段被人评头论足的日子，像是滑稽的小丑，被人围观嘲笑和愚弄。

窒息的感觉突如其来，她陷入梦魇。

盛曦月的笑声在耳边变成金属般的重音，像是被人扼住喉咙，完全梗住，无法说出一句话。

“怎么了？”一个清朗干净的声音在耳边响起，时机后知后觉地感受到被人圈在怀里。熟悉的沐浴露香味充盈鼻腔。

她侧头看到那张干净好看的脸，眸中的关怀似正午的暖阳，撕裂雾霾，将她从混沌不堪的过往中抽离出来。

“你醉了吗？”林政一问。

“有点儿累而已。”

时机露出一个安抚的笑容，将林政一搭在自己肩膀上的手拉下。

姚谦霖见到时机和陌生的男人态度亲昵，有些迟疑地问：“这是你男朋友？”

这么小？

时机转过头望向他们，那么多双眼睛都看着她，都在等她的回答。

可她没有和这些人多做纠缠的想法，精致的眉眼满是疏离冷漠。

"我还有事，就不叙旧，先走了。"

盛曦月还想说什么，时机却不给她机会，转头就走。

她挺直腰板离开，像个刀枪不入的战士，不给那些人任何嘲笑的机会。

但一出门，在那些视线被建筑物完全阻断之后，这浑身的气势如泄了气的气球一样，光速干瘪下来。

KTV里的暖气被夜晚的风替代，眼睛被风吹得发涩。

眼前是城市林立的高楼，霓虹灯闪烁着刺眼的光芒，不知为何，今晚见到的一切，都那么容易刺得眼睛生疼。

可地上交叠的人影告诉她：不能失态。

此刻时间不算太晚，人行道上人来人往，车辆依旧拥挤。

这个夜晚并不孤寂，十分热闹，反衬得面前的人寂寥。

林政一几步上前，扯了扯时机的衣角，他提议："跟我去个地方吧？"

"嗯？"时机有些慢半拍。她仍沉浸在自己的思绪里，有点恍惚。

林政一扬起笑脸："你不会后悔的。"

他拉住时机的手腕，一路小跑到路边拦了辆车，等到地方时，时机才反应过来。

她站在石阶上居高临下地望着远处城市的灯火，冷风一吹，找回了自己的思绪。

"你怎么知道这个地方的？"

这里挺偏僻的，从山脚到山顶是一条蜿蜒而上的石阶，现在他们正站在半山腰，俯瞰城市的风景。

时机想，要是在山顶上看，应该又是一番不一样的开阔吧。

"偶然间发现的，怎么样，不错吧？"林政一像献宝一样，笑容清澈明朗，"这里可是我的宝藏秘密基地，人少风景美，分享给你啦！"

"只有小孩子才会……嘶！"脸颊被冷冰冰的东西一冰，时机猝不及防倒吸一口气。

回头看罪魁祸首，却见他拿着一罐啤酒，笑容无辜又纯良："来点儿吗？"

“你什么时候买的酒？”时机问。

“刚刚,在山脚的便利店。”

林政一提起了他手上的黑色塑料袋,手一晃,哐当哐当地闷响,显然还有好几罐。

在山脚下的时候,他去了几分钟便利店,出来就拎了个黑袋子,时机这才发现他买的是酒。

“小孩子能喝酒吗？”时机随口说了句,今晚这种心情的确适合喝一点儿,她没拒绝,接过了啤酒罐。

“我成年了。”林政一纠正她,“你别总把人当小孩子看。”

时机轻笑一声。

纤长的手指拉开易拉罐的拉环,仰头喝了一口,靠着石桩,望着漆黑一团的天空。

“城市的天空总是很难看到大片的星星。”林政一在感叹。

时机转头睨了他一眼,平静道:“城市的空气污染太严重了。”

“以前我在乡下,那里的星星很多,很漂亮,后来跟着教练去了省队又进了国家队,去了很多大地方,但再也没见过那么漂亮的夜空了。”

“我记得你家在港都。”

关于林政一的新闻中有提到,林政一一家三口定居港都:国内一线的大城市,寸土寸金的地方,何来乡下一说？

“我跟爷爷一起住过一段时间,在乡下。”

时机点点头,没多问什么,视线放在远处,将这城市的繁华收入眼底。

沉默在蔓延,风呼啸而过。

“嗞啦”一声,林政一也开了一罐啤酒,那声音在寂静的夜晚里格外清晰。他和时机一样靠在石栏上,手臂与手臂相邻不过几寸,只不过他看着的是手中的啤酒罐。

“我十一岁被选进国家队,那时候我是队里最小的,其他人都是国际赛事上的前辈,只有我,只有几场小比赛的经验。”

让他拿到国家队敲门砖的,他曾经以为很了不起的青少年跳水比赛的金牌，在那里不值一提。所有人都是万里挑一的，他不算优秀。

“那会儿压力很大，各项指标都在吊车尾，差一点儿就被除名了。”林政一幽幽地说。

时机看向林政一：“我以为你顺风顺水。”

翻开林政一的履历，漂亮得不可思议，自第一次在国际赛事中夺冠，天才选手的名号就伴随着他。

让人完全想象不到，曾经的林政一也会有这样的压力。

林政一笑：“哪有人光靠天赋吃饭的？努力才是成功的秘诀。”

“也是。”时机认同。

可能是外界的评价太影响一个人的看法，大家总是容易忽略天才的努力。

“我偷喝过酒。”他说，“为了缓解压力，他们都说酒是好东西，虽然知道不可以，但我就想试试。”

林政一仰头喝了一口，看着易拉罐：“但酒是苦的，好难喝，后来就没再碰过了。就那一次，没人知道，就连教练也没发觉。”

时机睨了他一眼：“看不出你小小年纪不学好，净学些有的没的。”

林政一哈哈大笑：“少不更事，有些好奇，有些叛逆。”

他的笑容干净明亮，感染力十足，引得时机也笑了。笑着笑着，时机嘴角便越发沉重，提不起来。“其实……我在渝川这边读过大学，今天晚上那些人是我大学同学。”

也许是夜色太好，今晚氛围太静，眼前的人太让人安心。

时机突然就有了些倾诉的欲望，她望着远处，长指捏紧了易拉罐，指尖泛白，似乎是在压抑什么。

林政一没有说话，只是静静地等待着她的倾诉。

良久，时机故作轻松地一笑：“我喜欢过一个人，就是那个问你是不是我男朋友的那个人。我和他在一起过。”时机顿了几秒才道，“也不算在一起吧，就短短一天的时间。”

那不过是那些浑身光芒的人闲来无事的取闹，而她却认真了。所以她才能在刹那间,从天堂跌进地狱。

“他让我觉得,我是世界上最糟糕的人。”时枞仰头喝了一口酒,冰冷的液体入喉,掩盖了声音里的颤抖。

现在想起,她仍觉得那是自己生命中最灰暗的时光,是不可承受之轻,她是众人口中的笑话,一把把轻飘飘但锋利的刀子,落在她那血肉之躯上。

林政一制止住时枞不停灌酒的动作。手背覆上一层温热,时枞转头去看他,眼里还有几分湿漉漉的雾气。

“你不是一个糟糕的人。”林政一很认真。

时枞却摇头哂笑:“你觉得我漂亮吗?”

“漂亮。”

“那是你没见过我以前的样子,很丑,是个大胖子,一点儿也不好看。”

林政一说:“你以前也很漂亮,胖也好看的。”

“你没见过才这么说,他们都说我丑。”时枞垂眼眨掉眼里的湿润,嗓音很低,“我觉得他们说得对,所以我才变成了现在这个样子。”

她那会儿情绪极度低落,节食减肥,短短一个月暴瘦十几斤。

后来就落下了胃病,这是那件事情给她留下的痕迹,在一切看似被磨平的角落里,反复提醒她。

“不,他们说得不对。”林政一温柔反驳,“我见过你的,四年前你在混混手里救了我,我看到的你,很漂亮。”

时枞一怔,记忆朦朦胧胧。

四年前,因为姚谦霖一行人的戏耍,难过至极的她去过一个沿海的小镇散心。印象中,她好像救过一个小男孩儿,但是记不清样貌了。

时枞愣愣地看着林政一,模糊的记忆逐渐清晰。“那个小男孩儿……是你?”

林政一点头承认:“你一个人打趴下好几个青年混混。”

他有几分感叹:“我当时就在想,一个人怎么可以又可爱又帅气。”怎么能这么漂亮,怎么一下就撞进了他的心里?

“你很好看,现在是,过去也是。”

他的表情真诚又认真，像是撕裂乌云的那抹暖阳，照进了那片灰暗的地带。

“有些人是珍珠，不懂的人以为是鱼目。这不是珍珠的错，是那些人不懂得欣赏。没有必要为这些不相干的人伤怀，懂的人自然会将你视若珍宝。”

时机愣住了。

林政一：“你很好，只是有些人不懂得欣赏。”

闻听此言，心头的雾霾散去，时机终于露出了今晚第一个笑容：“现在的小孩子嘴怎么那么甜呢？”

她伸手去揉林政一的头发，将他被风吹得乱糟糟的发丝揉得越发乱。

“我是认真的。”林政一拉了下她的手，一脸严肃地重申。

“我知道。”

风吹起她的发丝，她伸手把头发别到耳后。背后是城市的霓虹灯，五光十色地交织在一起，衬得她的面容多了几分温柔。

天色有些晚了，刚刚酒喝了不少，坐车回家时，时机有些昏昏欲睡。

林政一倒是精神得不得了，见她这样，低声在她耳畔道：“你睡吧，一会儿到了我叫你。”

“嗯……”酒精上头，时机整个人昏昏沉沉的，听到林政一这样说，眼皮实在撑不住了，耷拉下来。

林政一伸手去把她的脑袋扳过来，靠在自己的肩膀上。

他握住时机的手，发现她没动静，便小心地换了姿势，十指交扣。

做完这个小小的动作，他垂下眼睑笑了。

司机师傅从后视镜里看到这个场景，笑问：“女朋友喝醉了？”

林政一心情颇好，“嗯”了声，回答：“她酒量不好。”

“酒量不好可不能出去瞎喝酒。”

“您说得对，以后不让她出去喝了。”

…………

时机睡得熟，到了小区楼下，林政一没舍得叫醒她，付了钱，把她抱出了车，又一路抱到了家门口。

抱着时机不好拿钥匙，估摸着时隽赶论文应该还没睡，他按响了门铃。

门一下打开了。屋里人阴恻恻的眼神在看到时机被抱着回来的瞬间转为了茫然。

林政一小声解释："喝醉了。"

时隽满脸震惊："她喝酒了？"

林政一点头，径直进了时机房间，无视跟个小尾巴一样的时隽，轻柔地把人放下，盖好被子。

一切做好，他才将视线挪向时隽，努了努下巴，示意他一起出来。

时隽本来打算兴师问罪的，见状气势汹汹地跟了出来。

他一个人在家苦哈哈地熬夜赶论文，这两人逍遥到这个点儿才回来。想想心里就不平衡。

他刚想开口，只见林政一转头看向他，脸上有些严肃。

"你姐上大学时是不是喜欢过一个人？叫什么谦的。"他去接时机的时候，似乎听到旁边的女人是这样喊他的。

时隽一听，脸色严肃起来："你怎么知道的？"

林政一简单叙述了一下今晚的情况，听得时隽的眉头越发紧锁。

他啐了口道："没想到四年过去了，姚谦霖这些人还是阴魂不散，我就知道，她不该来这里的，我不该侥幸的。"

原想着那些人毕业了会流动到其他地方，却不想居然还留在了渝川市。

"当年到底发生了什么？"林政一问。

时机只说了个大概，他想知道更具体的，想更了解一些她的事情。

时隽叹了一口气，沉默了几秒才开口："我家的情况有些特殊，我妈不是时机的亲妈，我爸又忙于工作，所以时机从小就比较内向，再加上胖，她就不爱和人打交道，显得很冷漠。"

林政一一怔，他完全不知道时机和时隽是同父异母的姐弟，毕竟他们两个关系看起来很好。

他没有打断时隽，听着他娓娓道来，渐渐勾勒出了当年的事情。

故事很简单，一群吃饱了撑的没事干，觉得世界都要围着他们转的人，觉得时机拒人千里之外的样子很碍眼，于是打赌，让当时的校草姚谦霖去追求时机。

一直活在自己的世界里的时机，第一次被人高调追求和喜欢，像每一个烂俗童话里的主人公，慢慢喜欢上了帅气的姚谦霖，但追到手的第一天，时机就听到了真相，并由此开启了被人侮辱和伤害的生涯，取笑和谩骂接踵而至。明明是受害者，却没有人愿意站在她这边，周围的声音都在指责她痴心妄想。

那时时隽在燕京读高一，刚刚升学没多久，学习和生活都一团糟。时机在渝川市读大学，相隔甚远，再加上时机并不爱和人说太多关于自己的事情，这事发生了很久，他们家里人半点儿没发现。

“后来我去找她，她整个人暴瘦了一圈儿，我们才发现了这事。”时隽顿了一下，“而且当时她已经出现了严重的心理问题，所以我们给她办了休学手续，带她去散心。后来转学了，才逐渐好转。”

这也是为什么他现在盯时机那么紧的原因，因为他曾经的疏忽，在他不知道的时候，时机独自承受了这么多。

那样的伤害，陈述起来不过是几句话，可在当事人的心里，却难以磨灭。

林政一听得心惊，他没想到时机会有这样灰暗的过去，也难怪那时时机会那样说，原来是害怕，害怕一切突如其来的示好，害怕一切可能带有目的地接近。因为太相似的剧情，总会让她想起那时候的事情吧？

林政一有些沉默，有些难受。

月色朦胧，透过阳台透明玻璃门，月光温柔倾泻，静谧安详。

时机没洗澡总是睡得不踏实，酒劲一过便醒了，此时已是后半夜，屋子里静悄悄的，时隽已经睡了。

这家伙睡相差，这会儿把被子都踢到地上去了。

时机帮他盖好被子才去洗澡。

洗完澡再回去睡，一直在做梦，梦到的事压得人透不过气，只觉得难受，醒来却想不起梦的内容。

早上时机醒来时，窗外的暖阳已经透过窗户照进来了。她坐在床上有些茫然，伸手揩了揩眼角，有些湿润。

厨房有些小动静，估计是林政一在做早餐了。

时机穿上拖鞋走出去，果然看见林政一穿着一件白色的套头卫衣，估计是怕弄脏，他把围裙随意挂在脖子上，带子也不系，就在身前晃荡。

“怎么不系起来呢？”她轻声问了句。

林政一听到声音回头看时机，眉眼刹那间就弯了下来。

“你醒啦，快去洗漱吧。”

时机走到他身后，帮他把带子系好后才去洗手间洗漱。

洗漱完出来后，林政一已经做好饭菜了。他拉开椅子，对时机说：“坐呀，姐姐。”

人就是这样，相互交换过心事后，总会变得更加亲密，氛围都不一样了。

时机被他这副样子逗笑，顺从地坐下。

时隽从洗手间出来，见他们两个关系这么好，开口道：“你们俩偷偷说我坏话了？心情这么好。”

林政一蔫坏，脸上满是心虚：“没有没有。”

时隽对他的话一点儿也不相信：“你们俩肯定偷偷说我坏话了。”

时机敲了一把他的脑袋：“想什么呢！”

时隽捂着脑袋一脸委屈。

吃完饭，时机坐公交车到电视台，屁股还没坐热，有人喊她，说许清嫣喊她进办公室。

许清嫣办公室的门紧闭着，时机抬手敲了两下，得到一个“进”。

进门就看到许清嫣埋头处理工作，虽然市电视台不比省电视台忙，但一个总编负责的事情还是比较多的。每次见到许清嫣，她都在争分夺秒地工作，好像有处理不完的事情。

她就是一个雷厉风行的女强人，再多工作也不见累的那种。时机都不得不佩服,这样的拼劲是一个年轻人也很难有的。

还不等她多想什么,许清嫱的笔尖一停,抬头推了推鼻梁上架着的眼镜,直直地看她:“你上次拍的那个爱护花草的公益小短片反响不错。”

许清嫱一顿,又接着说:“台里想拓展一个这样的栏目,以人性关怀为基础,再拍摄一个关爱老人的短片,看看反响如何。”

时机迅速整理了一下许清嫱话里的意思:“好的,我明白了。”

许清嫱淡淡颔首,第一次说出除了交代工作以外的话:“好好干。”

若是和她相熟的人听到这话,便会知道,通过这些天的观察和磨砺,许清嫱对时机这个人算得上是比较满意了。

而时机和许清嫱接触时间还短,并未听出什么特别的意思,只是觉得这个总编并没有大家传得那么恐怖,只是比较公事公办,说不上平易近人而已。

她领了工作出去,便去整理资料。

关爱老人的短片,她自己倒是有点儿想法:这种类型的主题短片旨在呼吁年轻人常回家看看。

关爱空巢老人。不多时,时机就确定好了主题。锁定好十个采访对象,然后她便带着陈广田出去了。

这种短片她一个人拍不了,得请摄像。

陈广田来到这边后,一直在和其他的记者跑新闻,现在终于和时机一起出动了,他笑着感慨:“那时候说是不想换伙伴才过来的,没想到来了这么久,都是和别人去跑新闻,感觉一点儿也不适应。”

合作久了,很多默契都是别人没有的,一个眼神就能知道对方的意思,交流也很顺畅。

时机也笑。

电梯间有两个电梯,一个电梯上一个电梯下,刚好都在十七层停。

电梯门同时打开,擦身而过的时候,时机余光似乎看到一个熟悉的身影,但陈广田仍在和她交谈,她并没有转头看清楚。

今天时机锁定在老城区那一片的老房子,那边因为比较旧,老人居住较多。她今天打算先采访这个区里的三位老人，顺便再拍摄一点儿素材。明后天再采访另一城区的老人。

但今天的采访颇有些出师不利，采访的第一户老人是一位七十五岁的老奶奶，子女都在外地，只有她自己一个人在家。所以她对陌生人十分警惕，直接给他们两个吃了闭门羹。好在第二户比较顺利，这是一对老夫妻，也是七十多岁的年纪。孩子在外地工作，但孙子在身边带着，在渝川读书。

采访时，时机打开录音笔，坐在两位老人对面。这次她不出镜，摄像机全程记录。面对面访谈之后，还要拍摄老人的生活起居和点滴细节。

时间很快到了中午，时机和陈广田婉拒了老人留他们一起吃饭的邀请，赶往下一个采访对象的家里，午餐就用面包和水应付一下。

采访完第三户老人已经是下午五点钟了，时机和陈广田折返到第一位受访老人那里，打算再劝说一下，结果发现对方不在家。向邻居打听，他们才知道老人去菜市场买菜了。时间不早了，今天的素材也拍了不少，陈广田扛着摄像机，跟着她跑上跑下，累得满头大汗，于是时机便提议收工，先让陈广田回去了。

他们出来跑新闻不用特地回电视台打卡下班，所以就在老城区分手了。

这会儿天还是一片大亮。时机打算打车回家，手里的手机一震，是时隽发来的消息："几点下班？我去接你？"

时机回："不用。"

她刚想说自己现在在外面，忽然意识到，这里离渝川大学不远，不过几分钟路程。想了想，时机发现自己还没去过渝川大学，便顺便去看看。

于是她又回："我在你们学校附近。"

时隽回得很快："在附近采访？结束没？来我们学校吗？带你去吃饭。"

一连好几个问号，时机只回了一个"好"。

这个季节温度宜人，傍晚的风徐徐吹着，她一边往大学方向走，一边问时隽在哪儿。

但好久，时隽都没有回她。

渝川大学作为渝川市的一所地标级的学校，占地面积广，学校环境优美。时机走在林荫道上，感受着迎面而来的书卷气，觉得很轻松。

得不到回应，时机便在校区里瞎逛，远远看到前面的操场围了很多人。那里似乎是有人在打篮球。围着的人太多了，声音听起来很激动。有人跃起扣篮。一个漂亮的进球，众人欢呼声高涨。

时机感觉有个身影有点儿眼熟，凑近挤到人群中一看，在一群散发着荷尔蒙的大学生中看到了时隽的身影。

他正在运球，花里胡哨地耍着帅，半晌终于投出一个三分球。球在半空呈抛物线划过时，时机的视线看到了一个身影。

果然是林政一。

他刚好转过头，看到了她。

四目相对，林政一先是一愣，似乎是没想到她会出现在这里。随即好看的眸慢慢弯成弯弯的新月，里面似乎盛放了大片潋滟的光，竟比他身后的夕阳余晖还要耀眼迷人。这似火的目光灼烧了很多在场女孩子的心，时机忽略了耳边叽叽喳喳的关于林政一的讨论，眼里只有他笑容灿烂向她走来的画面。

林政一笑得酒窝深深："你怎么来了？"

时机还有些失神，愣愣地回答："我在附近刚工作完，过来转转。"

远处有人推搡着一个女孩儿过来，女孩儿鼓起勇气扭捏着问："林同学，喝水吗？"女孩子眼巴巴地看着林政一。

林政一笑着拒绝："不用了，谢谢。"

他直接拿过时机手上的水，仰头喝了一口道："我有。"

时机反应过来，脱口而出："那是我喝过的。"

林政一眼睛眨了眨，像是恍然发现这件事情一样，然后道："我一会儿再给你买一瓶吧？"

不等时机反应，时隽也发现了她的身影，小跑过来说："你来啦，等我一下。"

他转头提高音调，和刚刚一起打篮球的小伙伴说："不打了，不打了，我姐来了，一起去吃饭吧！”

闻言，一大帮穿着篮球服的二十岁出头的男孩子小跑过来，齐声道：“姐姐好！”

时机被震耳欲聋的声音惊得倒退一步，差点儿撞上林政一的胸膛。

“小心哦姐姐！”林政一伏在她耳边轻柔地说道，温热的气息拂过肌肤，撩起一些酥痒，转瞬即逝。

时机清咳一声，脸上挂了一个甜美的笑容：“你们好。”

这群人不打球了，围观的人就慢慢散了，但仍有小姑娘不愿离开。

时机扫视了一圈儿，看见那些目光多数往她这块儿望着。她捅了捅时隽的手臂：“你在学校还蛮招蜂引蝶的嘛，这么多小姑娘眼巴巴地看着。”

时隽相当自豪：“那可不，毕竟我可是我们系的系草，学习好、长得好，在学校里可是香饽饽的。”

“姐姐你别听他吹。”有个长得白白净净的男孩子站出来戳破，“那些小女生可都是政一招引来的，和小隽关系不大。”

其他人附和：“没错没错，招蜂引蝶的是林政一！”

林政一是渝川大学的风云人物，蝉联了三年校草的宝座，还有国家队的光环笼罩，别说是渝川大学的女学生，附近其他大学的女学生也有很多是他的迷妹。

时隽忍不住了，上前给这两个拆台的一人一个锁喉，说：“能不能给我点儿面子？”

“不能！”众人哈哈大笑。

时机忍俊不禁，转头开玩笑似的对林政一说：“没想到你这么受欢迎呀！”

“毕竟到了可以谈恋爱的年纪了。”他直勾勾地看着她，“以前都是妈妈粉，现在她们都是女友粉了。”

时机脱口而出：“小孩子谈什么……”

恋爱！

她最后两个字因为林政一的动作卡在喉咙里不上不下。

时枫看着林政一撩起衣服擦汗而露出的腹肌，感到鼻子有点儿热。

所有话都哽住了。

林政一擦完汗将衣服放下，注意到时枫的表情，明知故问：“怎么了？”

“没、没、没。”时枫连连摇头，视线有些飘忽不定。她悄悄吐出一口浊气，又瞥了一眼林政一单纯又乖巧的面孔，冷静下来。

你在想什么呢！时枫心里棒喝自己。

时隽打闹完，和朋友勾肩搭背过来，催促道：“走走走，去吃饭。”看这个样子，是要和这么多人一起去吃了。人太多了，时枫有些畏缩。

“你们去吧，我还有工作没完成呢。”时枫说。

“姐姐一起去吧。”林政一开口。

他直接拉住时枫的手腕，表情乖巧：“吃一顿饭而已，不耽误你工作的，一会儿还能和我们一起回家。”

第四章 照顾

昨天时机的难过还历历在目，林政一想着还是不能让她一个人待着，而且也希望她可以慢慢走出阴影，多和人接触。

“就是。”时隽也是这样想的，拉住时机另一只手，“走吧，吃顿饭而已，用不了多长时间，不吃你回家也是要吃的。”

盛情难却，时机半推半就地被带到学校附近的一家菜馆。这家菜馆据说开了十几年，菜做得很地道。

店里生意蛮好，他们有八九个人，找了个包间。

都是二十岁左右的年轻人，饭桌上氛围十分轻松，看得出时隽和林政一在学校人际关系很不错。

刚刚在学校拆时隽台的那个清秀少年正坐在时机对面，手肘撑着桌子，视线直勾勾地看着时机，问：“姐姐做什么工作的？男朋友怎么没和你一起来？”

林政一和时隽一左一右坐在时机旁边，刚好一抬眼就能从他的表情中看出，他对时机很好奇。

时机的外在大概是他理想中的女友：漂亮、独立、优秀，充满神秘。

林政一面不改色地端起茶杯，遮掩了眼中不安的情绪。

不用他多说什么，时隽便先开口了：“钟悦你好奇那么多干什么？”他警告着，“别打我姐主意，知道吗？”

钟悦打着哈哈：“这不是才知道你有个姐姐，实在好奇嘛。”

“就是。”陈桂锋附和，“这么漂亮的姐姐，藏着掖着可不厚道哦，时隽！”

时隽恶狠狠地将这群人瞪了个遍：“别乱来啊，不然兄弟没得做！”

时机拍了时隽脑袋一下：“你胡思乱想什么呢。”

说完转头回答钟悦的问题：“我在电视台工作，是个记者，没有——”

“喝点儿茶。”话音骤然被林政一打断。他给她倒了一杯茶，推到她面前。

时机轻声道了谢，还想接着说她没有男朋友，但饭桌上话题已经变了。

说起学校里的事情，时机插不上话，便静静听他们讲。

陈桂锋说起学校的活动，问时隽：“这次国际金融对抗赛你去吗？”

“看情况吧。”时隽咽下嘴里的东西接着道，“不是很想去，到国外去，少说也要大半个月，奖品也没什么吸引力。”

钟悦不可思议道：“前十名可是直接进天玺投行的，国内首屈一指的公司，世界500强的offer，还不够你心动啊？”

“就一般般吧。”时隽耸肩。

陈桂锋：“可是我看老周肯定会让你去的。”

时隽的成绩在他们学校金融系是第一名，这样的国际赛事，各所大学都会安排学生过去参加“镀金”，万一能拿到名次，那就不仅仅是学生一个人的荣誉了，学校的招生履历表上也是光荣的一行字。

为了学校的荣誉和自身的荣誉，作为金融系主任的老周肯定不会放过这个机会的。

“你是最有机会拿到名次的人，我看你就算不想去，老周也会逼着让你去的。”

“其实也是个历练，去试试也是好事。”林政一劝时隽。

这种机会很难得，在校期间能够多得一些奖项，对以后工作也是好事。

时机听着也不错：“是个机会，你也是时候出去历练历练了，别老是跟个小孩子一样。”

“老周才找了我没多久，让我考虑，怎么今天你们都来劝我了？”他开玩笑道，“老周给你们好处了？”

陈桂锋道：“想和你一起出国见见世面，你去参加的话我就一起，老周也找我了。”

名额有限，一所学校只限三个人去，他也是其中一个被看好的学生。

“机会难得，也是一种经验，我觉得可以去。”时机说。

“我也觉得可以。”林政一也附和。

时隽现在的确让人充满期待。大半个月呢，很长了。

林政一面带真诚的笑容，拍了拍时隽的肩膀：“大半个月不用上课呢，期末还加学分。”

时隽才想到这事，他的学分被扣得有些危险了。这次比赛只要是去了，不管得没得奖，都加学分，而且还不用上课。

时隽心动了：“行吧，到时候我去和老周说一下。”

林政一嘴角翘了一下，撇过头掩饰喜悦。

吃完饭，一行人起身打算走。

从包厢出来时，迎面刚好遇到了姚谦霖。

冤家路窄。

时机一晚上的好心情，在看到迎面走过来的姚谦霖时消失殆尽。

对方眼里闪过欣喜，几步上前：“又见面了，时机。”

还不等时机张口，林政一第一时间就把她拉到了自己身后。而时隽则是几步上前，阴阳怪气道：“那可真是不巧，多少有些晦气呢。”

“好久不见。”姚谦霖看见时隽，脸上露出了些许无奈的表情，“你的脾气还是那么暴。”

当年时隽知道姚谦霖这群人戏耍时机的事情之后，要不是保安和时机拦着，就把他揍了。大概是当时没揍到人，这会儿看见姚谦霖这张欠扁的脸，拳头多少还有点儿蠢蠢欲动。

“好狗不挡道。”他扬着下巴，颇有些嚣张跋扈的意味。

“我没有恶意。”姚谦霖解释，目光落在时机身上，“我只是觉得相逢就是缘分,我们可以坐下来叙叙旧。”

时机冷着脸,眉间的朱砂痣衬得她的肤色越发白皙,表情也越发冷漠。

“我想我们没有那么熟,没有可以叙的旧。”

姚谦霖还想说什么,旁边包厢的门一下被拉开:“谦霖,你怎么不进来……”

盛曦月的话音在扫到时机这边后,戛然而止。

她注意到姚谦霖的目光一直落在时机身上,有些吃醋,立马上前宣示主权:“又见面了呢。”

盛曦月揽住姚谦霖的手臂,脸上笑盈盈的,眼里却闪烁着几分阴狠:“没想到现在你这么受欢迎呢。”

她的视线掠过牵着时机手的时隽和林政一,再转向钟悦他们,语气耐人寻味:“一晚上,这么多‘弟弟’啊?都是大学生吗?”

时隽听出她的意有所指,肝火都要烧起来了:“你这是生怕别人不知道你是什么货色吗?满嘴喷粪的老巫婆,又老又丑!”

“你!”盛曦月气急。

时机拉住时隽:“没什么好说的,我们走吧。”

走廊上人来人往,看到一群人聚在这里,已经有人频频回望了,没必要在这里给人当笑料。

林政一走到外侧,看了一眼盛曦月,目光诚恳,声音平稳又温和:“阿姨,你脱妆了。”

精准一击。

“妆很好看,就是粉有点儿斑驳。”林政一声音不大不小,刚刚好是所有人能听见的程度,憋笑声此起彼伏。

盛曦月表情这会儿直接就青了,气得整个人都在抖,就是说不出话,面容扭曲地想要上去撒泼,被姚谦霖制止住。

姚谦霖蹙着眉,对盛曦月这副样子实在不喜:“大庭广众之下,你注意点儿形象。”

“我都被人欺负成这样了,你不帮我还指责我?”

“要不是你老针对时机，说话那么难听，人家会这样说话吗？”姚谦霖觉得盛曦月这副样子像个没家教的：“你检讨检讨自己吧！”

“我针对她？”盛曦月瞪大眼睛，“你看清楚没有？刚刚他们怎么说话的？我是你未婚妻，你不帮我说话就算了，现在还要为其他人指责我？”

“我只是就事论事，看到你针对她了。”姚谦霖重申，“以前是年轻不懂事，现在能不能不要那么幼稚？针对时机你能得到什么好处吗？”

盛曦月怒极反笑：“就事论事？年轻不懂事？你是看到她现在变漂亮心动了吧？是不是后悔了？当初嫌弃人家，现在后悔了吧？”

“盛曦月！”姚谦霖被人踩到痛处，震怒了，“你说话注意点儿！”

“我才是你未婚妻，我们马上就要结婚了。”盛曦月一字一句提醒他，“你要出去找，那也得看我给不给！”

“我们只是商业联姻，你搞清楚！”姚谦霖也毫不示弱，“你最好别干涉我！”

今天这顿饭显然是吃不下了，姚谦霖见不得这人疯魔的样子，拂袖而去，只留盛曦月在原地气得半死。

包间里的郑泽恺见姚谦霖走了，这才探出头来，小心翼翼地问：“表姐，你也认识时机？”

盛曦月冷着脸回头：“怎么，你也认识？”

“一个电视台的。”

“一个电视台的？”

盛曦月重复了这句话，脸上闪过了阴狠的表情。

时机一行人在门口散了，时隽搂住林政一的肩膀，颇有些赞赏：“可以呀兄弟！你这阴阳怪气的，把那老巫婆的脸都气歪了。”

时隽心情舒畅：“知道你平时蔫坏，没想到你这么坏，说话一套一套的。”

林政一面不改色，眼里满是不谙世事的无辜：“我实话实说而已，确实脱妆了，粉有点儿厚了。”

时机扑哧一声笑出来：“说得好。”

时隽仍有些担心：“你还好吧？”

毕竟是那么久的阴影，以前时机因为这些人吃的苦和受到的伤害，还历历在目，实在很难放得下。

但她轻松一笑："我很好。"

多年的心结自然不可能在一朝一夕间就解开，但是比起以前的一个人硬扛，一个人面对这些恶意，时机今天晚上第一次感受到了力量。这次她不再是一个人，身边还有时隽、林政一。她感觉很安心。

林政一仔细观察时机的表情，发现她没开玩笑，放心下来。

"那走吧，回家！"

日子平静地过了两天，时隽出国参加金融挑战赛的事情终于定下来了。

学校很重视这件事，受到周围环境的影响，时隽也被激起了斗志。不过他还是对时机有些放心不下，姚谦霖那群人现在就在渝川市，指不定什么时候会碰到。看姚谦霖那贼心不死的样子，时隽还是有点儿担心时机再次被这垃圾缠上。

临行的前一天晚上，他特地关上房门和林政一来了一次友好而深入的交流。

"我觉得这个任务只有兄弟你最合适。"时隽握着林政一的手，非常郑重。

"嗯？"林政一挑眉表示疑惑。

"我不在的这段时间，麻烦你帮我照顾好时机。"

这次要去一个月的时间，他实在放心不下时机。

"帮我照顾好她。"他着重强调，"最主要是帮我看好她，别让姚谦霖那个混球有一丝一毫的机会，当然，别的小兔崽子你也要防！"

作为其中一个小兔崽子，林政一有些想笑，但憋住了："你就这么放心我呀？"

"当然，你可是我的好兄弟，你的人品我还信不过嘛！"时隽掷地有声。

没有人比林政一更适合这个差事了：一个屋檐下，比时机小 5 岁，心里有人。

最重要的是，时机压根儿没把林政一当男人看。之前林政一洗完澡没穿上衣出来,时机可是面不改色一眼都没看。

他敢断定,林政一在时机眼里,就是个毛都没长的小屁孩儿。找林政一帮忙,再合适不过了。

林政一做出几分为难的表情:“可是我最近队里训练,还要打扫器械室什么的,不一定有时间。”

时隽做出退让:“到时候我回来了帮你承包了这学期的打扫什么的。”

林政一内心的小人已经在旋转跳跃了,脸上还是面不改色:“你真的觉得我可以?”

“当然。”时隽按着他的肩膀,对他十分信任,“你一定可以的。”

林政一假装勉强地点点头:“那我努力。”

努力让我们的友谊沉船。他暗自偷笑。

时隽满意地离开他的房间,为自己睿智的决定沾沾自喜。

而林政一看着他的背影,嘴角止不住上扬。

时隽是隔天早上一大早的飞机,时机和林政一一块儿去送他,目送他和导师们进了安检口才转身回去。渝川这两天早晚温差有点儿大,一出机场刚好是风口,吹得人瑟瑟发抖。早上出门走得急,时机就穿了一件薄薄的卫衣,这会儿一出来,风直往衣角里钻。

她抱臂摩挲着衣服取暖,下一秒周身就被暖意覆盖了,鼻腔充盈着淡淡的清香。

“你穿得太少了。”林政一把自己的棒球服外套给她套上,“这样就不会冷了。”

时机一米六八的身高,套上林政一的外套,有种小孩儿偷穿大人衣服的滑稽感,袖子长出一大截,长度也刚好过臀,倒显得人十分娇小可爱。

脱了外套,林政一就只剩下一件纯色T恤了,这风一吹,时机都替他感觉冷。

“不用,你自己穿就好。”她赶忙要把衣服脱下来还给林政一,“你就穿着件短袖,等下着凉了。”

“我不冷,你穿得太少了,时隽交代我照顾你呢。他前脚刚走,你后脚生病了，我到时候怎么跟他交代？”

时机睨了他一眼，仍坚持说：“我一个成熟人士，哪用得着你一个学生照顾，等下你生病了，我还得照顾你。”

“我可是运动员，身体好得很，怎么可能吹点儿风就着凉了。”林政一表示绝对不可能着凉，又把时机刚刚脱下来的外套给她披上。

“你等下要直接去上班的，不要逞强了；我等下直接就回去了，吹不了多少风的。”

“好吧。”时机最终还是屈服在林政一的执拗之下。

面对这乖巧的林政一，她实在是太容易退让了。

林政一帮她折好袖子，将她里面卫衣的帽子掏出来整理了下。

他们两个人的距离站得很近，这样的姿势远远看着像是在拥抱。

林政一偏着头给她整理衣帽，温热的气息扫过，时机不自觉地屏住呼吸。她第一次感觉到，这个被自己一直当成弟弟的人的胸膛是这样宽阔。

一股莫名的情绪在翻涌。

这人来人往的街道似乎都安静下来了，只剩下他们两人，时机的大脑有一刹那的空白。

但好在林政一在下一秒退回安全距离，让她从这样的空白中抽离。

时机愣愣地看着面前的林政一，他额前的头发搭在颇有立体感的眉弓上，一双好看的杏眼微微下垂，乖巧又无辜。

“你怎么了？”林政一伸手在她眼前晃了晃。

时机霎时回过神，那一瞬间的感觉过分强烈了。时机蹙着眉说：“突然感到心脏有短暂的不舒服，不知道是不是昨天熬夜写稿子熬的。”

“现在没事吧？还能上班吗？我送你去医院看看？”林政一有些紧张，“你之前体检心脏方面有问题吗？”

时机摇头：“我调来这边的时候刚做的体检，没问题，估计就是熬夜。”

林政一仍放心不下：“还是去医院看看吧。”

“不用，晚点儿再看吧。”时机拒绝了他，直接去上班了。

林政一想等时机下班后带她去医院看看的，结果自己先病倒了。下午游完泳回来，他就觉得人昏昏沉沉的，原本他还打算晚上和时机来个浪漫二人晚餐的，结果在沙发小憩一下，倒下去就天昏地暗不知什么时候了。

时机回到家发现屋里黑漆漆一片，有些疑惑。林政一没说要出去，怎么家里没人？

她在玄关摸到开关，"啪嗒"一声开了灯。

屋子里瞬间亮了起来，时机在地上看到了林政一的包，这才后知后觉发现沙发上长出来的一截腿。

她几步上前看到林政一整个人蜷缩在沙发上睡觉，脸上有不正常的红晕。一探体温，发现他已经发烧了。时机叹了口气，把包一放就去找药给他吃。

"林政一，林政一，"她轻拍林政一的脸，小声喊他。

林政一虽然发烧头脑有些昏沉，但听到声音，费力睁开眼，见是时机，有气无力地说了句："你回来啦。"然后就要起身，"我睡过头了，还没做饭呢，你等等。"

他有些头重脚轻，挣扎着要起来，但被时机一拉，便轻飘飘地又倒下了。

"你发烧了知道吗？"时机按住他，"还做什么饭！吃药。"

她把退烧药用水给林政一服下，又把人按下去让他继续躺着。

"睡。"时机命令他，然后自己进房间抱了张毯子出来，给林政一盖严实了。林政一只觉得特别累，昏昏沉沉地又睡了过去。

不知道睡了多久，再次醒来时，时钟已经走到了晚上九点半，屋子里很安静，只听见笔尖划过纸张的声音。

林政一眼珠子缓慢地转了转，目光一下对上了时机的侧脸，过肩的长发被扎起，一绺头发别在耳边，脸庞干净秀气。

她正在工作，认真地在纸上写着什么，文件铺满了茶几。

林政一动了一下，衣服和沙发摩擦发出声音惊动了时机。

"你醒啦？"她从伏案工作状态中抬起头，起身时感觉腿有些麻，捶了两下这才凑到了林政一旁边，"我看看退烧了没有。"

她抬手去探他的额头，手背感受到的温度不是很高了，自顾自道："好像烧退了。”

手探还是不太准，时机把刚刚不知道给扔到哪里去的体温计又给找出来了：“张嘴。”

林政一乖乖张嘴把体温计含住，然后看着时机忙活。他睡太多了，脑子转得有些慢，只知道视线随着时机走。

时机将桌面上的东西收拾了一下，转头看见林政一正愣愣地看着她，莫名地笑出了声。

林政一本来就长得像乖狗狗，现在嘴里叼着一支体温计，目光呆滞，更像一只憨厚的大型犬了。

见她笑得莫名，林政一用眼神表达疑惑。

时间刚好到了，时机走过去：“张嘴。”把体温计取了出来。

36.4 摄氏度。终于退烧了。

“我发烧了？”林政一脑子终于清醒了。

“对啊，你才发现吗？”时机调侃他，“还说身体很好呢，大话一放就生病了，下次少说。”

林政一突然感到脸热：“这次是意外，我吹到风又下水了。”

“嗯，意外。”时机态度敷衍，“起来吧，我煮了粥，来吃点儿。”

粥煮了有点儿时间了，但是她一直放在保温壶里温着，这会儿倒出来依旧是烫的。

煮粥和煲汤，时机很在行，香味十足，不过林政一这会儿烧刚刚退，嘴巴都是发苦的，什么味儿也吃不出来，但他还是赞美了一句：“真好吃。”

时机毫不留情戳破他：“你嘴里还有味儿吗？吃得出味道吗？夸得一点儿也不走心。”

林政一挠了挠头，腼腆一笑。

林政一身体好，病来得快也去得快，隔天时机起床的时候，他刚好从外面买了豆浆包子回来。

“吃早餐呀。”

“怎么一大早下楼去买早餐了，等下又吹到风了。”

时机走近他，伸手去探他的额头，林政一适时弯腰好让她够得到，眼睛亮晶晶的。

“没再烧起来。”时机没发现这个细节，探完体温之后让林政一先吃东西，自己进了洗手间洗漱。

去上班前，时机还不忘叮嘱林政一好好照顾自己。

早高峰的电梯总是难等，广电大楼三十多层，每一层的员工都不少，每次上下班，电梯都不好进。

就像现在，电梯门开了，一群人拥进去，时机慢了一步，电梯满了，只能等下一趟。

幸好电视台并不要求新闻部的记者按时打卡，晚几分钟也无所谓。

等电梯的间隙，又零星来了几个人，大家一起等。

“时机？”有人喊她。

声音有些耳熟，时机面无表情地转头，果然看见了姚谦霖那张脸。

这次他穿得西装笔挺，头发也梳得一丝不乱，再无大学时期浑不吝的模样。

当年喜欢姚谦霖的那些人中，很多都是着迷于他有点儿痞的气质。说实话姚谦霖长得不算非常好看，但是当年身上浑然天成的痞气却为他增色不少。出格和叛逆的魅力，总是会让人把目光多停留在他身上一些。

时光荏苒，社会的历练磨灭了他意气风发的叛逆，多了几分市侩和虚伪。不是说变得不好看了，只是再也没有那种能让人惊艳的感觉了。

时机无意和他多说什么，连敷衍都不愿意，将头转回来不看他一眼。

姚谦霖却没在意她的冷淡，几步上前殷勤道：“你在这里上班？几楼？是做统筹的吗？哪个娱乐公司……”

他的问题接连不断，时机感到烦，脸上的表情越发冷若冰霜：“这位先生，我们好像没有熟到可以聊天的地步吧？”

姚谦霖一窒：“老同学见面，不用这么生疏吧？”

时机回答：“我们原本就不熟。”

说完这句话，电梯门就开了，她进了电梯按下楼层按钮，姚谦霖也跟着进去了。

刚刚那一趟电梯载了不少人，这一趟人不算多，狭小的空间里静悄悄的。

到了楼层，时机目不斜视地出电梯进了办公室，而姚谦霖随后从电梯走出来，看了一眼时机进的地方愣了一下。

他没想到在学校时十分孤僻和独来独往的时机会在电视台工作。但是他转念一想，觉得这倒是个好机会。他们现在工作的地方在同一层楼，倒是近水楼台先得月了。

时机这两天一直在做关爱老人的公益短片，昨天晚上刚刚收尾，今天便把工作成果上交给许清嫵了。

新闻部记者的每一篇报道、每一个视频都需要经过主编审核，走完程序才能正式发布。

午休过后，许清嫵给时机提出意见："不行，改。"

短短的几个字，否定了时机这些天加班加点熬夜做出来的东西。

没给一个理由，时机追问："可以问下哪方面有问题吗？"

许清嫵从工作状态中抬起头，反问："这个短片的主题是什么？"

时机没有迟疑："关爱空巢老人。"

"很好，你很明白。"许清嫵敲了敲桌面，没有一点儿停顿，"我看完了你做的短片，煽情有余、共鸣不足，你明白问题了吗？"

时机一怔。

关爱老人之类的短片，光靠煽情是不行的，看了就忘记。她没有拍出能让人看了产生共鸣的效果。

"我明白了。"

时机回到座位，顾艳和程齐都凑了过来。她最近做公益短片，这个项目新闻部的人都知道，也知道台里有意给她开设一个新的栏目。

顾艳按捺不住性子先问："怎么样？许主编怎么说？过了吧？"

程齐抢答："肯定过了。"

他看过时机之前在省台的报道，也和时机短暂合作了几天，是知道时枫的实力的。此外,他听说时枫在省台才一年多,就“威胁”到省台的一姐林龄了,综合实力肯定很不错。

时枫摇了摇头:“没过。”

程齐和顾艳都小声地“啊”了声:“为什么?”

“质量不行。”

程齐挠了挠头:“我看你搞得蛮好的……”

顾艳说:“许总编向来要求比较高,过不了也正常。”

她松了口气,部门里大部分人也都松了口气。

时枫初来乍到,台里如果因为她上次拍的短片反响不错就给她单独开一个栏目,就太让人眼红了。不知道有多少人在盼着时枫独办栏目的事情不了了之。现在时枫的短片被驳回,大家都暗暗窃喜:只有这样,他们这些电视台的老人心理才平衡。

职场本来就是一个浑浊的大染缸,表面风平浪静,暗地里浪潮汹涌。

时枫对他人所想并不清楚也不在乎,看着自己的短片陷入沉思。

关于父母和子女间的共鸣,这是她那短片的短板和盲区。

离项目截止日期还有三天,时间很紧迫,时枫在电视台看了一天片子,同类型的短片不下十部,还有很多其他的片子,直看得头昏脑涨。实在想不出怎么改,时枫便出去采风。

到了下午五点多,林政一给她发信息:“下班没?我去接你。”

时枫隔了十分钟才看到信息,回他:“在外面采风,我自己回去就好了。”

“在哪儿?”

“半月湾这边。”

时枫看着平静的湖面,叹了一口气。她跑了好几个地方找灵感,脑子里依旧一团糟,感到十分疲惫。

林政一回得很快:“我就在附近,我去找你吧?”

时枫想了想,回了个“好”。反正也想不出好主意,一个人在外面晃也没用。

林政一说在附近，但时机还是等了十几分钟。

天色渐晚，风渐渐大了，时机百无聊赖地四处张望。

好一会儿，远远地看到林政一，他气喘吁吁地一路小跑过来，鬓角有细密的汗珠。

“很远跑过来的？怎么出这么多汗？”时机从包里抽了几张纸巾给他。

林政一接过纸巾，憨憨一笑：“有点儿事情牵绊住了。”

时机也没多想，跟着林政一回家。

这一带不太好打车，要走到这块地界的外面去，时机还在想工作上的事情，一路上十分沉默。

林政一发现了她的异样，观察了很久才迟疑着开口：“你今天不开心？”

时机还在自己的思绪里，只茫然地“啊”了一声。

“今天是发生了什么不开心的事情吗？”林政一接着问。

“没有，就是工作上有点儿事情没解决好。”

“很难解决吗？”林政一看着她，“要不和我说说？多个人多个办法。”

时机没有好点子，看着林政一的脸，心想死马当活马医吧，就说道：“就是有个短片，我没想好怎么改。”

她从头到尾给林政一捋了一遍，但其实不抱什么希望：林政一不懂这方面的事，说了他也想不出什么好点子。

林政一沉默了一会儿，重复她的话：“所以你第一版的短片，是拍摄了十几位老人的自述和日常生活？”

“嗯。”时机点头。

“也许可以从一个生命的孕育到长大成人和父母从风华正茂到白发苍苍的变化来做一个对比，这样子会比较有记忆点。”

林政一说出了自己的建议：“父母陪伴子女长大，但子女成年后却远走高飞，这种感觉。”

时机愣了一下，她突然明白了她这个片子缺少的是什么了：陪伴。

她第一版的片子一直“口头”强调陪伴，足够煽情，但其实很空洞。

林政一的提议让她醍醐灌顶。

她的童年并不算十分美好,父母的陪伴对她来说有些遥远,没有记忆,所以接触到这个主题后,她把重点放在了老人身上。但这样的片子,重点应该放在父母和孩子之间相互陪伴的日常生活中,这样才容易唤起观众记忆,引起观众共鸣。

林政一看时机迟迟没有反应,连忙说:“建议不太成熟,你听听就好了。”

时机从自己的思绪里回过神,嘴角止不住地上扬:“不会,你的建议很好,对我很有帮助。”

“真的吗?”林政一很开心。

时机给了肯定的答复,她对怎么改已经有了初步的规划。

接下来就是做准备工作。今天已经不早了,还得联系人做功课,只能明天叫上陈广田,再去拍点儿素材。她之前本来就拍了很多素材,再补充一点儿进去,重新剪辑一下,赶一赶应该可以如期做好。

为了赶出片子,时机这两天忙得脚不沾地。林政一怕她忙到没时间吃饭,一直盯着她的饮食。深夜,林政一看时机房间的灯还没关,看了一眼时间,已经十二点半了,他便去厨房煮粉。

他还记得时机以前因为姚谦霖的戏弄被人嘲笑,所以节食减肥落下了胃病。她不能饿,饿过头了会很难受。

林政一敲门的时候,时机刚好打开门走出来,手僵在了半空。

“怎么了?”时机问。

“我煮了汤粉当宵夜,你也吃点儿吧。”

时机顺着林政一手指的方向看了一眼,桌子上的锅有热气在蒸腾。

香气远远飘来,勾起人的食欲,时机点点头:“好。”

她先去了一趟洗手间,再出来的时候,林政一已经盛好汤粉,坐在餐桌前眼巴巴地等她了。

时机心头流过一股暖流,走到林政一对面坐下。

“快吃吧。”林政一给了她一双筷子,见她开吃,自己也吃起来。

时机问他:“你怎么这么晚还没睡?”

林政一作息习惯一直都很好,但这两天居然都这么晚睡,还做宵夜吃,实在少见。

“这两天都午睡了，晚上睡不着。”林政一面不改色地解释，然后立马转移话题，“你呢？工作做得怎么样了？”

“差不多了，明天可以交上去了。”

她今天晚上已经差不多做完了工作，还有一点点细节，明天收一下尾就好。

晚上终于可以睡个好觉了，时机打了个哈欠，实在困得不行了。

第二天时机和林政一一起出门，她去上班，林政一去学校。

时机要去坐公交车，他俩不同路，就在小区门口分开。临走前，林政一给时机打气：“一定可以过！”

他从自己书包里拿出一个布偶挂件递给时机：“这是我的幸运挂件，我比赛的时候都带着的，每次都给我带来好运，现在送你。”

时机垂眼看了一眼林政一手里毛茸茸的兔子造型的布偶，和他本人还有点儿像，乖巧又可爱。

“你长这么大了，还喜欢这个呀。”她忍不住揶揄他，摆弄着布偶，举起来放在林政一脸旁，有些疑惑，“你去哪里买的和你长得这么像的小兔子的？”

“我九岁出去比赛的时候，我妈给我做的，一直带在身边的。”

时机愣了一下，有些艳羡：“你和父母感情真好。”

林政一小心翼翼地看了她一眼，又道：“带着很多年了，所以看起来不是很新了。”

虽然保存得当，但是一直随身携带，时间还是留下了不少痕迹。

刚刚没思考就拿出来了，现在回过神来，突然忐忑不安：他不知道时机会不会嫌弃。

时机小心地将布偶收起来，笑着道：“没事，我很喜欢，希望能分享到你的好运气。”

林政一心头的大石头一下就落了地，眉眼霎时就弯了：“你喜欢就好。”

时机到达电视台时，新闻部的人还不多。她赶紧收尾，视频完工之后，部门里的人渐渐多了起来。

许清嫵上班后,时机第一时间将视频发给她,等待反馈的间隙,时机观察着许清嫵的表情。

时间不算太长。许清嫵看完视频,转头面向时机。“这次不错。”她给了一个肯定,“结尾也很有亮点,我等下给你提交到运营部那边。”

时机松了一口气:终于过了。

走出许清嫵的办公室,程齐探过头来,小声询问:“怎么样?”

时机给了他一个肯定的眼神。

程齐笑道:“恭喜啊!”不仅是恭喜视频通过,还恭喜时机即将成为一个项目版块的负责人。

这对于初来乍到的人来说,几乎是一种质的飞跃了,是一件很让人开心的事情。

顾艳将这两人的样子看在眼里,沉默地收回视线。

时机在包里拿出杯子打算去茶水间倒水,程齐注意到了时机包包上的跟时机外表完全不沾边的兔子挂件。

他笑着问道:“你还喜欢这种少女心的东西?看不出来呀!”

对于时机这种看起来就是走成熟路线的都市丽人,程齐还是第一次看到这么少女心的东西出现在她身上。

时机闻言想起林政一,脸上不自觉地泛起一个浅笑:“别人送的幸运玩偶,可以带来好运的。”

程齐看着时机若有似无的温柔浅笑,愣了一下:她笑起来很好看,像是积雪消融后,春暖花开般的美丽。

时机向来很少笑,一起共事很多天了,时机笑的次数屈指可数。有时候是客套疏离的浅笑,因为社交需要才会偶尔出现。而现在这个笑,很浅,转瞬即逝,但程齐看得出是发自肺腑的。

他突然很好奇:送这个玩偶的人究竟是谁,居然让冰山美人露出了这种融化的表情。是不是她的男朋友?

程齐想问,可时机已经起身去了茶水间,他只好作罢。

这两天时机一直在加班,今天视频通过,下午就早退了。

在等公交车的间隙,她看着手上的兔子玩偶,突发奇想要去大市场逛一逛,给林政一买个礼物。

时机没有坐上回家的公交车,转而乘坐了另外一条线路的车。

渝川市有一个很大的贸易市场,每月逢三六九开市,人很多。今天摆摊的人不多,逛的人也不多。时机一个人穿梭于其中,在各式各样的摊子上挑着合自己心意的礼物。不过看来看去没有看到一个合适的,感觉都不适合林政一。

扫兴地往回走,经过百货商场时,她在橱窗里看到了一双白色的篮球鞋,她的审美瞬间就被击中了。真的是很好看的一双鞋,鞋子通体白色,点缀有反光材料,在视觉上显得十分缥缈,像泼墨画的留白。

时机走进去摸了一下实物,手感也很不错。

售货员看她心动,不遗余力地劝说:“这双球鞋是今年的新款,很适合买来送男友,他一定会喜欢的。”

时机解释:“不是男友。包起来吧,就要它了。”

回到家,林政一已经在做饭了。

门口的动静引起了林政一的注意,他在厨房里扭过头来看见是时机,便说:“回来啦,先坐一下,饭马上好。”

时机凑近看,发现林政一在做鸡公煲,还煮了汤,“工程量”看着不小。

“今天怎么这么丰盛呢?”

林政一腼腆一笑:“你最近太忙了,吃好点儿补一补。”

“要我帮忙吗?”

时机撸起袖子,打算给林政一帮忙,人家做饭她也不能干看着。

两个人一起弄,很快就做好了饭。吃完饭,时机就把买的鞋子拿了出来。

她把鞋拿到林政一面前递给他:“送你的。”

林政一的眼里满是茫然。

“嗯。不知道你喜欢什么款式,我就按照自己的审美买了,你看看喜不喜欢。"

林政一接过盒子，看着时机，愣了好一会儿才慢慢反应过来，眼里满是欣喜，忙不迭点头："喜欢。"

时机看他憨憨的样子失笑："你还没看呢，就知道喜不喜欢啦？"

"你送的我都喜欢。"林政一脱口而出，直勾勾地看着她。

时机突然心跳漏了一拍。

恍惚了一下，她连忙低下头，说话突然有些磕巴："喜……喜欢就好。"

看着林政一欢欢喜喜的背影，时机按了按自己的心口，驱散异样的感觉。

第二天，林政一就穿上了时机给他买的球鞋，眉飞色舞地去学校了。

一到训练室，杨立飞就看到他一脸开心的模样："干啥？有啥好事让你开心成这样？"

林政一示意他看自己的鞋子："新鞋。"

杨立飞看了一眼："挺好看的，但至于开心成这样吗？"

"你不懂。"

林政一神神秘秘的样子，看得杨立飞一脸茫然。

于是一上午的时间，游泳队的人都知道林政一穿了一双新鞋，并且非常喜欢。队友们走路的时候，都格外注意看路，生怕一不小心把他的鞋子踩了。

午休时间，燕南路发生车祸，时机在电视台接到通知，立马收拾东西，赶往事发地点。

疲劳驾驶导致的追尾，连撞四辆车，现场很混乱，很多记者在附近直播报道。

时机和陈广田找了一个不妨碍救援又可以拍到事故现场的地方进行报道。

这事忙了一个下午，直播报道完，他们还需要拍摄现场，带回去剪辑视频。

“给。”陈广田给了她一瓶矿泉水。

“谢谢。”时机接过，“咕噜咕噜”喝完了一瓶矿泉水。长时间不间断地报道，让她的嗓子有些哑，有些干疼，喝了水之后好了很多。

突发状况让出镜记者忙到焦头烂额，作为摄像的陈广田，扛着摄像机一天了，也很疲劳。

时机让他也坐下来歇一歇。

简单休息了一下，她又马不停蹄地回电视台剪辑，处理完手头上的事情后，天已经全黑了。

时机点了一下手机屏幕，光线骤然亮起，她看见林政一半小时前发的消息：“下班没？”

时机坐车回电视台的时候，就估计到今天要加班了，所以提前和林政一打了招呼，跟他说了要加班。

她拿起自己的包包，边走边回消息：“刚刚忙完，现在在等电梯。”

这个点儿，电视台还有人没走，也有刚刚下班在等电梯的，时机一出办公室，迎面看到了西装革履的姚谦霖从对面那家娱乐公司走出来。

十七楼这层，除了市电视台还有一家娱乐公司，前阵子听人说刚被收购大换血。

时机没想到姚谦霖会从那个地方出来，有些膈应，于是面无表情地收回视线，静静等电梯。

姚谦霖却凑过来，态度熟稔：“刚下班？我送送你吧。”

时机冷淡拒绝：“不用。”

“这么晚了，你一个人回去我不放心。”

电梯前除了他们，还有两人，听到他们的对话，视线时不时飘到他们身上。

这时电梯门“叮”一声打开，时机懒得搭理姚谦霖，直接进去了。电梯里站了不少人，时机拉开距离站着。姚谦霖目光落在她身上，欲言又止，时机权当没看见。

很快电梯就到了一楼大厅，时机面无表情地出了电梯。

姚谦霖快步跟了上来:“我送你吧。”他几步走到时机旁边,不由分说地握住了她的手腕。

那一瞬间弥漫上来的反胃让她猛地倒退一大步，她甩开姚谦霖的手，不自觉地提高音调:“这位先生,请你放尊重一点儿。”

突如其来的变故让人措手不及,霎时间所有人都回头看他们两个。

姚谦霖愣了一下,反应过来之后仍想去拉时机的手:“我们坐下来谈谈好吗？”

周围的人脚步都放慢了下来,等待下一步的发展。

时机动作很快,避开了姚谦霖的手,眼里满是厌恶:“我们没什么可谈的。”

她不想成为别人茶余饭后的谈资,也不想和姚谦霖有任何牵扯,大步向前离开。以前的事情已经发生,无法逆转,以后,她这辈子都不想和这个人再有什么瓜葛。

“你能不出现在我面前吗？”时机非常冷漠地说,“我不想见到你。”

那些人的出现像是在反复提醒当年的事情，反复提醒着她的过去,那段被她尘封起来不愿意再去触碰的黑色记忆。

“当年是我们不对,我太年轻,伤害了你,我向你道歉好不好？”

好不好?

时机只觉得烦,不愿再纠缠,正打算离开时,被人握住了手腕。

“这位先生你有事吗？”一个声音突然响起,熟悉宽厚的肩膀将她挡在身后。

面对着一个西装革履的成熟男人，林政一穿着简单的T恤和长裤,一副青春洋溢的少年模样,气势却没有比姚谦霖弱多少。常见的和善笑脸在此刻完全消失,嘴角抿直,眉宇间有锐利的锋芒乍现。

他将时机护在身后,一副保护者的警惕姿态。

时机有几分错愕:“你怎么来了？”

林政一听见她的话,神色软下来:“来接你的。”

姚谦霖认得这个少年,几次遇到时机,这个人都在。这次又是这样的姿态，虽然心里觉得不可能，但看着对方拉着时枫的手，而时枫也没有挣开，他迟疑地问："你们……是什么关系？"

林政一故意误导姚谦霖："如你所见。"

他将时枫又拉近了些，有些亲密："请你以后不要再来纠缠，不然就警察局见。"

姚谦霖忍不住讥讽道："你现在就喜欢这种货色？"

时枫眉头一蹙，反唇相讥："不然喜欢你这种从垃圾堆里走出来的？"

姚谦霖气得脸色铁青，林政一警告似的看了他一眼，然后拉着时枫就走。

林政一担忧地看了一眼时枫，小心翼翼地拉了拉她的衣角："你还好吗？"

时枫给了一个让他安心的眼神："我很好。"

当年的事情留下来的阴影好像没有她想象中的那么深刻，因为现在知道有人在关心她，有人站在她的身后。那种孤独无助的窒息感不复存在了，所以面对当年那件事的始作俑者时，除了厌恶，倒也没有了太多其他的情绪。

垂眼时看到林政一手上的东西，时枫疑惑地问："这是什么？"

"番薯。"林政一这才想起手上的东西，塞给时枫，"你还没来得及吃饭吧？我在路口买的烤番薯，还是热的，你快吃吧。"

时枫问："你是不是等很久了？"

这个傻子能这么刚好来接她，肯定在她给他发信息说下班前就来了。

林政一挠了挠头，有些腼腆地说："就一小会儿。"

他不知道时枫什么时候会下班，见天色渐晚，发信息时枫又没有回，就来楼下等了。刚刚收到时枫说下班的信息，想着时枫肯定还没吃饭，就跑到路口去买了烤番薯，一回来就看见姚谦霖在纠缠时枫。

林政一想起刚刚自己误导姚谦霖的事，悄悄睨了眼时枫，小声解释："我刚刚是为了让他知难而退才那么说的。"

时枫"啊"了声，反应过来林政一话里所指，毫不介意道："没事，挺好的。"

"哦。"林政一上扬的嘴角都要压制不住了，赶紧背过身，掩饰般地催促她："那我们快回家吧。"

第五章 和解

时机坐着林政一的“小毛驴”回家，迎面吹着晚风，心情丝毫没受刚才事情的影响，还有些愉悦，完全不知道今晚过后会有一些传言，在电视台闹得沸沸扬扬。

第二天，时机是下午到的电视台，一来就感觉到有许多目光落在自己身上。

不过，自从她瘦下来之后，到哪里她都容易成为别人目光的焦点，所以她也没有太在意，自顾自地做自己的事。

变故出现在茶水间。

时机拿了保温杯去茶水间接水时，里面聚了几个人，有说有笑。其中还有几天不见的郑泽恺。电视台占地面积不大，茶水间是部门共用的，所以在这看到郑泽恺并不稀奇。他们几个聊得正起劲儿，见时机进来，谈笑声戛然而止。

鉴于这几个人她都不熟，还有郑泽恺在其中，时机便一言不发地走到饮水机处接水。

“真想不到新闻部会招这种人，还要让她负责重要版块。”有一个女声响起，让时机接水的动作一顿。

“就是，怕不是靠什么见不得光的手段上位的吧？”有人附和，转过头和郑泽恺讲,“你之前怎么看上了这种货色？”

郑泽恺有些无奈地耸了耸肩:“知人知面不知心,谁知道看起来和清纯玉女一样的,私底下是个公交车。”

“是欲女吧！”有人笑他,“没想到你情场老手也有栽的一天。”

“瞎说,我可没有和这种人在一起,我怕得病,了解了她的真面目之后我就跑了。”郑泽恺说。

他们像是故意说给时机听的,声音不小。没有指名道姓,却不亚于指名道姓,不论是谁,一听就知道要往谁身上套了。

马上要接手重要栏目,而且是郑泽恺追求过但没成功的人。

时机只是不太喜欢和人打交道,不是对人太热情的人,但是不傻。

这几个人就差没指着鼻子说她了,但她不知道为什么电视台里会突然有这样的谣言。

不想去看郑泽恺这些人的嘴脸,时机快步出了茶水间。在自己的工位刚坐下,刚好程齐也回来了,坐到他的座位上。都不用问,程齐就偏过头来小声地跟时机说这事了:“职工群里有人发了你的视频。”

“什么视频？”时机问。

程齐直接点开给她看,原来是昨天晚上她被姚谦霖纠缠的事,被人拍下发到了网上。

视频的标题是“两位帅哥抢一位美女,长得好看就是吃香”,被电视台里的人看到,认出女主角是时机后,就转发到了群里,引起了讨论。

昨天晚上在现场看到的人,指出其中那个年轻的男孩子是时机的对象之后,群里的讨论更是一发而不可收拾。

时机一路翻着聊天记录,这个群不是电视台的大群,她不在里边,没几个微信认识的。她和电视台的同事都不太熟,哪怕是同一个部门的,她也只和程齐说得上熟悉,其他人也就是点头之交。

其实群里的讨论并不过火,主要就是好奇时机的男朋友看着像个大学生。直到有人说了句:“上次自称她男朋友天天来电视台接她的那个男的,好像不是这个,那个看着也很小,但是骑着机车像个混混。”

话题到这里转换了画风，但大部分人实在好奇这件事情的真假。

而今天早上，有人匿名在电视台的论坛上发了关于时机的爆料，当然也带上了好几张图。有从视频截下来的林政一的照片，还有偷拍的时隽的照片，也有自称是时机“同学”的聊天记录截图。

聊天记录原文内容很长，大概内容就是，时机在大学时期就在外面乱搞，仗着颜值吃青春饭，被人包养，还喜欢抢别人的对象。毕业后进入省台也是靠见不得光的手段上位；东窗事发后，被派遣到渝川市电视台，现在用不正当来源的钱包养大学生。

时机从省台调到这边的原因，本来在台里就议论纷纷，现在她没来多久，台里又开个新栏目给她做，让不少人眼红。这事一出，不少人就以为找到了原因，在底下阴阳怪气。

帖子太热，很快就被技术部门删除了，但传言也因此越发夸张了。

但原帖子的截图不少人都有，在群里转来转去。

时机抿着嘴，脸色实在不好看。

程齐小心地说：“我是相信你的为人的，但是我还是得问一句，不是真的吧？”

“假的。”

“那你得解释一下吧。”

说是这样说，但是造谣一张嘴，辟谣跑断腿。

时机摇了摇头：“算了，清者自清。”

顾艳一直关注他们两个的对话，听到时机的回答，嗤笑一声：“清者自清？怕是默认吧。”

除非是事实，不然这事搁哪个人身上能忍？

她本来就对时机和程齐关系好这事有点儿吃醋，后来台里给时机栏目做，她作为老员工到现在都没有这个待遇，心里就是有几分说不清道不明的不舒服。

这会儿看程齐居然无条件相信时机，忍不住说：“有就是有，没有就是没有，拿出证据来，说什么清者自清，谁信呀！”

顾艳的声音不算大，但是部门里多是看热闹的，个个都是竖着耳朵听。

时机扫了一眼办公室里的人，认真道："这些事不是真的。"

她拿不出反驳的证据，没人信她。

众人只相信自己愿意相信的东西，对于时机来电视台不过短短半个月时间就靠实力成为一个栏目的负责人，大家更愿意相信她是靠什么见不得光的手段上位的。毕竟承认一个人比自己强很难，众人都愿意相信对方采取了什么特殊的手段。这样既显得自己是个有底线又高尚的人，又不会让人看出隐藏的嫉妒。

时机对这件事的态度是冷处理，但传言越来越离谱。

才两天时间，就惊动了台里的高层，最终许清嫵来找时机。

"这事不是真的。"时机解释。

许清嫵一下又一下地敲着桌面，脸色波澜不惊："不管是真是假，现在这事影响已经很不好了，台里的意思是你暂时停职。"

时机惊愕地看着许清嫵："为什么我要为这种谣言做出牺牲？"

"这是台里的意思。"许清嫵顿了一下又道，"我帮你争取了三天时间，这事你必须解决，不然只能停职。"

许清嫵也很头疼，时机负责的新栏目是她向上面提议的，现在马上要落实了，就出了这个事。

这个传闻不管真假，都得尽快解决。

许清嫵是时机的直接上司，这个栏目又是她提议的，紧要关头她最好避嫌。毕竟关于时机的传言里，有一条是这个栏目是时机靠不正当手段得来的，她作为上司难免惹人猜疑，为了平息这个谣言，台里已经打算把栏目给其他人做了。

现在台里碍于她的情面没有处理得太绝情，给了三天时间，如果三天过后还没有解决，就算是她开口，也无济于事了。

许清嫵语重心长地说："这件事情关乎你在电视台的职业生涯，我希望你可以尽快解决。"

许清嫿的态度很坚决。显然这件事必须解决。

这个消息一出，大家都觉得三天后时机肯定就要卷铺盖走人了。所有人都认为时机是靠特殊手段上位的，所以也不觉得她可以拿出什么东西澄清，人们看时机的眼神都有点儿不屑了。“走后门”的走了，勤勤恳恳的普通打工者自然是十分欢喜的，心里更期待原本给时机的资源可以倾斜到自己身上。

午休时间，时机在收拾桌子时，郑泽恺特地过来看她笑话，之前在时机身上频频吃瘪，现在时机落难，他恨不得长两张嘴来落井下石。

“真好，过几天有些人一走，台里的空气都会清新一点儿，没那么臭了。”

程齐听不下去，怼他：“你个大男人说话怎么阴阳怪气的，空气臭是因为你嘴臭吧？”

郑泽恺也不生气，张嘴就来：“怎么，你也是裙下之臣？怎么这么护着她呢？”

程齐被激怒了，正想反驳，时机按住他摇了摇头。郑泽恺是关系户，程齐这样得罪他不值得。

郑泽恺又阴阳怪气了几句，当事人不屑于搭理他，他也不生气，哼着小曲走了。他还有约，不过是趁着有空来嘲讽一下时机，现在就要去赴约了。

在广电大楼附近的茶楼，郑泽恺一推包厢的门，就看到了坐在里边喝茶的盛曦月。郑泽恺笑道：“等很久了吗，表姐？”

盛曦月家里有钱，他家一直攀附着盛家。

“是有点儿久，下次早点儿。”

“没有下次了，没有下次了。”郑泽恺怕她生气，赶紧说。

事实上，盛曦月刚刚去找了姚谦霖，来到这里也不过十分钟而已，没多长时间。

但大小姐长这么大，除了姚谦霖，没等过其他什么人，郑泽恺迟到，她自然是不开心的。不过郑泽恺态度好，她也就没说什么。

盛曦月开口就直奔主题：“让你做的事情怎么样了？”

“完成得非常好。”郑泽恺说到这事，五官都要飞起来了，“现在所有人都知道时机是什么货色了,她在电视台每天都被人指指点点。”

盛曦月冷笑一声:“是吗?可惜我看不到这种场面。”

不过也无所谓,反正四年前她看得也不少。不管时间过去多久,时机变成了什么样子,她都可以让她过得凄惨。四年前可以,现在也可以。

这个想法,让盛曦月心头的郁气散了不少。

郑泽恺小心翼翼地问:“时机一直没对这件事做出回应,会不会到时候她一回应,风向就变了呢?”

“她不会回应的。”盛曦月斩钉截铁地说。

她很笃定,时机不可能会回应什么的。口头解释是很苍白的,最好的办法就是拿出以前的照片来澄清。众人看到她以前又胖又丑的样子,谣言自然不攻自破。但盛曦月知道,时机根本接受不了自己以前的样子被人知道。

退一万步讲,就算时机真的这样澄清了,也是好事,所有人都会知道她以前又丑又胖,这也能让她现在这副高傲的样子彻底破碎。

不管时机怎么做,结果都会如她的意。

丑小鸭再怎么蜕变,也是丑小鸭,就应该好好地认清自己,不要去奢望其他东西!

晚上,时机洗完澡就待在自己的房间里。

林政一今天一回来就注意到了时机的情绪,他在客厅踌躇着,不知道怎么办。思索了半天,他去温了一杯牛奶给时机送了进去。

时机正对着手机屏幕发呆,林政一进来了都没发觉,直到林政一在她眼前晃手,她才猛然回过神。

“给你温了杯牛奶。”林政一说。

“谢谢。”时机接过牛奶,置于桌面,思绪一团糟。她现在没心情喝。

林政一观察着她的脸色,见她愁容满面,忍了忍还是没忍住,开口询问道:“你是有什么烦心事吗?”

时机抿了抿嘴,言简意赅道:“就是工作上遇到点儿问题。”

林政一拉了张凳子坐下,眼睛直直地看着她:“如果方便的话,你可以和我说一下的，多一个人多一个办法嘛。”

时机有些沉默，她不是那么喜欢和人倾诉的人，但这会儿看着林政一的脸，她觉得倾诉也不是很难开口。

“不知道是谁在电视台造谣，说我靠潜规则上位。”

时机将事情的来龙去脉都一一说了出来，林政一听得眉头紧蹙。

“找出来是谁造谣没有？”他问。

时机摇头：“匿名帖子，后面又被技术部删了。”

顿了一下她又反问林政一：“你不怀疑吗？”她心里有几分莫名的紧张。

“怀疑你的作风？”林政一看着她，很认真，“为什么要怀疑？我不相信你是那种人。”

林政一坚定的信任，让时机感到一股暖意，但也只是片刻。

她和林政一说了许清嫵的最后通牒，林政一没有沉默太久，很快说道：“你应该郑重澄清一下的，针对这个谣言，逐一澄清一下。”

这事其实很好解决，她跟时隽和他的关系，也很好解释，关于调任那是上司的决定，也与她无关。

最主要的其实是解释上大学期间那一段。

“你在大学时，有没有关系比较好的同学？如果有，可以让他们帮忙澄清一下。”

时机苦涩摇头道：“没有。”

她这个性格一直都没什么朋友，唯一的朋友陈曼，大学时并不是和她一个学校，现在更不在一个国家，她不想让她担心。

“其实有更简单的办法。”时机低声说。

“什么办法？”

“只要给他们看一下我以前的照片就好了。”

造谣的小帖子说她靠美色傍大款，所以只要让众人知道她以前的样子，谣言就会不攻自破。只要把当初的模样摊开来，不再掩饰和躲避就好了。

这也不失为一个好办法，虽然在他眼里，时机不管什么模样都很好看，但不得不承认，当年的时机，的确不符合大众眼中美的标准。

林政一静静看着时枫:“你在犹豫什么呢?”

明明有如此简单的办法可以去解决问题,时枫却拖着迟迟不肯解释。

林政一不明白。

时枫只是沉默,不说话。那段时间的自己太糟糕了,她无法接受,更无法接受将那么糟糕的自己摊开给所有人知道。她知道,在那段过往中,她憎恶的不是恶作剧的始作俑者,而是那个不完美的、满是缺陷的自己。那时候的她一无是处,没有一点点好,甚至差劲到她觉得自己不应该出生在这个世界上。

时枫无法接受的其实是那个时候的自己。灰色的梦魇重新将她拉入深渊,她似乎看见了那个糟糕的自己,所有人都冷漠地望着她。

林政一一针见血:“你不想让人知道你过去的样子,是吗?”

他伸手将时枫扶正,面向自己,很认真地望着她说:“你看着我的眼睛说,我说得对吗?”

他的眼神清澈明亮,时枫看见他眸子中倒映出来的自己,那一点儿可笑的心思无影无踪。

“那时候的我,很糟糕,没有人喜欢我。他们都说,没有人会愿意和一个丑八怪、胖猪站在一块儿。”

因为肥胖内向,她没什么朋友,大部分人见到她的第一眼就是蹙眉,他们连和她站在一块儿都会觉得丢脸。

被人不待见得多了,她筑起高墙将自己活成了一个透明人,用自己的方法保护着自己。

可姚谦霖让她小心翼翼地踏出保护自己的高墙,最后遍体鳞伤。

活在灰暗里的人会期待光,可有些光不是救赎,而是恶魔给的甜头,虚假而短暂。

时枫的声音有些颤抖:“连我都没有办法去接受那时候的自己,他们看见我以前的样子,会排斥我吧?”

会和以前一样吧?过去会重现吧?

那些恶语似乎还在耳边萦绕,被人孤立排挤和恶意捉弄的画面,像是一双双隐形的手,扼住她的喉咙。

“你看着我。”林政一握住她的手,语气是前所未有的认真:“不要逃避,每一个时期的你,都是最好的你,没有什么不能让别人知道的。”

时机迟缓地抬眼看他。

“在我眼里,你一直都很好,我相信在时隽的眼里,你也是很好的,珍珠就算蒙了尘也是珍珠,不要去为了不相干的人怀疑自己。相信我,你就是最好的,每一个人的样子,都是用经历堆积起来的,因为有了那些经历,才会有现在的你。无法接受你所有的人,注定是你生命中的过客,你不需要为之伤怀。时机,”他第一次喊她的名字,一字一句铿锵有力,“别害怕,不管发生什么事,我都会在你身边。”

时机望着林政一的脸愣怔了好久,突然笑了一声,眼眶有些湿润:“我知道了。”

有些伤口不去正视,任由它溃烂,自欺欺人地用时间去掩盖,是永远不会好的。

也许她该跨出这一步了,四年前她曾在姚谦霖的示好下生出来的勇气,在这一刻因为林政一再次浮现了。而这次,她相信不会像以前一样重蹈覆辙,因为现在在她身边的这个人是林政一。

时机相信,他和姚谦霖不一样。

不可能一样。

澄清的长文和以前仅有的几张照片,时机在电视台的大群里发出来之后,引起了讨论。

因为胖,她一直都不怎么喜欢拍照,这几张还是她被时隽磨着一起合拍留下来的,否则她都没有一张大学时期的相片。现在翻出来,正好用上。

时机以为她晚上会睡不着,但她睡得很香,这些年她的睡眠质量一直都不佳,尝试过不少办法都没有改善,但是没想到今天晚上会睡得这样好,像是心头长久以来压着的大石头终于落了地。

早上婉拒了林政一要送她去上班的提议,时机自己坐公交车像往常一样去电视台。

一进电视台，就感觉到了很多视线落在她身上，时机垂在身侧的手紧了紧，走进新闻部时，里边原本叽叽喳喳的讨论声戛然而止。

时机自顾自坐到自己的座位上，慢慢地听见小声交谈的声音，很像以前她出现在班级时的情况。其实读到大学时这种情况已经好很多了，没有人愿意去在意她的存在。

桌面上的手机震了一下，是林政一发过来的信息。

“傍晚我过去接你下班，顺便办点儿事。”

时机看着聊天界面，想起林政一的笑脸，莫名地感到一股力量。

“好。”她回复。

身边的座位有人坐下，是程齐，时机下意识地转头。

程齐给她比了一个大拇指：“真不错。”

他是说时机的澄清，有理有据，条理清晰，针对那个造谣的帖子逐一攻破。

“我就知道你的人品没问题。”

昨天晚上看到时机的澄清时，他都替时机激动了。时机一直没解释，仍有流言满天飞，他还以为时机不解释了，甚至阴暗地想过：会不会传言是真的？

没想到时机就直接在群里解释了，他果然没看错人。

“不过你倒是也没必要把自己说得那么丑吧！”

“啊？”

“就是说你以前啊。”

程齐点开时机发的照片，对于时机昨天发的长文，他感觉时机说自己说得挺过分的。

“我觉得不丑啊，胖胖的挺可爱的。”他疑惑地看着时机，“虽然为了澄清没有靠长相干坏事，但你这把自己也说得太过分了吧。”

什么又丑又胖，“惨绝人寰”都出来了，就太夸张了。

“我以前是不好看。”时机低声说。

她不自信，甚至自卑，这么多年的自我封闭，不自信的因子深入骨髓，哪怕是现在的她，也是不自信的。

所以不管是做什么事情，她都要有万全的准备，哪怕是一点点的模糊都不可以出现。

“过分了啊。”程齐说，“你这离丑还是有点儿距离的。”

诚然，以前的她比起现在没有那么漂亮，但依稀还是可以看出五官底子的，不能说漂亮，但绝对说不上丑到惨绝人寰，就是一个普通人。

时机一怔，这是继林政一之后，第二个肯定她以前长相的人。

没有刻意去聊这个话题的想法，程齐就是随口说了句，然后拿东西出去采访了，就好像是极其平常的事，时机突然觉得好像感觉还可以。

到了中午午休的点儿，她一个人去食堂吃饭。

找了一个空位坐下，饭还没吃几口，就感觉到有人影在她面前晃动。

还不等抬眼，不怀好意的声音便从头顶落下：“真没想到你以前长这么丑，怎么有勇气发出来呢？”

是郑泽恺阴魂不散的声音，时机一僵，记忆中的场景和现实重叠，她的喉咙好像被人扼住了。

“你记住，每一个阶段的你都很好，没什么不能让人知道的。”林政一的话突兀地在耳边回响，如暖阳击碎了那些恶意。

时机仰头看着俯视她的郑泽恺，语调清冷而平静：“我做什么关你什么事？你能不出现在我眼前吗？”

“就是，别人做什么关你什么事？郑泽恺你这天天干啥盯着时机不放啊？”有人应和，下一秒桌面上多了好几个餐盘，有人施施然坐下。

是顾艳他们，都是新闻部的人。

杨国礼拍了拍郑泽恺的肩膀说：“不就是被人拒绝了一次嘛，至于这样刁难人家吗？我们做男人的要大度一点儿。”

一群人一唱一和，说得郑泽恺好没面子。他碰了一堆软钉子，内心窝火又无处可发，只得拂袖而去。

顾艳坐在时机面前，脸色有些不自然地说：“抱歉，之前对你态度不好。”

时机没想到他们会帮她，现在这个走向，她有点儿摸不着头脑。

“为什么道歉？”时机不是很明白。

印象中顾艳除了态度不是特别好，其他的并未做什么。

“我看了你的澄清，是我误会了，在事情没明朗之前就主观臆断，对你态度不好，还附和过那些人一起说你闲话，我跟你道歉。”顾艳说得很直白，态度很诚恳。错了就要道歉，她的想法很简单。

她其实不讨厌时机，只是时机总是一副很冷漠的样子，程齐又总是帮时机，所以心有芥蒂有些吃醋，才会轻易相信传言，对时机阴阳怪气的。现在发现传言是假的，所以道歉。

“对不起啊，我们也要和你道歉。”有了顾艳开头，其他人也纷纷表示。

他们一开始被郑泽恺和他身边那群人误导了，在背后议论过时机，多多少少说了些不太好的话。时机澄清的长文发出来之后，他们就知道自己误信谣言了。他们都是成年人，这点判断力还是有的，都对时机有些不好意思。

想象中的场景没有出现，反而朝另一个方向发展，时机一下子有些反应不过来：“没关系。”

其实也没什么，说到底始作俑者不是他们，事情一开始她没有解释，才会有人觉得她默认那些所谓的事实，被舆论带着走。

“也不知道是谁散布谣言诋毁人家，人品真的是太坏了。”

“算了。”时机说。

她没有精力去调查这些，匿名的帖子又被技术部删了，很难查。

反正散播谣言的人肯定是想看到她处境难堪，她只要过得好，那些人肯定不好受。

当事人都不是很在意，其他人也不好说太多。大家义愤填膺了几句，转而好奇起了时机。

“你是怎么瘦下来的？衣品怎么变这么好？”

“变得也太漂亮了吧！”

变美，是女性的共同话题。

她们把时机观察了个遍，最后得出一个结论——时机底子好，瘦下来才这么好看。

“羡慕啊，胎里带的美貌无法拥有。”

“其实也没有那么夸张……”时机被夸得都有些不好意思了。她完全想象不到，大家更好奇的不是她以前那么丑，而是她怎么变美的。这让她始料未及，但又觉得好像事情也没有想象中的那么糟糕。

傍晚下班的点儿，电视台来了两个人，引起了小小的骚动。

顾艳兴冲冲地跑进来对时机说：“你那个朋友带人来找郑泽恺了！”

就是那天视频里的那个男生，时机说是弟弟的校友，也是她的朋友。视频里拍得模糊，隐约可以看出是个根红苗正的帅哥，她刚刚在前台看到真容，一下就惊了。

“这个弟弟长得也太好看了吧！”对美的向往不分男女，即便顾艳喜欢的人是程齐，但也不妨碍她看其他的帅哥。

“朋友？”时机一下有点儿摸不着头脑。

她走出来，其他人都十分好奇地张望，胆子大一点儿的都直接出去围观了。

目光都落在了人事部那里，离得近的都竖着耳朵偷听。

林政一站在郑泽恺的工位前，居高临下地看着他。

郑泽恺不甘示弱站起来瞪着他：“你想干什么？”

林政一望着这个矮他大半个脑袋的男人轻蔑一笑：“在论坛上发帖造谣时机和我之间有不正当关系的人是你吧？郑泽恺，郑先生。”

“你有什么证据？”郑泽恺梗着脖子，嘴很硬，眼神却有些飘忽。

输人不输阵，他提高声音：“保安呢？去哪里了？怎么什么阿猫阿狗都让进来？”

相较于郑泽恺的装腔作势，林政一虽然穿着一身休闲服，看着却老成持重得多。

“先别心虚赶人。”他云淡风轻道，“让我的律师来和你谈几句吧。”

林政一话音才落，一直站在他背后的西装革履的男人走到前面。

“您好郑先生，我是国家跳水队的代理律师容筝，今天来呢，主要是来处理关于您涉嫌在网上诋毁诽谤我的当事人这件事。”

容筝从公文包里拿出一沓文件，递到郑泽恺面前，斯文从容：“这里是相关的证据和起诉状。公然侮辱和捏造事实诽谤他人，最高可以处三年以下有期徒刑、拘役、管制或者剥夺政治权利。”

郑泽恺的脸色随着容筝的话一点点变得苍白，他有些害怕了，但嘴上仍是死不承认。

“我没有，你瞎说！”

越是心虚的人，叫唤的声音越大，以此来给自己增添勇气。

他瞥了一眼桌面上的文件，梗着脖子忍住不去看。

那个帖子是匿名的，又被删掉了，不可能查到的。他们有证据的话，哪里会费这工夫来找他，肯定是来诈他的。

郑泽恺越想越有底气：“你们有证据就去法院起诉我呀！”

“已经在准备了，不过我的当事人身份特殊，马上就要代表国家出征国际赛场，不想去费心这方面的事情，所以想和郑先生聊一聊。”容筝浅笑，刚柔并济，“郑先生不会不知道，造谣和诋毁一名国家队运动员的后果吧？”

简短的两句话一出，就听见因变故而十分寂静的空间里响起的抽气声。

顾艳捂着嘴惊呼：“散播谣言的是郑泽恺？那个说被包养的大学生其实是国家队的？”

我的老天呀！这是什么惊天大反转！

“难怪我觉得眼熟，去年世界杯十米跳台的冠军得主！”杨国礼肯定了顾艳的话，“我以前在其他电视台工作的时候，好像见过他。”

林政一倚坐在桌沿上，单手扶额，有些无可奈何道：“郑先生对我的中伤让我的精神状态十分不好，实在有些伤神了。”

郑泽恺完全呆住了，脸色比桌面上的白纸还要白。

世界锦标赛很快就要举行了，他们这些跑新闻的人当然不可能不知道。在这个当口，运动员出了这样的状况，国家队的人不可能放任不管。

赛前恶意影响运动员的心理，这事不大不小，郑泽恺不傻，能明白其中的利害。他瘫坐回自己的座位,脑子一片空白。

“你想怎么样?”这话就是承认了散播谣言的人是郑泽恺自己了。

电视台里的其他人顿时交头接耳地讨论起来,时机挤进人群,林政一一抬眸在人群中看到了她的身影。

他柔柔地一笑,转头对上郑泽恺的目光时,又阴了下来。

“我的要求很简单,只希望郑先生能对这件事的受害者道歉,以口头加书面的形式,在自己的社交平台上置顶一个月。”

郑泽恺这会儿醒过味儿了,诧异道:“你在为时机出气?”

“你看出来啦?”他笑了笑,温和又无害,“不算太蠢。”

容筝这会儿也发现了人群中的时机:“你就是时小姐吧?”

句子是问句,语气却是陈述句。

他在林政一手机上看见过时机的照片,所以很容易把她认出来。他从西装口袋里拿出一张名片递给时机,说:“如果时小姐想追究郑先生的诽谤罪,欢迎随时打电话咨询我。”

一句话阻断了郑泽恺想要背地报复时机的心思。

那是一把悬着的刀,杀人不见血。

郑泽恺完全没辙了。

林政一睨了他一眼,语气平淡地说:“口头的道歉,择日不如撞日,不如就今天吧,刚好我们两位受害人都在。”

郑泽恺拳头握得死紧,很不情愿,但没有办法,走到时机面前,一句比一句说得艰难:“对不起,我错了,我不该造谣。”

时机看着他,沉默了一会儿才说:“希望你的书面道歉能比这个更诚恳,我会等着看的。”

她实在没有得饶人处且饶人的善良,被流言缠身时的难堪应该让害自己的人感同身受。

郑泽恺难堪地接受他人异样的目光,为自己的错误买单。

解决完这事,三人在众人的目光中离开了电视台。

在大楼门口时,林政一率先和容筝告别:“筝哥,我们就先走了,你自己回去啊。”

“我在事务所待得好好的，你硬生生拉我来给你处理这点儿鸡毛蒜皮的小事，现在不用我了，你就一脚把我踹开？”容筝被他气笑了，“你这是过河拆桥，可耻！”

时杋听得不好意思：“那……要不一起去吃顿饭吧？”

“那敢情好呀！”容筝一口应下，余光瞥到林政一的眼神，又连忙变了卦，“但是我事务所还有很多事情要忙，还是下次吧。”

还没等时杋说话，容筝拍了拍林政一的肩膀，眼神颇有深意：“臭小子，我走了，下次记得请我吃饭。”

他的出场费可是很贵的。

时杋眼神转过去看这两人，林政一一脸和善的笑容，说：“好的。”

夕阳余晖下，容筝的背影远去。

林政一转身面向时杋，逆着光，声音轻柔：“走吧，回家。”

那脸上的笑容比身后大片的彩霞还要耀眼。

“好。”

树上蝉鸣声声，夏天到来了。

郑泽恺的道歉声明转天就挂上去了，在自己的微博置顶。

经过昨天那么一闹，现在整个电视台都知道了郑泽恺就是那个无耻的造谣者。人们看向他的目光都带了几分鄙夷，毕竟追求被拒绝就诋毁这种行为，实在是太没品了。

时杋是在两天后听到郑泽恺辞职的消息的，彼时她和顾艳正在茶水间倒水。通过上次的事情，时杋和同事们都熟悉了不少，和顾艳的关系也变得融洽了。

顾艳倒了水对时杋说：“郑泽恺辞职了，昨天晚上递交的辞职申请信，估计是没脸待了。”

电视台里没几个人待见他，男同事鄙视他，觉得他丢尽男性的脸；女同事则是看不上这种小人行为，也对他十分鄙夷。

时机倒是不在乎，但电视台少一个这样讨人厌的人还是不错的。

手机“叮”的响了一下，时机解锁屏幕，自动跳到了聊天页面，是林政一：“晚上队里要聚会，我会晚点儿回家。”

时机长指轻点，回了个“好”。

她的手机钢化膜不是防窥的，顾艳站得近，随便一瞥就看到了内容。

“国家队的那个林弟弟？这还报备行程呢。”顾艳狐疑道，“你们俩该不会是一对儿吧？”

上次林政一大费周章地来给她出气，看得出关系不错，本来就住一个屋檐下，俊男美女最容易干柴烈火了。

“说什么呢！”时机说，“他比我小那么多。”

顾艳想了想，又道：“也是，这种抢手货估计多的是小妹妹盯着，哪轮得到姐姐。”

时机想起林政一在渝川大学的人气，抿了抿嘴没说话。

隔天时机调休。一眨眼她来电视台也有一个月时间了，这还是她第一次休假。

林政一因为要复出，现在周末也要去学校训练。时机一个人在家收拾了一下屋子，下午的时候打车去了机场。陈曼今天回国，她要去接她。

机场人不算多，渝川市不算旅游景点，来往的旅客不多。

飞机在天空划过一条白线，稳稳落在跑道上。

安检口走出一个戴着鸭舌帽和口罩，穿着一身潮牌服装的长卷发女人。时机远远就看到她了，能把所到之处走成T台的也就只有陈曼了。

时机冲她挥手，陈曼推着行李箱一下就看到了她。她摘下墨镜，丢下行李箱，飞奔过来把时机抱了个满怀。

“宝！想不想我呀！”

“放……放开！”时机拍陈曼的手。

对方感觉到了她的挣扎，一下就放开了，委屈地说：“你怎么能拒绝我热情似火的怀念呢？”

眼前终于见了光，时机假笑：“你对自己的力度好像没什么概念。”

作为T台模特，陈曼本来就比时机高，这会儿脚下又蹬了双“恨天高”，高了时机将近一个头。一个激动的熊抱，把时机的脑袋蒙在了她的怀里，时机差点儿没憋死。

幸好时机今天没化妆，不然陈曼这漂亮的黑色衣服上就要多出一张人脸了。

陈曼看时机脸都憋红了，不好意思地笑：“对不起，我错了。”

“走吧。”时机去帮她拉行李，“你吃饭没有？”

“在飞机上吃过了，还不饿，晚点儿吃。”

“好，你酒店订在哪儿？我送你。”

陈曼冲她眨了眨眼睛：“京皇。”

时机眉心一跳，她原本是打算给陈曼订酒店的，结果陈曼义正词严地拒绝了，没想到她居然订了号称渝川最奢华的五星级酒店。这半个月住下来，时机掂量了一下自己的账户余额，知道自己的确是请不起……

时机问：“你的钱包够吗？”

“我经纪人为他给我接私活加重我的工作量这事补偿我的，机不可失，我得趁机宰他一下。”看着陈曼狡黠的目光，时机默默地为那位经纪人祈祷。

京皇号称渝川最奢华的五星级酒店，从装潢到工作人员的素质和服务，无一不彰显着贵。一出机场门，酒店的车就在门口等待了。一路不需要操心，前脚走进酒店房间，后脚行李就送到了房间。穿着一丝不苟的工作人员面带微笑：“有什么需要，可以随时按铃，我们会尽可能满足女士您的需求的。”

时机看得咋舌，她出去跑新闻，有时赶不回来，也就是住个百十来块钱的快捷酒店，从来没享受过这种服务。

“真是奢靡。”时机扫视了房间一圈儿，总结道。

“那你晚上要不要搬来住？”陈曼眼神勾引她，“听说这里的按摩师很不错，而且都是帅哥哟！按摩完再来个西餐，开瓶红酒，俯瞰着城市灯火，想想都幸福！”

酒店贵是有贵的理由的，这一条龙服务，让人流连忘返。

陈曼就是冲这个来的。

时机想起最近忙着训练的林政一，摇头道："算了。"

陈曼从柔软的沙发上站起来，打开行李箱整理东西："干啥不来住？时隽不是在国外比赛吗？你和那林弟弟两个人共处一室不尴尬吗？"

时机反问她："你在国外遇到时隽了？"

陈曼解释："有个朋友参赛，我去找他的时候遇到了时隽。"

她人缘一直还可以，时机没有多问那个朋友是谁，只是应了一声，没再接话。

"你还没回答我后面那句呢。"陈曼抬眼看她。

"嗯？"时机愣了一下，反应过来后答道，"为什么会尴尬？阿政人挺好的，而且最近他忙着准备复出的事情，每天都训练到很晚，也没有一起待很久。"

"不是退役了吗？"陈曼记得时机上次在电话那头说过这个林弟弟是个退役的跳水运动员。

"过段时间，世界锦标赛要开始了，有点儿特殊原因，所以要复出去比赛。"

时机只是听了个大概，说是今年国际赛场上的劲敌不少，跳水队许多身经百战的老队员都已经面临退役了，而新队员经验稍有欠缺。为了保险起见，跳水队的教练来找林政一，希望他复出。毕竟林政一一直是国家男子跳水队的王牌选手，那么多的奖项，足以说明他自身能力的优越。

虽然退役已经有一年多了，但跳水队现在需要人，林政一自然不会拒绝，他本来就没有结束自己的跳水生涯的打算，所以才会一直坚持训练，即便不在队里，也没有断过一天的训练，体能各方面都没什么太大问题。

陈曼不太关心体育方面的事情，似懂非懂地点头，从行李箱里拿出了一个小盒子。

她转头对时机说："我们一会儿去吃饭的时候，顺道去趟渝川大学呗。"

"去做什么？"

陈曼将小盒子举起来给她看："受人之托。"

到了渝川大学的门口，已经下午六点多了，初夏之际，这个时间点，天色还是亮的。

今天是周末，学校里人不算特别多，来来往往的面孔，让人忆起曾经的青春岁月。

走在陈曼背后，时机想着，既然来了，那就顺便发个信息问问林政一训练结束没有，要不要一起去吃饭，反正时间也不早了。

信息刚发出去，陈曼突然停下来，时机一下没反应过来就撞上去了。

她揉着脑门儿："怎么了？"

"走错路了。"陈曼尴尬道，"地图拿反了……"

渝川大学占地面积很大，校门口有个展览台专门放了地图，陈曼进来的时候随手拿了份，看她胸有成竹的样子，时机就没怀疑她带错路。

没想到陈曼路痴这毛病这么多年还是没好，看着地图还能走错。

时机将地图拿过来，垂眼查看路线："目的地在哪？"

"体育馆。"

"体育馆？"时机愣了一下。

"对，她是游泳队的，过来交流学习几天。"

体育馆的话，林政一应该也在，时机看了眼手机，没有信息。

她冲陈曼说道："那走吧。"

体育馆在学校教学楼背后，绕了好长一段路，时机和陈曼才到达目的地。

体育馆面积不小，划分成好几个区域。

渝川大学是综合性大学，学生的能力全面开花。在体育方面，也是其他大学难以企及的，游泳、花样滑冰和篮球，都算是比较出名的，给国家培养了不少人才。

走廊上有人来往，时机询问了一下游泳队的方位，跟着陈曼走到最里面。

大门敞开着，里面是一个很大的泳池，队员们这会儿都在边上热身。

一帮穿着黑色泳衣的帅哥看得陈曼眼睛都直了，但还有几分遗憾："可惜穿得太严实了。游泳难道不该穿着一条泳裤吗？怎么还穿上了上衣呢？"

“你够了。”时枫低声说,“他们可比你小好几岁呢。”

陈曼刚想说什么，视线瞥到了远处的高台上，激动地拍着时枫的手：“你快看！盘儿靓条儿顺的帅哥！”

时枫被她的激动牵引着,目光跟随过去。高台上那个身影只着一条黑色紧身泳裤,精壮的胸膛和长腿一览无余。

时枫抬眼去看时，他已经开始准备起跳。不过短短几秒钟的时间,腾空,屈膝,翻转两周半,打开,身体垂直如一条优美的人鱼没入平静的水面,几乎是零水花。动作行云流水,具有一种别样的魅力。

时枫是第一次在现场看到林政一跳水,他在熟悉的领域,悠然自得的模样似乎自带一种光芒。

犹如羽毛扫过时枫心口,有些酥酥麻麻的痒。

比起时枫的愣怔,陈曼的激动便显得浅白些,她捏着时枫的手,重复说着:“他好帅！”

时枫艰难地从陈曼的魔爪下抽出自己的手:“说得好像你能看清一样。”

陈曼的近视度数可不小,十米开外,估计男女不分。

“我戴了隐形眼镜好吗！”她的视线跟着林政一从泳池上来,看到给他递毛巾的女孩子时,终于想起了此行的目的:“呀,找到了。”

陈曼兴冲冲地拉着时枫往前去。

时枫猝不及防地被拉拽着走,脚步都有些踉跄:“你慢点儿。”

林政一接过女孩儿递过来的大毛巾,礼貌地道谢,还不等面前的人说什么,他听到熟悉的声音,转头看到时枫的身影,眼睛一下就亮了。他大步往时枫的方向走:“你怎么来了？”

陈曼没想到帅哥会向她们走过来,地太滑,一个急刹车,把时枫摔进了帅哥怀里。

指腹下的触感有些奇怪,时枫下意识地捏了捏,缓缓抬头,看到林政一从脖子红到了耳朵根,似乎是被这突如其来的“轻薄之举”吓得不知所措。

她差点儿被自己的口水呛到,连忙倒退一大步。

“我……我不是故意的。”时枫磕磕巴巴地说完这句话,感觉脸烫得不行。

“没事。”林政一拢好散开的大毛巾，颇有些娇羞，看时机有些不好意思，他主动转移话题，“你怎么会来？”

“陪我朋友过来找个人。”时机剜了陈曼一眼，向林政一解释。

陈曼对她的眼神视而不见，疑惑地问：“你们俩认识？”

时机这会儿脸上的热气也退了，简单为他们做介绍。

陈曼明白过来：“所以你就是那个林弟弟？时机不是说你正在为复出比赛训练吗？怎么会在这里？”

这种国家级选手训练，不应该是在专门的场地训练备赛吗？怎么会在学校？

林政一对她那句“林弟弟”表示不解，但还是解释了一下陈曼的疑惑：“因为差不多也要期末了，所以就打算等放假了再归队，现在在学校训练也可以。”

陈曼点点头。私底下再花痴，她在别人面前也是一副淡定高傲的样子。她淡淡地“哦”了一声，表达“我知道了”。

时机问他：“我和阿曼一会儿要去吃饭，你训练完了吗？要不要一起去？”

林政一眼睛一亮：“我真的可以去吗？”

陈曼紧接着说：“去呗，哪儿有什么不可以的。”

给林正一递毛巾的女孩儿听到这，终于按捺不住开口，赶忙上前一步：“这是你姐姐吗？政一。”

“朋友的姐姐。”林政一简单解释。

女孩儿叫王妍君，是从燕山那边的大学过来交换训练的，以前在全运会上，他们有过短暂接触，但不是很熟。

“姐姐们好。”她乖乖巧巧地打招呼，目光从陈曼身上转到了时机身上，不知怎的，她莫名感到一种危机感。

王妍君垂下眼睑，遮住情绪，再抬眸时，便又是一副小女生的姿态，对着林政一说道：“教练今天说的问题我还不知道怎么改，你能帮我吗？”

第六章 心意

闻言，时机的目光落在了王妍君身上。王妍君也是游泳队的，游泳运动员的身材比例非常好，手长腿长，长相是御姐的脸，声音却是软软糯糯的，估摸着不超过二十岁，眉宇间仍有青春稚嫩的感觉，和林政一站在一块儿十分登对。

早知道出来应该化个妆，时机脑子里闪过这个念头。她抿了抿嘴，没说话。

王妍君是省队的人，如果下次比赛能得到金牌，大概率也是要进国家队的。她一过来，几个教练都吩咐要好好关照她。

但这事对林政一来说却没什么束缚力，对于王妍君的请求，他委婉拒绝："术业有专攻，这方面我可能不太懂。"

王妍君正想说"没关系"，林政一先掐了她的话头儿："让冰仔带你吧，他是专业的。"

"冰仔！"林政一高声冲前边的人喊道。

"咋啦？"冰仔跑过来。

"君妍说有些地方不会，你教教她。"林政一拍了拍冰仔的肩膀，"好好教，我撤了。"

"行。"冰仔说。

王妍君长得漂亮，游泳队里一帮男运动员，多是乐于助人的，半点儿也不会觉得麻烦。

冰仔乐呵呵地说："你走吧，别让两个姐姐等太久。"

两个人一来一回，根本不给王妍君拒绝的机会，王妍君只能眼巴巴地看着林政一离开。

临走前，陈曼把手里的袋子递给王妍君："你就是王妍君吧？你哥让我把这个给你。"

王妍君望着林政一的背影有几分失落，跨步上前接过袋子，声音轻柔地说了声"谢谢"。

时机和陈曼站在走廊等林政一，没等她俩咬耳朵说几句悄悄话，林政一就换好衣服出来了。

"久等了。"他悦耳清朗的声音响起，将人的注意力吸引过来。

林政一上半身是一件白色T恤，下半身是一条黑色裤子，湿漉漉的头发刚吹干，额间头发散落，搭在颇具立体感的眉骨上，眼窝微微凹陷，一双好看的杏眼含笑微弯。挺拔的鼻骨下两片薄唇似初春的桃花，颜色十分漂亮。

穿上衣服后他的风格骤变，陈曼拉着时机故意落后几步，在林政一背后咬耳朵："你这个林弟弟很不错。我觉得和你很般配，你可以试试。"陈曼冲她挤眉弄眼。

"别瞎说。"时机低声道。

前面有个玻璃门，林政一推开扶住，等时机和陈曼出来。

陈曼替时机感到有些遗憾："多好的小伙子，你朝夕相处居然不下手，要不是我经纪人盯着，我都想下手了。"

时机知道陈曼的经纪人管她很严，也知道陈曼只是嘴上花，一心想的只是赚钱，但还是忍不住说："你别乱来。"

陈曼啧了声，没再吱声。

三人的口味都比较清淡，去了家粤菜馆，等菜的间隙，林政一跟服务生要了两条皮筋。

陈曼接过皮筋："林弟弟这么细心又体贴，肯定很受女孩子欢迎吧？"

"没有，我异性缘不好。"林政一说。

陈曼乘胜追击："意思是你没有女朋友咯？"

时机在桌子底下踢了一下陈曼，警告她适可而止。

林政一瞥了一眼时机，如实回答："没有。"

时机怕陈曼说出什么让人回答不上来的话，岔开话题："菜上来了，可以吃了。"

林政一问："曼姐怎么会认识王妍君的？"

陈曼解释说："说不上认识，他哥王峰是我朋友，现在在国外，上次遇到了，托我把礼物拿给他妹而已。"

"王峰？之前国家游泳队的那个队员？"

"你认识？"

林政一一边回答陈曼的话，一边把手中的茶杯推到了时机面前："他退役前，我们在赛场碰过面，上次渝川和华通友谊赛也见了一面，不算熟。"

"哎，他要不是因为腿受伤，也不会那么早退役的。"陈曼感叹，"世事无常。"

林政一一愣，想起那时比赛，他注意到王峰细微的异常，原来是这样。难怪他当时可以侥幸赢了那场交流赛。

他感叹："的确是遗憾。"

王峰在赛场上的成绩一直都很亮眼，当时突然退役，还有很多人议论，没想到原因竟然是受伤。

因为受伤而结束自己运动生涯，一个运动员的遗憾莫过于此了。

吃完饭，时机和林政一先送陈曼回酒店歇脚，在门口告别的时候，陈曼又再次问了句："真的不来和我一起住？"

林政一闻言望向时机，注意着她的表情。

而陈曼像是霎时间想起了什么，连忙道："不不不，还是不要了，你会碍事的。"

时机不可思议地瞪大了眼睛，往陈曼的方向走了一步："你现在突然嫌弃我了？”

陈曼直接把人往林政一身上推：“我要去找小哥哥了，不能让你抓住把柄投诉我！”

她能跟谁投诉？

时机满脸疑惑，见陈曼朝她挤眉弄眼，不等反应过来，一下就没影了。

陈曼最后的那个眼神让时机后知后觉地发现，她还在林政一怀里没起来，耳根子一下就红了。

“抱歉。”她赶忙站起来，下意识地垂头掩饰那几分不自在，也就错过了林政一眼里一闪而过的宠溺。

“为什么道歉？”他问。

“陈曼有时候会有些不着调，你别介意，她人很好。”

“看得出来，我不介意。”林政一一笑，“回家吧。”

他伸手接过时机的包包，眉眼清澈，脸颊处小小的酒窝像是有某种特别的魔力，时机慌乱地将目光避开。

“嗯，回家。”

时机走在前面，按了按自己的心口，感觉心脏又隐隐地有些不舒服。

最近感到不舒服的次数有些多，时机想，还是去医院挂个号检查一下比较好。

但还没等她把这事安排上，程齐先进了医院。

那是下午的时候，时机刚从某家企业的揭幕仪式上回来，屁股还没坐热，程齐也从外面回来了，拿着他的工具包走到本部门办公室的大门口前，毫无征兆地倒在了地上。同部门的人一阵手忙脚乱，送到医院，检查结果出来了，是疲劳过度加发烧。必须休息。

电视台给程齐批了一个星期的假，这样一来，程齐原本负责的工作就停滞了下来。

其他人都各有各的事情在忙，时机负责的版块刚好要收尾了，于是原本由程齐负责的工作便落到了时机身上。

不是特别麻烦的项目，一份大学生就业调查问卷和采访。程齐本身已经做了一小部分了，她接手后，只要把剩下的补全就好了。

简单地收拾了东西，叫上陈广田，时机背上包前往渝川大学。程齐已经采访了华通大学那边的学生，也做了一些问卷调查。时机再采访一些渝川大学的学生就行了。

这会儿是午休时间，校门口人来人往，然而时机和陈广田晒了一个多小时，也就采访到了两个学生。

虽然大部分人对这种场景很好奇，但时机一走近说要采访，十个有九个摆手表示拒绝。这就让采访进行得很艰难，主要还是天气太热了。

时机和陈广田沿路走到一个阴凉处坐下休息，这条道两侧都是树木，阻挡了毒辣的紫外线。太热了，陈广田去小卖铺买水，时机一个人在原地休息，顺便看设备。

等人回来的间隙，也拉学生填问卷，白皙的额头沁出细密的汗。

“姐姐？”一个熟悉的声音喊她，时机回过头，看见穿着一件白衬衫，袖口挽到手肘处的林政一。

他小步朝她跑过来，额前的头发随风扬起，露出干净俊美的脸。

“你怎么在这？”林政一直勾勾地看着她，声音磁性悦耳，“嗯？”

时机从那刹那的惊艳中回神，清了清嗓子：“做问卷调查，调查当代大学生的就业意向。”

林政一这才看见时机手里的一沓纸：“那还顺利吗？”

“刚开始没多久，还行吧。”

林政一看时机出了很多汗，从口袋里拿出纸巾递给她：“你擦擦。”

王妍君几步走到林政一旁边，催促他：“来不及了，我们先走吧。”

时机这才发现王妍君的存在，目光落到她伸手拉林政一衣服的动作上。

林政一倒是没察觉异样，他看了眼时间，刚才教练突然让他去一趟办公室，王妍君正好在旁边，也说有事去找一下教练，所以两人就同行了。

也不知道是什么事，不好让人久等，林政一抬头对时机说：“那我们先走了。”

时机点头。

陈广田买水回来时，就看着时机有些失神地看着远处，顺着她的视线看过去，问："怎么了？"

时机听到声音回过神，看见陈广田疑惑的眼神，摇了摇头。

林政一和王妍君到了教练薛平的办公室，办公室里还有一个人，是林政一的启蒙教练崔柏博。

林政一惊喜道："教练！您怎么会在这？"

林政一从接触跳水到被选进国家队，一直都是崔柏博在带他。进入国家队后，林政一训练任务重，到处去比赛，闲暇时间又要学习文化课，根本没时间和崔柏博见面。退役后，林政一拜访过他一次，后来也没时间过去了。好长时间没见面了，崔柏博现在还在青少年跳水队当教练，林政一没想到他会出现在这里，很惊喜。

崔柏博只是微微一笑："你的主教练拜托我过来带你一段时间。"

林政一现在在渝川大学做复出恢复性训练，但这边没有专业的教练，只能做基础训练，跳水队就专门找了崔柏博过来给他进行一对一辅导。

这对林政一来说是件值得开心的事。

说完林政一的问题后，薛平将注意力放到王妍君身上："妍君是有什么事情找我吗？"

王妍君面不改色："本来是有点儿事情想问一下教练你的，但是刚刚突然就想通了。"

薛平没多想："想通就好，想通就好。"

崔柏博和林政一很久没见，就提出晚些时候一起去喝个咖啡聊聊天，林政一想起还在采访的时机。

"我一会儿还有事。"他婉拒道，"今天不行，明天吧。"

崔柏博看了眼旁边眼巴巴等着的小姑娘，以为林政一是和王妍君有约，笑了一下："都行，你忙去吧，别耽误你事，我和薛教练再聊会儿。"

"嗯。"林政一大步走到了外面，打算去找时机。王妍君也跟了出来，见他急急忙忙的样子询问他："你要去哪儿呀？"

林政一言简意赅道："有点儿事。"

王妍君没多问什么，有些扭捏地说："我朋友给了我两张话剧票，说很好看，我也没有人可以一起去，你要不要和我一起？"

"话剧票？"

林政一本来还很匆忙地想去找时机，听到这里，脚步就顿下来了，转头看向她。

王妍君心下一喜，乘胜追击道："对呀，很热门的爱情故事的票，只在渝川演三场，特别难买，我朋友买了没时间去，就给我了。"

爱情故事……

林政一突然受到启发，手一拍："挺好的！"

王妍君眼睛一下就亮了，然后就听林政一说："我今晚没空儿，你自己去吧！"

这个回答让王妍君一下蒙了，愣愣地看着林政一脚步雀跃地离开。

一蹦一跳的，还不忘劫持了队友的小风扇，完全不给人反应的机会。

夏季正午的太阳毒辣，晒一会儿就能把人晒得脸红出汗。

时机和陈广田忙到汗流浃背，还有厚厚一沓的问卷调查表没做完。其实调查问卷填起来也不算太费时间，但大家都不愿意填：这么多问题不知道得搞到什么时候。

时机揉了揉太阳穴，感觉穴位突突突在跳。

突然一个高大的身影将她笼罩，还多了一股凉风："你在这儿啊！找你好久。"

时机抬头一看，是面带笑容的林政一，他将小风扇塞进时机怀里，然后拿出纸巾帮她擦汗。

"怎么流这么多汗？"他嘟囔了句，"你是水做的吗？"

林政一的声调低哑，似乎带着几分缠绵的意味。时机心跳漏了一拍，可抬眼去看时，他脸上的表情却和往常无异。

时机道："人体百分之七十都是水。"

"我知道。"林政一倒没发现她的奇怪，将她手里的调查问卷都拿了，

"还没做完吗？"

"还差七十份。"

说到这个，时机就有些头疼了，她和陈广田在学校里找人填这个一天了，也没填多少，但是好在视频拍得差不多了，这才有喘息的空间。

林政一说："给我吧，我帮你解决。"

"你有办法？"

"姐姐跟我来就是了。"

时机和陈广田跟着林政一走进一栋教学楼，虽然没课，但偌大的多媒体教室里还是有不少人的。

天气炎热，学生们都爱待在教室里避暑。

其中一个学生一见林政一的身影，"哟"了声："大忙人怎么有时间过来？不用训练吗？"

说话的是钟悦，上次一起吃过饭，时机还认得他，冲他点头示意。

"时隽姐姐也来啦？"钟悦从桌子上跳下来，在林政一背后探头找些什么，"你的小尾巴没来？"

"说什么呢？"林政一将那沓问卷拿给钟悦，"帮帮忙填一下。"

钟悦接过看了一眼："干啥的？"

时机解释："这是电视台做的关于大学生就业情况的调查，麻烦你们帮忙填一下。"

"哎呀，这么简单的小事，说不上麻烦，姐姐你等着啊。"

钟悦抽了好几张，呼吁其他人一起填，一下子就分走了十几份。林政一也抽了一张去填。一时间，教室里都是笔尖划过纸张的声音。

钟悦很快就填完了。时机接过问卷，视线瞥到林政一认真填问卷的侧脸。窗外的阳光落下来，他的侧脸有些许阴影，让人看不真切。

钟悦站在时机旁边，刚好也将林政一的样子看在眼里。

他感叹了句："老林长得真好看，难怪那游泳队过来的小姑娘天天跟在屁股后面跑。"

"嗯？"

钟悦以为时枫没见过王妍君，和她解释："就是到渝川游泳队交流训练的那个女孩子，长得挺漂亮的，对老林有点儿意思。"

渝川只有男子游泳队，王妍君一个人过来的，简直就是泳池里的一朵花。

"朝夕相处，那姑娘性格也不错，我觉得老林矜持不了多久，他就喜欢那款。"

钟悦之前就听过林政一说喜欢稍微成熟一点儿的。王妍君年纪不大，但是长相是成熟的御姐款，身材好，性格也好，完全符合林政一的审美。

时枫想起那天看到的女孩儿，的确长得很漂亮。她视线落在了林政一身上，他坐在窗前沐浴在阳光下，周身晕开暖黄的光辉，恰好转头，视线在空中交汇。

林政一的脸上漾开笑容，小小的酒窝凹陷。

"我填好了。"他将问卷递给时枫，转头去帮忙收其他人的，没几分钟就收了一小沓。"你不着急要吧？还有一些，我带去给同学填，晚上带回家给你。"

"好。"时枫说，"不急。"

在渝川大学采访完之后，时枫和陈广田回到电视台，整理视频素材，简单剪辑完后，天色已经黑了。时枫揉了揉肚子，刚才忙，忘记了吃饭，这会儿闲下来才感觉到五脏六腑都在提抗议了。

看了一眼时间，七点半，刚刚问了林政一，他还没到家。时枫在楼下的饭馆买了饭菜，顺便也给林政一带一份。

回到家时，屋里还一片冷冷清清。

时枫把饭菜放好，想等林政一回来一起吃，就先去洗澡。

林政一回到家，看到放在桌上的饭菜完整未动，洗手间里传来淅淅沥沥的水声，显然是时枫在洗澡。他把背包放到自己的房间里，再出来时，时枫刚好从浴室出来。

"你回来了啦。"时枫捏着脖颈上围着的毛巾，擦拭着发尾的水汽，"先一起吃饭吧。"

“好。”林政一坐到了时机对面。

气氛很安静,寂静的空间里,只听得到拆开外卖包装的声音。

林政一想起什么,对时机说:“问卷填完了,在我包里,等下拿给你。”

“好。”

他说起问卷的事情,时机突兀地想起下午钟悦说的话,拨着碗里的饭粒,有些心不在焉。

“姐姐。”林政一喊她,声音软软的,“吃饭走神儿容易噎到哦。”

“哦,抱歉。”

林政一追问:“怎么了? 是遇到什么难题了吗?”

时机顿了一下,一句“没事”在喉咙里生生变成了:“我只是在想,你问卷找谁填的? 那么多份呢。”

林政一如实罗列:“一起打篮球的朋友、游泳队的、花滑队的,还有其他一些朋友。”

“你和游泳队的人关系真好。”时机说,“我听钟悦说,上次见到的那个小姑娘是过来交流训练的,她会在游泳队待很久吗?”

时机垂眼扒拉了一口饭,有些不敢看林政一:“我看她和你关系蛮好的。”

“王妍君吗? 本来说过来一个星期的,但是我今天听教练的意思好像是要延长,还不确定要待多久。”

时机有些心不在焉地扒拉着碗里的米饭,对面的人突然倾身,指腹轻擦过她的脸颊。

“这么大的人了,怎么还吃到脸上去了呢。”林政一将饭粒取下来,笑吟吟地调侃她。

时机拨了一下头发,还是没忍住问:“那女孩儿长得蛮漂亮的。”

“漂亮?”林政一在脑海里搜索了一下王妍君的长相——好像是挺漂亮的,他没注意过,“漂亮吗? 大家都这样说,你怎么突然在意起这个?”

时机连忙道:“就是今天钟悦说, 游泳队里很多人都对她有意思呢,说是什么理想型。”

她顿了一下,看了眼林政一才试探了句:“那你呢,你的理想型是什么样的？”

林政一夹菜的手一顿，大脑疯狂地转动起来。

时枞以前都把他当小孩子看，觉得这类事他都还不够年纪，今晚却突然好奇起这个，是在怀疑什么吗？

他刚刚的举动过火了吗？

林政一有些摸不着头脑，看了一眼时枞平静的脸，确认她只是随意好奇一下而已后，才松了一口气。

没敢说太明白，他只说了个大概：“成熟些的，中长发，气质冷一些的。”

成熟，中长发，气质冷。

三条都和王妍君对上了。

时枞垂了眼帘，安安静静地吃起了饭。

饭桌上的两人心思各异，一时间倒也无言。

隔天，时枞去补拍一些素材，顺便把林政一储物柜的钥匙给送过去。她在体育馆里边找林政一的身影时，却听见了林政一和另外一个人的对话。

训练室的大门敞开着，林政一坐在长凳上拿布带缠腕，杨立飞站在他面前，手里还拿着什么东西。

“给你，只有晚上八点的场次，这票难买死了，要不是我有亲戚是工作人员，还拿不到呢。”

林政一笑逐颜开：“谢了。”

杨立飞看他春心荡漾的样子，不由得追问：“你是不是有喜欢的人了？最近看你心情也太好了，爱情主题的话剧，打算跟人家去看的，对不对？”

他好奇得不得了，究竟是谁，把渝川的颜值杠把子的心夺走了？

“是不是和王妍君去看？”

“你知道那么多做什么？”林政一把他推开，杨立飞可是个大嘴巴，什么事都可以“广播”得人尽皆知。

杨立飞却是一脸“我知道了”的表情：“我懂我懂，王妍君的确不错。”

林政一一脸茫然：“你在说什么呢？”

他们说话并不遮掩，在空荡的训练室里，声音格外清晰，时枞站在门口,刚好将他们两个的对话听得清清楚楚。

掌心收紧钥匙,扎在柔软的掌腹上。

“你怎么来了?”一个软糯的声音响起。

时机抬眼看到迎面走来的王妍君,看着她那张脸,抿了抿嘴,解释道:“给政一送钥匙。”

“你给我吧,我给他拿过去就好了。”

王妍君朝时机伸出手,这样不仅可以多一个说话的机会,还可以免得林政一和这个姐姐的接触,简直一举两得。

不知道为什么,她总是在时机身上感到某种危机的存在,就是很莫名地抵触和警惕。

她延长留在渝川训练的申请被原来的教练以比赛临近的理由驳回了,距离离开没几天时间了,她要抓紧时间和林政一相处,不能有其他变故。

时机看着王妍君伸过来的手,下意识地倒退一小步,拿着钥匙的手越发收紧。她的意识在抗拒把钥匙交给王妍君。

好在训练室里的林政一听到了动静,一转头看见时机,马上小跑过来。

“你什么时候来的?”

“刚刚。”时机把钥匙给了林政一,“给你。”

林政一问:“你忙完了吗?”

“差不多了,一会儿要回电视台。”

今天本来就是来补一些素材,现在弄完了,可以走了。

林政一闻言问了句:“会很忙吗?晚上要加班吗?”

时机答:“应该不会,最近忙得差不多了。”

林政一松了口气,他其实原本想问一下时机晚上要不要一起去看话剧,但杨立飞还站在旁边,竖着耳朵想听八卦,显然很好奇他要邀请谁,而且王妍君也在。

不想多生事端,林政一便想说晚点儿去接她下班,那时再说去看话剧的事情,话还没说出口,王妍君先开口阻断了他的话头。

她脸上挂着盈盈的笑容对林政一说:“晚一点儿轮到我们一起值日打

扫训练室,你可要记得哦,别跑了,等下我一个人打扫不过来的。”

训练室很大,有很多器械要擦,一个人根本忙不过来,林政一听到这话,只好作罢。

他对时机说:“那你回去路上小心点儿。”

时机眼里闪过一些情绪,没再说什么。

晚上下班的时候,陈曼给时机发信息,约她出去吃饭。

时机今天一天莫名心里堵得慌,想到晚上林政一要出去和王妍君看话剧,家里没人,不想那么早回去,于是便答应了。

两人打车去了家火锅店,说是排名前三的网红店。

渝川市的夏天来了,火锅店的生意进入了淡季,只有陈曼带时机来的这家火锅店门庭若市。

大厅里位置所剩不多,服务生带着她们两个入座。

点菜的间隙又有人从大门进来。

盛曦月看着这么多人的大厅,蹙起了眉,说话刻薄:“你就带我来这种鬼地方?”

崔茵茵挽着她的手说道:“这家还不错的,食材新鲜。”

盛曦月脸色仍旧难看。她最近心情不是很好,稍有不顺心,就容易大动肝火。

“没有包间吗?”她语气高高在上。

服务生一早就站在门口迎接客人,全程听完了两人的对话,对盛曦月的做派和语气有些反感,但出于服务行业的职业道德,仍旧回话,就是态度不似以往热情:“没有了。”

盛曦月对这里越发不满意了,崔茵茵拉着她:“来都来了,试试看嘛。”

半推半就,盛曦月被拉到店堂里。

崔茵茵目光寻找着大厅里的空位置,视线转到某一处时,拍了拍盛曦月的手,低声道:“时机!”

“好端端的,提这个人做什么?”

这个名字让盛曦月感到非常不适,昨天她刚因为这个人和远在国外出差的姚谦霖吵了一架。几年过去了，时机还是这样，一出现就打乱他们本来的生活轨迹。这让她感到十分恼火。

“时机也在这儿。”崔茵茵示意她看过去。

视线所及，时机正与友人谈笑，看着十分惬意的模样。盛曦月想起这些天和姚谦霖三天两头的争吵，脸色一下就阴沉了下来。

“她倒是开心得不得了。”崔茵茵火上浇油，“要不是因为她，姚哥也不会想和你解除婚约，真是个害人精！”

盛曦月的火一下就烧上了心头，气势汹汹地往时机那一桌走。

“害人把工作丢了的人，倒是生活得很开心嘛！”

时机正听陈曼说她最近的趣事，猝不及防被人打断，抬眼看到了盛曦月那张阴沉的脸。她顿了一下，反应过来盛曦月话里的意思，反问：“你认识郑泽恺？”

细细想来，之前那件事处处显示着不正常。她是调到渝川才在电视台认识郑泽恺的，在此之前，时机确信自己没有见过郑泽恺，渝川这边也没几个熟人，职场上更都是新面孔。而郑泽恺却无端造谣她的过去，像是抓准了她不会澄清、不愿澄清的心态。

如果说郑泽恺和盛曦月认识，那么那些细节就能串上了。

“认识又怎样？你把人逼走了，还真的是心安理得！”

“所以是你指使的吧？”时机反问她，心里已经有了答案，“自作孽不可活，逼走他的人是你！”

盛曦月完全不认同，讥笑道：“你永远都是无辜的。”

“装什么盛世白莲花？”崔茵茵替盛曦月打抱不平，“最不要脸的就是你了，害人丢工作，现在又抢人未婚夫，想当小三，我呸，恶心坏了！”

她声音不小，引得其他桌的人转过头来。这种戏码，个个都很八卦。

陈曼拍案而起：“什么玩意儿？这位大婶满嘴喷粪也要有个限度吧？张口就来，是得天天吃屎才能这么臭吧！”

虽然她不知头尾，但她对时机的人品还是有信心的，作为朋友当然是无条件信任。“一天天地造谣，说的话就像老太太的裹脚布，又臭又长。”

崔茵茵气急:“有没有,她心里有数!”

时机认得崔茵茵，知道她是盛曦月以前的小跟班，之前在 KTV 碰到时,她也在那一帮人里面。

“我没数。”时机表现得十分淡定,“我早就说过,我没有捡垃圾当宝贝的爱好,你们大可放心。”

“别装得那么不屑一顾的样子,表面一套背地里一套的。”

盛曦月阴着一张脸，在渝川重新见到时机短短不过一个多月时间,姚谦霖为了她已经和她吵了好几次,昨天还说出了要解除婚约这种话。如果不是时机搞了小动作,姚谦霖怎么可能会摒弃两家的利益,要退婚去找时机。

这是不可能的事情!

“像你这种人,最喜欢装出一副无辜的样子,讨好示弱来达到自己的目的!”

当年也是,那场玩笑性质的赌约,没有人会认为,有一天姚谦霖这种不可一世的人会真心喜欢上时机这种平平无奇的小胖妹。盛曦月也这样觉得,虽然对这个赌约不喜,她仍没说什么。她打从心底就不觉得姚谦霖在她这种珠玉前还能喜欢上时机。

可事实狠狠打了她的脸,她发现了姚谦霖慢慢在意起了畏畏缩缩的时机,目光总是在追随时机的身影而不自知。所有人都知道她对姚谦霖的意思,长辈们也默认了他们两个以后会结婚,而姚谦霖却放着她这种豪门千金不要,看上了一头猪。

这对盛曦月来说简直是奇耻大辱。

于是她故意激姚谦霖,讽刺他喜欢一头猪,自负的姚谦霖当然跳脚,他不会承认自己喜欢一个平平无奇的小胖妹。所以后来她当众戳穿赌约时,才能那么顺利精准地打击到时机。

盛曦月原本以为时机休学后,她和姚谦霖之间就不会再有时机什么事了,但她偏偏又再次出现了!

“别人的东西就这么好,非要去抢?怎么就这么犯贱呢?”

崔茵茵跟着啐了句："狐狸精！"

"妈的！"陈曼听不下去爆了粗口，"你们嘴巴放干净点儿，信不信我撕了你的嘴！"

陈曼要爆发了，时机拉住她的手安抚她："没有必要和这些听不懂人话的人多说。"

她不想闹，可盛曦月并不想放过她们，看着陈曼讥讽道："一丘之貉，狐狸精身边肯定也是狐狸精！臭味儿相投，肯定都是喜欢勾引别人对象的人！"

时机当下就冷了脸，一股火一下烧了起来。她抄起桌上的水杯，往盛曦月脸上一泼，劈头盖脸淋了一头："你嘴巴给我放干净点儿！"

盛曦月猝不及防被人泼了一身水，一瞬间这才反应过来，抬手就要扇时机巴掌，但手才扬到半空被人抓住。

"啪！"响亮的一耳光。

盛曦月捂着脸不可思议地瞪大了眼睛："你居然敢打我？"

时机冷笑一声："就打你了，还要挑个黄道吉日吗？"

盛曦月怒火中烧，也顾不上脸面，扬起手就要开撕。

陈曼手疾眼快把她一推，"想动手是吧？"她撸起袖子，护在时机身前，打算硬扛。

这边动静不小，火锅店的工作人员闻声赶来，盛曦月和崔茵茵一副不肯罢休的样子。

她从来没受过这样的气，不可能善罢甘休。"除非她们两个跪下磕头，不然今天这事我没完！"

时机冷笑一声："痴人说梦！"

陈曼从鼻孔里哼了声，表示了自己的态度。

店员劝不动，几个人僵持不下，没一会儿，职位更高的人来了。看样子是个店长级别的，身后还跟着两个穿西装的。

盛曦月正在气头上，天王老子来调解都没用，她昂着脑袋说："你们不用说什么了，除非跪地道歉，不然我今天就在这里不走了，她们也别想走！"

一看就是不好搞定的货色。

店长简直是要急得吐血,今天领导视察,就出了这档子事,他光秃秃的脑门儿上全是汗,仍好声好气地劝说:“不如先到办公室里解决?在这里实在是影响不好。”

盛曦月当然不肯,她就是要时枊当众跪地向她道歉。“这事没得商量!要么在这么多人面前给我跪地道歉,要么就去警察局掰扯掰扯!”

“对!劝你们还是跪地道歉来得好!”崔茵茵附和。

时枊从包里翻出五百元现金拍到她们两个脸上:“民事纠纷,这么多足够了。”

她一出声,站在店长背后的男人认出了她,不太确定地开口:“时枊小姐?”

时枊转头看到那个男人,感觉有些眼熟,一时间想不起来是哪位。

那男人淡淡一笑道:“邵宇扬,之前去给时总送文件,我们见过一面的。”

刚刚时枊背对着他,所以他没认出来,一开口一转身后,他才认出这是他老板的女儿。

店长问:“邵特助,你认识这位女士?”

邵宇扬解释:“时总的女儿。”

时氏是国内餐饮界的龙头,这家店也是时氏的产业。

所以……面前这个漂亮的女人居然是大老板的女儿?

店长头上的汗流得更多了,这个反转更让他万万没想到!

对这件事震惊的还有盛曦月和崔茵茵两人:“燕京时家?”

时枊是燕京时家的人?

邵宇扬微微一笑,显然是默认。

陈曼从这间店居然是时枊家里的店的诧异中回过神来,颇有些狐假虎威的气势:“既然这样,那这件事就交给你处理了,我和时枊没空儿在这里耗!”

她对时枊家里的条件多少是知道的,谁能想到一个书包可以用一年多、作风节俭、在学校像个透明人一样的时枊,家里竟然很有钱呢!

刚认识时机那会儿，她也以为时机就是个普通学生，还总是怕她没钱买吃的，找了各种理由请她吃饭。

时家“穷养小孩，磨其心性”的教育方针贯彻得十分彻底，这让她在后来时机跟她说了自己的家境后，很长一段时间里都以为时机是在开玩笑。

时隽也是，到现在还在做兼职，一个帆布包用到磨边儿了还继续用。

任谁看了也不会觉得这姐弟俩是大户人家的孩子，所以到现在知道这两人家境的人寥寥无几。

邵宇扬毕恭毕敬地应了句：“好的。”

这场纠纷有人解决，陈曼和时机走出火锅店。

盛曦月估计还在消化信息，看着她们两个走得毫无阻拦，昂首挺胸地，像是胜利者。

晚风徐徐，一出购物中心的大门，风迎面吹过来，十分凉爽。

马路上的车辆行驶缓慢，渝川市中心出现交通拥挤，步履匆忙的人堵在路上，估计心急得不行。

陈曼仍沉浸在刚才的胜利中：“刚刚好爽啊！那两个人脸都青了。”

时机难得在这种事情上认同陈曼，笑着“嗯”了一声。

她和陈曼性格相左，陈曼很多时候像个小炮仗，半点儿不吃亏，所以常常有娱乐版块的新闻说她要大牌云云。

而时机则是棉花般的性格，大部分时候，只要不触碰她的底线，她不愿意为这些乱七八糟的事情大动肝火，浪费情绪。

但是今晚难得的爽，这两天心头的郁气也好像找到了出气筒。

从刚刚那股被爽到的情绪回过神之后，陈曼追问起了细节：“她们是谁？干吗找你麻烦？”

“盛曦月。”时机简单地说了这阵子发生的事情。

“他们真是阴魂不散！”陈曼骂道。

陈曼知道这群人，她大学在国外读的，国内外时差的原因，她那段时间和时机联系得不频繁。时机又是那种什么事情都憋在心里的性格，所以她是后来才知道的这件事，也没见过那些人。

那群人给时机造成的心理阴影,陈曼听着都要气死了。

“早知道我刚刚就该踹她两脚!我都没打到她!”陈曼声音都拔高了好几度,“你早不跟我说,不然我就飞奔回来给你撑场子了!”

“不是什么重要的事情。”时机说,“我已经不在意了。”

她想起林政一的话,脸上漾起了好看的笑容,很浅,但是发自肺腑。她是真的释怀了。

“有个人说每个时期的我都是最好的我,他说我那时候也很漂亮。”

嚯!这话说的!

“说,哪个追求者眼光这么好,嘴这么甜!”陈曼一下被转移了注意力。

说到这个,时机看了眼手机,锁屏界面空空如也,只有几条软件的推送消息,她嘴角一下就落下来了。

“没有,不是追求者。”

她也不知道自己在期待什么,微信没有收到信息,她感觉心情略微有些沉重。

一时忘记遮掩,沉重到了陈曼都发现了不对劲:“你今天晚上的情绪不太对。”

今天晚上时机的确情绪不高,在面对盛曦月时也反常地选择了正面硬刚,她不是这样容易被激怒的人。

这种程度的嘲讽谩骂,还不至于让时机动手打人和泼水,大部分时候她还是比较冷静的。

陈曼问:“你这两天不开心吗?”

时机抿了抿嘴唇:“我感觉我最近很奇怪,心情波动挺大的。”

“怎么讲?”

“总是无端感觉不开心,偶尔觉得心悸,总是很在意政一,看到他和其他女孩儿走得近一点儿就很在意……”时机说了这阵子她的心路历程,陈曼听得捂嘴,满眼惊讶。

“姐妹儿你栽了呀!你肯定是喜欢上林弟弟了!”

“说什么呢!”时机不自觉拔高音调,接着又低了下来,“我把他当小孩儿看的……”

“不不不。”陈曼摇头，“你心虚了，你语气的不坚定出卖了你，你就是喜欢上林弟弟了！”

陈曼了解时机，她的眼神语气向来坚定，但现在却有些飘忽，足以说明问题：“承认吧，你已经把他当男人看了。”

细细想来，一开始时机的的确确是把林政一当弟弟看的，从她每次说话时没有杂念的态度可以看出来。但是后来，她再次打趣时机和林政一的时候，时机的话已经没有那么坚定了，她聊天时也常会提起林政一，只不过当时陈曼没多想，现在看来是早就心动了。

“林弟弟的确值得！你可以试试！”陈曼说。

“不是喜欢吧？”时机不是很确定地反问，“以前对姚谦霖我也没有这种感觉……”

陈曼想了一下：“可能是处境不一样，那时候的你没有那么成熟，可能是错觉，把感动当心动了。”

第七章 明朗

从未被在意的人,一下子被人放在心上,关怀备至,很容易产生感动,觉得对方是一道照亮黑暗的光,是救赎,所以错把感动当心动。

现在的时机已经成熟,经历过当年的事情,对这些东西有天然的防御心态。

让这样充满防备的人喜欢上一个人,其实很不容易。

时机对此仍是不敢相信:“我不可能喜欢和时隽一样大的……”语气很虚,她需要时间来消化这件事。

陈曼给她支了个着儿:“想知道很简单,你去亲他就知道了,不反感还很紧张的话,就百分之百没跑儿了。”

在时机万分震惊的眼神里,陈曼给她解释:“人与人相处都有一个安全距离,如果你想超过,并且能接受这样亲密的接触,那么肯定是喜欢对方的。”

时机思绪纷纷,心里乱得不得了:“你别开玩笑了……”

陈曼看她嘴硬,哼了声,说道:“林弟弟可是优质股,不早点儿下手就被人抢走了,到时候你可别哭。”

闺蜜之间的谈心到此结束。

回到家,时机早早就窝到房间里,房门紧锁。

林政一午夜才回来，窸窸窣窣的声音响起，时机听到了，但没出来。她莫名地不敢见林政一，陈曼的话就像魔音缭绕，一直在她耳边嗡嗡地响个不停，吵得人难以入睡，毫无疑问，她失眠了。

第二天，时机顶着两个黑眼圈儿去上班，程齐脚一蹬，从自己的工位滑过来："昨天晚上偷井盖去啦？这黑眼圈儿都要赶上国宝了。"

时机揉了揉疲惫的眉头："突然就失眠了。"

另一个同事说："年轻人心事多。"

顾艳回过头调侃："该不会是想哪个小帅哥想到睡不着觉了吧？"

时机的脸一下就红了。

她肤色冷白，很快就被人发现了。

"妈呀！被我说中了？你脸怎么这么红？"

时机连忙否认："没有，腮红打多了而已。"

顾艳显然不相信这个说辞，但下一秒电视台热线响起：城南新区发生一起突发事件。时机拿了包就出去了。

城南新区那一片是企业收购改建地块儿，这会儿是原住民和收购公司的负责人起了冲突。大概是拆迁补偿安置工作没做好，时机到了目的地，采访了当事人，一天忙完，腿脚酸得不行。

结束采访的时候已经是傍晚，时机就没有回电视台，直接回了家。她买了只鸡，准备回家煲汤，最近太忙了，补一补。

厨房的高压锅滋滋响起的时候，玄关有声音传来，时机应声转头。

是林政一。

"你回来啦。"她轻声道，莫名有些手足无措。

林政一"嗯"了声，眉宇间有些疲惫。比赛越来越临近，他还没有恢复到最佳状态。休息了一年多，虽然一直在训练，但现在他的成绩连他全盛时期的三分之二都达不到。体育竞技就是这样，不进则退。

比赛在即，只能奋起追赶。这两天他重新制订了训练计划，任务很重，身体一时间有些负荷不了，很疲劳。

不过即便如此，他还是分出心思关注着时机，见她在厨房忙活，问道：

“你在做饭吗？”

“就煲个鸡汤，等下捞个面吃。”她回答着，然后问林政一，“你吃饭了没？”

林政一如实回答：“教练请吃点心，不饿。”

他眉宇间的疲惫实在明显，时机注意到了，看来今天的训练很累。

“那一会儿喝碗汤吧，你现在坐着休息一下，等下就好了。”

“好。”

林政一把书包放好，坐在沙发上等。

夕阳的余晖透过阳台的玻璃门落在室内，厨房的声响和食物的香气交织出的烟火气，静谧惬意。

林政一的眼皮慢慢地耷拉下来。时机盛好鸡汤打算叫林政一喝，走到客厅才发现他睡着了。

金色的阳光落在他的身上，浓密的眼睫毛被阳光照得金黄，像一把小扇子，落下一小片阴影，向来带笑的嘴角此刻紧抿着，眉宇间的疲惫毫不掩饰。

他大概是真的累了，夕阳的余晖再温暖也是刺眼的，就这样落在眼皮子上还能睡着。

时机有些心疼，不自觉俯身去帮林政一遮挡刺眼的光线，五指的阴影落在他脸上，明暗交错。

她转头查看情况时却猛然怔住。林政一是靠在沙发背上睡觉的，她俯身遮挡阳光的动作让他们之间的距离不过半米。这样近的距离让她能看清林政一脸上的细小绒毛，以及那张好看的唇，泛着樱花般的粉。

“亲一下就知道喜不喜欢他了。”陈曼的话犹在耳畔，时机的心跳突然加快了。

看着那好看的唇，她屏住呼吸，距离一点点缩小，再近些……

距离剩下几毫米的时候，时机猛然回过神后退。

心跳快得不像话，她咽了口口水。

完了！

时机脑子里充满了这两个大字和无数个感叹号。

她发现自己好像真的喜欢上林政一了，这个小她五岁的、弟弟的死党，一个还在读大学的小男生！

时机捂着脸倒退着跑进了房间，这个认知让她内心受到了极大的震荡，她想安静一会儿。

而沙发上的人，揪住沙发抱枕紧张用力到指尖发白的手霎时间松了，屋内一片静悄悄的。林政一猛然睁开了眼，他克制着自己的呼吸频率，慢慢滑到地上，又慢慢爬起来。沙发靠背遮挡了他整个身子，只露出一个毛茸茸的脑袋和一双瞪得圆溜溜的眼睛，四处查看情况。

在看见时机的房门紧闭，外面空无一人时，林政一终于压抑不住自己的激动，大长腿腾空蹬了好几下。

要不是场合不允许，他刚刚已经放声尖叫了。

林政一捂着脸，把它埋进了柔软的抱枕里，在沙发坐垫上翻来覆去地翻身傻笑。

这可谓惊天进展，林政一已经开始在规划他们谈恋爱要去哪里约会了。

时机没一会儿打开门时，他听到声响，一下就站了起来。

时机有些紧张。接下来，时机却是一副什么事情都没有发生过的表情。

"汤好了，过来喝吧。"

情况和他脑补的完全不一样，林政一表情呆滞地回了一句："喝汤？"

就这？

刚刚确认了自己的心意，时机其实也有些紧张，揪着衣角，面色仍是寻常："嗯，汤好了，快来喝吧。"

她看着像只懵兔子一样的林政一，他看上去十分乖巧温顺，于是打定主意不打草惊蛇。

林政一那么单纯乖巧，她不想冒进，怕吓到他，反正现在住在一个屋檐下，更适合温水煮青蛙——慢慢来。日久生情会更好，也免去贸然追求被拒绝的尴尬。

林政一完全不知道时机的心路历程，他完全猜不透对方的想法。明明刚刚那个距离，呼吸都要交融在一起了。如果不是时机想偷亲他，其他理由怎么说也说不过去的。怎么回了一趟房间,时机就像进了哆啦 A 梦的时光机,回来又是一副好姐姐的样子?

这个走向他完全想不到!

思考了两天,林政一还是摸不透时机的想法。

训练休息的间隙,游泳队的几个人坐在一块儿聊天。其间有人说起了王峰和他千辛万苦追到的女朋友,个个都求攻略。

王峰追他女朋友,那可是花了不少心思的,但追了小一年都不见他女朋友有什么软化的迹象,却没想到突然就成了。游泳队这帮"和尚"羡慕得不得了,个个都八卦起来。

王峰这人心直口快,也不遮掩:"危机感呗,我表妹之前来找我,作为东道主我不得带她到处去玩去吃?那段时间我也生气,所以故意让她误会我喜欢上别人了。"

追了那么久,王峰这女朋友是块石头都得焐热了,只不过是习惯了,所以不觉得有什么,可这时候突然出现了一个情敌,一下把人给刺激到了。

"她一有危机感,就立马来找我了。"王峰非常自豪,"这就叫反转!"

其他人看不惯他那得瑟的样子,调侃他几句,说着说着话锋一转,提起了王妍君。

杨立飞说:"她后天就回去了,教练的意思是,大家到时候去吃个饭聚一下,好歹相处了一个星期。"

刚刚王峰的话给了林政一灵感:既然他猜不透时机的想法,那不妨激她一下,看看有没有收获。

到了队里要给王妍君饯行的那天,林政一一大早没出门,就和时机说了这事:"我晚上不回来吃饭。"

"嗯?"时机正在收拾自己的包,听到这话反应过来,脱口而出,"你今天要在外面吃?"

说完,时机想起来了,这几天林政一因为训练,一直都很少回来吃。

他突然这么早报备,时机有些反应不过来,才多问了这句。

林政一说:"不是,我和王妍君去吃饭。"

时机心里咯噔一下。

上次和王妍君去看话剧，这次要去吃饭，进展已经这么快了吗？

时机想问，但看着林政一很是期待晚上约会的样子，话到嘴边又变成了："好。"

林政一眼里的光瞬间就灭了，垂头丧气地拿起包走了。一整天他都兴致不高，晚上和一大帮队友去吃烤肉时，也是状态低迷。

酒过三巡，杨立飞发现他的异常，伸手搭住他的肩膀："咋啦兄弟？失恋啦？"

"没恋，失不了。"林政一拿起酒杯喝酒，心里闷得慌。

杨立飞笑："瞧你这语气，像是被老婆抛弃了的哀怨样子，可你也没老婆呀！"

感觉膝盖中了一枪，林政一瞪了杨立飞一眼。

"你不会是舍不得王妍君吧？"杨立飞看了一眼座位对面，今晚的主人公。

"你一边儿去。"林政一推开他。

"你要是喜欢就上啊。"杨立飞打趣地说，"过了今晚，人家可就走了。"

林政一扯了个假笑："你一天天在想什么呢，我不喜欢她。"

杨立飞啧啧有声，还想说什么，教练带头干杯。

一大帮人都站起来举着杯："相聚的时光很短暂，不过我相信我们以后会在赛场上见，大家一起努力！"

杨立飞和林政一也站了起来："一起努力！"

游泳队的人明天还要训练，酒点到为止，没喝多少，散场时，王妍君喊住了林政一。

游泳队的人都在，人有点儿多，王妍君有些紧张，揪着手往林政一的方向走去。

林政一一晚上兴致都不高，听到有人叫他，懒懒地回头。只见王妍君一步一步地往他这个方向走来，脸色似乎有些紧张。

林政一蹙起眉头，感觉不对，这时王妍君张口把话说出来了："我喜欢你！”

王妍君直勾勾地看着林政一。

今晚是最后一天了，她明天就要走了，如果不做些什么，她会遗憾，她早就想在晚上向林政一表白了。

其他人完全没预料到这个走向，也没料到王妍君居然这么大胆，在这么多人面前表白。

霎时间，大家都停下脚步，瞪大了眼睛看着这两个人。

“答应她！答应她！”不知道是谁起哄，开了一个头儿，突然起哄声响起。

当众表白是把双刃剑，虽然被拒绝会很丢脸，但却可以借群众的力量，对被表白的人施压，从而得到自己想要的答案。

在一片叫好声中，人容易晕了头，又或者是碍于不愿让人难堪的想法，会先答应下来。

王妍君就想搏一下。她满眼期待地看着林政一，等待他的答案，又问了一句：“你要不要和我在一起？”

众人还在起哄，其中一个游泳队的队员扬声道：“老林你就从了吧！妍君那么漂亮，你也不吃亏的！”

“就是就是！”

“你不就喜欢妍君这种类型的嘛！”

闻言，王妍君的眼神越发亮了，她看着林政一的脸，眼里有殷切的期盼。

夜色中，一群人站在烤肉店门前，暖黄的路灯光拉出长长的人影。

林政一瞪了一眼看热闹不嫌事大的兄弟，示意他们闭上嘴，这才转头面向王妍君：“抱歉。”

这种情形让人有些为难，毕竟是相处了一个星期的一起训练的人，又是在这样的情景之中。

林政一不想让人太难堪，可显然，不管怎么委婉地拒绝，都不会委婉，因为拒绝本来就会伤人。

但即便是这样，他还是想说清楚，不想给人留余地和念想。

“你很好，但我已经有喜欢的人了，抱歉。”

事态急转直下，众人原以为会见证一段甜蜜恋爱的前奏，却不想见证了一个尴尬的社死场面。霎时间，所有人都找理由，想脚底抹油溜之大吉。

王妍君眼里的光一下就暗了，脸上的表情也僵住了。

"我喜欢上林政一了，但是他好像有喜欢的人了。"

时机说这话的时候，陈曼正缠着清吧调酒的小哥跟人家学调酒。

舒缓的英文歌曲声中，冰块掉入液体碰撞玻璃杯发出清脆的响声。

就像一个警钟，谈笑声戛然而止，陈曼猛地转头："你说什么？再说一遍？"

时机垂着眼帘，摩挲着杯沿："我喜欢他。"

"啊！"

陈曼猛地从高脚凳上跳下来，按着时机的肩膀摇晃："果然！我就知道你对林弟弟图谋不轨！"

时机把她的手扒拉下来，情绪有些低落："可是他好像喜欢他们游泳队的一个女孩儿。"

"他们在一起了？"陈曼重新坐回凳子上，接过调酒小哥递过来的酒，小抿一口。

"没有。"时机顿了一下，"应该是还没有，他没说。"

陈曼十分轻快道："那不就得了，尘埃落定之前，一切皆有变数，让他喜欢你不就得了。"

"可是我怕来不及。"

陈曼说得轻松，现在起点不一样，她怕自己还没有把青蛙王子煮熟，青蛙王子就已经跟人跑了。

陈曼蹙眉："怎么会来不及？直接出手啊！"

"这得慢慢来吧？不能一下那么积极吧？我怕吓到他。"

时机没有追求人的经验，不知道他们是怎么操作的。林政一看着那么乖，她一上来就追求什么的，怕把人吓跑。

"你什么老古董的思想啊？看上就追啊！肢体接触来一点儿，眼神勾一点儿，喷点儿香水儿，弟弟还不是手到擒来。”陈曼说。

时机眼里全是茫然：“什么叫眼神勾一点儿？肢体接触什么尺度好？”

“那你就问对了人了。”

陈曼来了兴致，虽然她对谈恋爱这事也是零经验，但她是理论上的王者。

“就是没事就靠近一点儿，来几个假装不经意的肢体接触，摸摸小手什么的。”

陈曼给她现场示范，贴近她：“就是这样，这样，还有这样。”

时机一脸嫌弃地看着她：“你认真的吗？”

“当然！还有啊，”陈曼猛然靠近她，眼睛直勾勾地看着她，“目光要迷离一点儿，眼睛不要睁太大，微微斜视，像狐狸一样直勾勾地看着他。”

陈曼冲她眨眼睛放电，时机满脸不可描述：“我怕他叫我去看眼科。”

“我告诉你，男人都一样，就吃这一套。”陈曼一脸很有经验的样子，“就这样慢慢撩拨，吊足胃口，让他想吃又吃不到，心痒痒，到最后，气氛上来了目光一对，推倒他！”

国外的电影都这样演的，主人公们眼神擦出火花后，背景音乐一放，顺理成章播放十八禁。

成年人的爱情，下手要快，车速也快。

“先上车，再把车门焊死，林弟弟跑不了的。”

时机对她的话存疑：“这样能行吗？”

“当然！”陈曼拍着胸脯打包票，“只要你按照我说的来，林弟弟肯定手到擒来。”

也没有其他的办法了，时机选择相信她。

“那我晚上就回去试一下看看！”

“试试看，一点一点撩拨他！”陈曼举起酒杯。

“试试！”时机气势很足，玻璃杯碰撞发出清脆的响声，仰头把一杯酒都干了。

速度之快，陈曼都没来得及拦住，眼睁睁看着她灌完了一杯调酒小哥刚刚送过来的白桃迷林。

时枞喝完，咂巴咂巴嘴，眼里带上了几分雾气："有点儿甜……"

她把杯子举起来看了一眼："好喝，再来一杯！"

陈曼："……"

白桃迷林，喝起来口感和果酒一样，前调是白桃清甜的味道，然后慢慢地从咽喉烧起来，后劲儿很大。

慢慢喝还好，时枞这个酒量，这样猛灌一杯，不醉才怪。

陈曼有些头疼，时枞的目光已经有几分呆滞的醉意了，显然是喝醉了。她乐呵呵举着杯子："再来一杯！"

陈曼抢过她的杯子，半拖半抱地诱哄："不喝了，我们回家好吗？"

"回家吗？"时枞睁着眼睛看陈曼，有几分憨厚，自说自话："嗯，回家。"

时枞酒品不算太差，真的醉了之后，会有些憨厚大胆，不像平常那么冷静自持。

"回家回家，我给他打电话。"她从口袋里掏出手机，"让他来接我回家。"

陈曼正费劲扶着她，被她一把推开，听到这话，脑子一下子没转过来："谁？你要叫谁？"

"嘘！"时枞食指抵住唇，神神秘秘地傻笑，"王子。"

"你别闹了，我带你回家。"陈曼说。

"不要！"

由不得她不要，陈曼连拖带拽，时枞脸上可委屈了，着急忙慌地打电话。

电话接通了，声音还有些颤抖："有人要把我拖走，你快来！"

林政一刚到家门口，正打算开门，听到这话，立马掉头往外走："你在哪儿？我过去，你别怕。"

"哎，你别抢我手机！"

陈曼一把拿过时枞的手机，一边抱着她不让她滑倒，瞧了一眼通话界面，暗自发笑。

时枞这人清醒的时候，条条框框多得是，喝醉酒了，倒是难得胆大。

陈曼遂了她的心愿,对电话那头的人说:“她喝醉了,我们在南苑路 72 号言轻清吧,你快过来,我搞不定她。”

挂了电话,陈曼扶着时机站在清吧门口等,夜晚的风徐徐吹着,城市的霓虹灯闪烁着光芒。

时机的脸被晚风一吹,红彤彤的,配上她憨憨的傻笑,有几分可爱。

今晚倒是个好机会,不管做什么事,都可以推卸给醉酒。

陈曼摇了摇时机:“你清醒了没有？还醉着吗？”

时机愣愣地看着她:“我没醉。”

“这是几？”陈曼竖起一根手指头。

“一。”

“这呢？”三根手指头。

“三。”她憨憨地说,“曼曼你干什么呢！我没醉！”

陈曼观察了一下时机,看着像是有了几分清醒的模样,于是她语重心长地说:“今晚是个好机会,你要把握住哦！”

时机喝了酒,脑子有些迟钝,反应弧很长,似懂非懂地点头。

陈曼还想叮嘱两句,但时机远远看到林政一来了,像支脱了弓的箭一下就射出去了。

“王子！”

林政一刚下车,就被温香软玉抱了个满怀,愣了一下,才反应过来是时机。

“你怎么喝这么多？”

他抬手温柔地拨开时机散乱的头发,露出小巧精致的脸,她肤色白,酒精作用下,白皙的皮肤白里透红,整个人皮肤都是粉粉的,像只可口的水蜜桃。

时机乐呵呵道:“好喝。”

林政一不赞同道:“那你也不能贪杯,别老在外面喝酒。”

时机瘪嘴:“那你还不是和人去吃饭喝酒。”

林政一一愣,正想说些什么,陈曼走到了她面前,说:“她一下子喝了一杯后劲很大的酒,刚刚撒酒疯呢,非要给你打电话,让你过来接。”

林政一抿了抿嘴,问:“怎么突然就喝酒了呢?”

陈曼道:“心情不好呗,小酒解愁,我也没想到这么多年,她酒量一点儿长进也没有。”

“你们在说我坏话?”时枳蹙着眉,转头看他们。

林政一单手扶着她的肩膀,看她嘴嘟起来,都可以挂瓶子的样子,低声哄她,眼里有几分宠溺:“没有,我们在说等下给你买东西吃。”

“哦。”

陈曼抓到了林政一眼里刹那浮现的宠溺,感觉有点儿不对劲。

“我先送你回酒店,然后我们再回家。”林政一突然开口,打断了陈曼一闪而过的思绪。

陈曼开口:“不用了,我自己回去就行了。”

也不顺路,挺麻烦的。

“你也喝酒了,一个人回去不安全,我们坐同辆车走,到酒店门口你下车就好了。”

陈曼挑了一下眉,没坚持:“那好吧。”

这个林弟弟还是一贯地会照顾人。

把陈曼送回酒店,没一会儿,他们也到了小区楼下。

时枳很精神,坐在车内的时候,人安安静静的,要不是眼神直愣愣的,一点儿也看不出来喝醉了,特别乖巧。

林政一打开车门让她下车,她慢慢地从座位挪出来。

“我好累。”她撒娇道。

没办法,林政一只好把她打横抱起,时枳伸手勾住他的脖子,又是乐呵呵地开始笑。

林政一问她:“你笑什么?”

“你的肉好硬啊。”

林政一的声音突然就低哑了几分:“别乱摸。”

“为什么不给摸?”时枳好奇地看着他,手上没停。

“不可以摸的。”

这个姿势林政一腾不出手去制止她作怪的手，只能浑身僵硬地任她为所欲为。

“我也不可以吗？”时机瘪着嘴说。

林政一的喉结滑动，艰难地挤出两个字：“可以。”

时机开心了，乐呵呵地看着他，又听他说：“但是在外面不可以。”

“喔。”她乖乖收回手。

时间挺晚的，小区楼下没什么人，一路上只有几个人看了他们两人几眼，目光大约在说：世风日下。

林政一对此一一无视，抱着时机上了楼。

开门时时机不愿下来，林政一无奈，只能让时机自己开：“按密码。”

时机打了个酒嗝：“密码是什么？”

她顿了一下，满眼疑惑：“你怎么有两个头？”

林政一又好笑又无奈：“真不知道你明天醒来想起现在的样子，会不会找个地洞钻进去。”

时机有理有据地反驳：“我不是地鼠，不会钻洞！”

林政一哑然失笑。

折腾了好一会儿，他们才成功进了家门。

林政一把时机放到了玄关处的鞋柜上坐着，边给她脱鞋边问：“今天干吗和曼姐去喝酒？”

“因为不开心。”

“为什么不开心？”他轻声问。

“你和别人去约会。”时机一字一句道，末了还打了个嗝。

林政一闻言抬头去看时机。她坐在鞋柜上，比他高了小半个头，此刻正委屈巴巴地看着他。

林政一心跳突然失序。他滞了几秒才重新开口：“为什么我和别人约会你不开心？”

“不开心，有点儿不舒服。”时机揪了一下自己的衣服，似是很苦恼。

林政一直起身，靠近她一步，低声诱哄："为什么不开心？哪里不舒服？"

"这里不舒服。"时机指着自己的心口处，"很难受。"

林政一的目光落在她纤细白嫩的长指上，目光微暗："那你知道为什么难受吗？"

"知道。"时机重重点头，说出了那句藏在心里的话，"我喜欢你！"

林政一眼里掀起波澜，刹那间的喜悦如洪水袭来，瞬间将他淹没。

"你喜欢我？"

"嗯。"时机瘪了嘴，"可是你喜欢她……"

"谁？"

"你晚上跟她出去约会，去看话剧，还每天待在一起训练……"时机越说越伤心，眼里泛起了雾气。

林政一失笑："我没有和她去看话剧，我本来是要和你去看的，但是那天刚好训练，所以没去成。"

他认认真真地和一个醉酒的人解释："也没有去约会，她明天就走了，今天晚上是队里给她饯行，我每天都是独自训练的，没有和她待在一块儿。"

"真的吗？"时机打破砂锅问到底，"她不喜欢你吗？你不喜欢她吗？"

夏季夜晚的虫鸣声萦绕在耳边，为此刻的暧昧场景添了些许背景。

屋内寂静，片刻才有声音响起："我怀疑你装醉哦，姐姐，说话条理这么清晰。"

林政一帮她整理了一下衣服。话虽是这样说，但他仍乖乖回答："我拒绝她了，我不喜欢她。"

时机满足地笑起来，乐呵呵地说："我好开心！"

她按住林政一的肩膀，脸直直压下去，没亲对地方，亲了个空。

"你的脑袋怎么一直在晃，我亲不到你了！"

时机直接上手捧住他的脸，打算再来一次，林政一见她方向又搞错了，连忙凑上去。

她的唇齿间仍有白桃的甜味，带着一点点酒精的气息，让人流连忘返。

原本只想浅尝辄止，却被勾得一再深入。一吻毕，两人都有些气息不稳。

林政一抵着她的额头，眼神缱绻："姐姐。"

这两个字像是被含在喉咙反复润过，字眼儿咬得轻轻，却被人拉出缠绵至极的尾音，每个字都带着蛊惑人心的意味。

"你怎么能这样呢？"他低低的声音有几分委屈，"我还没谈过恋爱，你就抢走了我的初吻。"

时枫的脑子被酒精蚕食得差不多了，完全没有看出林政一眼里的势在必得。

听到这话，时枫连忙重新捧住他的脸，用哄小孩儿的语气哄他："那……那你要不要和我谈恋爱？"

林政一乖巧的人设不倒："这样不好吧？"

"很好的，很好的。"时枫拿出了哄骗小孩儿的姿态，亲了亲他的嘴角，"我会负责的。"

虽然内心快乐到想旋转跳跃做一百个俯卧撑，但为了明天时枫万一记得今晚的事，不会察觉到不对劲，林政一面儿上只能装作一副无奈妥协的样子："那好吧。"

今晚简直是意外收获，他压根儿没想到时枫喝了酒会这么大胆，也想不到时枫会被王妍君的存在激到，一下就爆开了。

林政一按捺住心里的欢喜，轻柔地把时枫抱回了房间。

"你好好休息。"他帮时枫盖好被子，打算走。

"推倒他！林弟弟就跑不了！"

"今晚把握好机会！"

陈曼的话骤然在耳边响起，时枫猛地抓住林政一的衣角。

对上林政一的眼睛，时枫莫名咽了一口口水。

"要……一起睡觉吗？"

林政一心头一震："睡觉？你认真的吗？"

"嗯……"

一只白皙的手顺着衣物的里侧往上，林政一猛地攥紧了她的手。

理智说:她醉了,不清醒,不可以。

贪念说:为什么不可以?她醉了,明天可能就忘记了今天晚上发生的所有事情,包括那个表白。

清醒后也许她又缩回了自己的分寸之中。

必须让一切板上钉钉才行啊……

贪念战胜了理智,卑劣占了上风。

手上的力道一松,肌肤贴着肌肤寸寸蜿蜒而上。

拉链滑动的细微响声像是一切贪恋的释放,从一个狭小的地方释放出来。

无限膨胀,撑得极满,灵魂发出满足的叹息。

旖旎在寂静的夜晚中弥漫,窗纱撩动一室的春意,人影绰绰。

夏季的清晨,暖黄的阳光透过薄薄的窗纱,调皮地落在眼皮子上。

时枫被恼人的光线刺得睁开眼,望着洁白的天花板有些发蒙。

宿醉让她有些头痛,反应有些慢,揉了揉脑袋,打算撑着身子坐起来。

被子滑落时,时枫才发现自己身上穿的是吊带睡裙,因为睡相不好,裙摆翻到了腰上,旁边还躺了个背肌线条很好的男人。

她猛地倒吸一口气,动静太大惊醒了对方。

时枫眼睁睁看着男人慢慢转过身来,他长着一张林政一的脸。

他天蒙蒙亮才睡,这会儿被人吵醒,眼里还有几分懵懂。

“你怎么会在这里?”时枫惊呼。

头痛一下就吓跑了。

林政一似乎还没有缓过神来,慢吞吞地坐了起来,和脸上懵懂的表情毫不相干的是,他坐起来时被子垂落,露出来精壮胸膛。

一大早看这种画面,时枫脸一下就红了。

片刻后她反应过来,他们俩这副鬼样子,昨天晚上发生了什么,是任何一个成年人都能想到的限制级。

“姐姐忘记了吗?昨天晚上……”林政一一顿,欲语还休,缩了缩身子,像受了惊的小鹿,“我说了不行了……但……”

时机猛地捂住了嘴,昨晚的记忆零零碎碎,她坐在玄关柜子上强吻林政一的画面猛然回忆起来。

“不会吧……”

她有些没底气,虽然她喜欢林政一,但是她觉得自己不是那么丧心病狂借酒壮胆把人推倒的人。

时机想说些什么,眼前又闪过了一个片段:她把林政一推倒,火急火燎扒人家衣服的画面。

就在这张床上。

就是这么丧心病狂!

林政一垂着眼,慢慢地翻身下床:“没关系的……我反正也没吃亏。”

他的声音很低,把时机衬得越发不是人了。

时机赶忙拉住林政一的手大声道:“我喜欢你!”

林政一眼皮一颤。这是完全不同的体验,醉酒后的告白,和酒醒后的告白,是不一样的。他忍不住心跳加快。

“我太喜欢你了,所以才会喝醉酒做出了这种事。”这是最好也是最贴切的解释,酒后吐真言。昨天晚上的事情虽然她现在记不清了,但是她做的可能就是潜意识里想做的事情。

时机很认真地说:“我可以负责。”

毕竟玷污了人家的清白,像林政一这样乖巧的男孩子,怕要伤心很久。

“真的吗?”林政一有些腼腆,“可是我还没到法定年龄。”

“不不不。”时机连忙说,“我们先谈恋爱,慢慢来,慢慢来。”

看着林政一单纯的脸,时机总有些哄骗小孩儿的罪恶感。

怎么会有人长着一张乖小孩儿的脸,却有一个成熟男人的身材呢?

她瞥了一眼他光着的上身,又看了看他的脸,诡异地合情合理。

“那好吧。”林政一乖乖地回答。

时机松了一口气,但下一秒又瞬间提了起来,哽在喉咙。

“嘿!大早上咋就没人呢?人呢?”时隽打开家门,看到空无一人的客厅很疑惑,“今天可是工作日啊,你们都在睡懒觉吗?”

行李箱轮子滑过地面摩擦的声音越来越明显,时隽的声音一点点逼近。

“懒猪们还没醒吗?”

时枫和林政一对视一眼。时枫头发都要竖起来了,林政一却一脸无所谓。

现在这副状态,绝对不能让时隽发现!他一定会炸锅的!

时枫猛地从床上跳下来,也顾不得让林政一把他的上衣穿上,直接把他塞进了衣柜里。

“抱歉,先这样,你别出来。”

说完这句话,时枫就把衣柜门关上了,给自己套上了个小外套,然后若无其事地打开房门,走了出去。

“你怎么今天回来也不说一声?”她问。

时隽看她脸上很红的样子,有几分疑惑:“你脸咋那么红?干啥啦?”

时枫一本正经地扯谎:“刚刚做了个晨间唤醒瑜伽。”

时隽没多想,在屋子里看不到林政一,他随口问:“阿政呢?”

“在学校呢。”

“这么早?”

“你不知道吗?”时枫面不改色道,“他最近训练任务很重,早出晚归的。”

“他没说。”

时隽挠挠头,推着行李进了房间,打算整理一下行李。

这房间本来就是时隽的,时枫搬进来时隽给她腾了半个衣柜,让她放衣服,自己的衣服也一样放在衣柜里。

见时隽打算去开衣柜门,时枫一颗心都悬起来了。

“等等!”

她赶紧跑过去,一把按住衣柜门:“先别开!”

时隽疑惑地看着她:“为什么?”

“有点儿乱。”

那可不是一般的乱。

"我这两天衣服没整理,太乱了。"

时隽毫不在意道:"没事啊,乱就乱呗,我又不嫌弃你。"

时枞直摇头:"不行!你把行李放那里吧,我一会儿收拾时一起给你整理。"

时隽眼睛一亮:还有这种好事?

"那敢情好呀,你收拾吧。"

时枞悄悄松了一口气,推着时隽出去:"那你快出去吧,我要换衣服准备上班了。"

把门一关,时枞简直要累瘫。她赶紧打开衣柜。

林政一将近一米九的个子,缩在狭小的衣柜里,脑袋顶着她的睡衣,见了光,委屈巴巴地看着她。

时枞赶忙把人拉出来,但拉不动。

林政一委屈地问:"为什么不让小隽知道我们的关系?"

"事情太突然了。"时枞为难道,"而且你也知道,时隽对这种事反应比较大,我想慢慢来。这样被他看到,我怕刺激到他。我们先不告诉他好不好?找个合适的机会再跟他说。"

林政一像个受了委屈的小媳妇:"好吧。"

时枞再去拉他:"你快出来。"

"腿麻了。"

折腾了好一阵,时枞整理好自己的仪容出去。

时隽洗漱完,打算点个早餐吃的,看见时枞出来,顺口问她要不要一起吃。

时枞想着房间里的人,怕她出门之后他们两个撞上,只能说:"我们去外面吃吧,等外卖来不及了。"

"也行。"

反正也不知道点什么外卖,去外面随便吃点儿也可以。

"那我换件衣服先。"

"换什么衣服啊,走啦走啦,我要来不及了。"时枞推他出门。

他们两个一出门，林政一就从房间里出来了，面对着空荡荡的房子，嘴角不住地上扬。

半个多小时后，时隽从外面回来，打开门看到正在吃泡面的林政一，不禁一怔。

“不是去学校了吗？什么时候回来的？”

林政一面不改色地撒谎：“刚刚，走到一半，队里说晚点儿才训练，我就先回来了。”

做戏做全套，他又问：“你什么时候回来的？”

时隽回答：“就早上，刚刚下去吃了个早餐。”

林政一“哦”了一声，大口地吃起面来。

时隽给自己倒了杯水，倚在桌边问道：“最近还行吧？没什么特别的事情发生吗？”

林政一吃面的动作一顿，倏尔恢复正常：“能发生什么事？就那样。”

“没有什么不长眼的小兔崽子骚扰我姐吧？”

“……没有。”

“那就好。”时隽仰头喝完一杯水，走过来拍了拍林政一的肩膀，“果然兄弟就是靠得住！”

林政一不敢吱声，只好继续吃面。

“你怎么黑眼圈儿那么重？”时隽问他。

林政一长得白，一熬夜就很明显，眼下一圈儿淡淡的青。

时隽笑问：“你昨天晚上去种田啦？现在和国宝没区别了。”

林政一揉了揉眼睛，哈了口气才道：“昨天晚上没睡好……”

能睡得好吗？时枫吐了一身，他光收拾残局就收拾了大半夜。洗干净换衣服换床单，时枫倒是睡得香甜，他折腾到天亮。

才睡下感觉没一会儿，又被惊醒了。

林政一拿着他的锅起身，懒懒地说道：“我去补会儿觉先，别吵我。”

他一觉睡到中午，一到学校就被崔柏博叫去办公室。

办公室的门大敞着，里边只有他一个人，正低头写什么，林政一敲了两下门。

崔柏博闻声抬头，见到他轻声说了句："进。"

"找我是有什么事情吗？"

崔柏博推了推鼻梁上的黑框眼镜，温和地说道："也没什么，这不是学期末了吗，严教练和我电话进行了沟通，针对你的训练成果进行了讨论。严教练的意思是，希望你先归队。"

他顿了一下又说："至于学业，严教练的意思是你自学，期末考试时再回来考，不用担心重读。"

严教练名叫严斌，是国家跳水队的总教练，林政一退役之前一直都是他在带。原本说好在学期结束的时候再归队，现在严教练开这个口，大概是对他最近的训练成绩不满意了。

崔柏博像是猜到他心里的想法，开口道："其实现在你的成绩已经慢慢恢复到以前的水平了，只是说学校这边的各项设施没有那么专业，你的提升空间有限。"

"那教练你的意思呢？"林政一问。

崔柏博没有直说自己的想法："严教练这次是紧张一些，毕竟这次你要面对的对手比较强，归队封闭式训练对你来说当然更好，不过呢，大赛在即，也不能把自己逼得太紧。"

运动员赛前的心态很重要，越临近比赛越不能逼得太紧，也不能冒进，那样只会拔苗助长。

"离学期结束也不过半个月的时间，去或者不去还是得看你自己的想法了。"

半个月说长不长，说短也不短，对于运动员来说，每一天的时间都至关重要。

林政一沉默了一会儿才说："让我想一下吧。"

崔柏博也不急，不催他回复，点头道："嗯，你先回去训练吧。"

另一边，时机忙完工作，下班的时候，时隽来接她。

回去的路上，时隽和她讨论着晚餐吃什么，时机倒是很惊奇："我这还是第一次听你操心吃饭的问题，怎么，大少爷要亲自下厨？”

以前一说到吃饭做饭，时机就是“阿政来，阿政来”的状态，今天倒是稀奇。

时隽连忙摇头：“我才不做饭，我是想说打包点儿好的东西，回去给阿政补补。他今天看着可虚了，以前从来没有过。”

时机满脸困惑：“虚？会吗？”

她咋没注意到？

时隽摇头：“好歹住一个屋子里，你这也和阿政太生疏了吧，都没发现他今天很虚吗？也不知道是干什么了。”

也不知道是干什么了？

是干什么了。

时机突然心虚：“那我……我咋会知道……”

不至于吧？这样就虚了？

时机觉得自己还好啊，没什么太大的感觉。

林政一怎么就……被掏空了？

“那我们去买只鸡，回家煲个汤？”时机提议。

时隽认同：“我觉得可以。”

崔柏博有心让林政一好好想清楚去留，今天难得没有加训。

回到家时，时机又在厨房，林政一走过去，声音轻柔：“在煲汤吗？”

他一回来，时机就注意到声响了，眼里没有诧异，轻轻嗯了一声。

“时隽呢？”林政一问。

“他去打包饭菜，还没回来。”

“哦。”林政一靠近一步，闻着浓郁的香味儿夸赞道，“好香啊。”

时机刚刚打开高压锅的盖子，看到汤已经煲好了，就差下盐了。放了一勺盐，滚烫的汤瞬间将其溶化。

时机搅拌后看了一下，盛起一勺吹了吹，尝尝咸淡。

“味道怎么样？”林政一问。

“好像有点儿淡。”时枫将勺子举到他面前，“你尝尝。”说完才猛然想起这个是她尝过的，还没来得及收回手，林政一已经俯身抿了一口。

“是有些淡，再加点儿盐会好一点儿。”

林政一弯腰时，视线刚好和时枫平齐。时枫一抬眼就撞进了他温柔的目光里，眼波荡漾，掀起细微的波澜。

时枫几乎是不受控地迈前一步，贴近他的唇，柔软的唇瓣带着微微的凉，像是果冻。

玄关处门把转动的声响，惊醒了这一室的旖旎，也惊醒了时枫的理智。

她猛地倒退一步，不敢去看林政一的眼神。不用看她也知道，林政一现在肯定是一脸蒙，还可能被吓到了。

毕竟早上才确定的关系，云里雾里地就在一起了，都没有真实感。

时隽神经大条，压根儿没有注意到这粉红色的气氛，看到林政一兴高采烈道：“你回来啦，刚刚好，我可是大出血，买了好几个菜，快来吃吧！”

时枫有些紧张，端着鸡汤出去，经过林政一身旁的时候，小声说了句：“我们现在是情侣，情侣就是会比较亲密的，你要习惯。”

说完就跑，林政一看着她紧张害羞的样子，没忍住，垂眼低笑了声。

“开吃开吃！”时隽拆开所有的外卖盒子，他馋虫被勾得不得了，火急火燎地吃起来。

时枫给林政一盛了满满一碗鸡汤还有鸡肉，忘了刚刚的羞涩，现在满脸认真：“你多吃点儿，补补。”

林政一看着时枫的眼神，总觉得有些奇怪，但又说不出来。

深夜，欢乐的气氛褪去，月色半明半暗。今晚的天空漆黑一团，连星光都暗淡许多。

林政一倚着栏杆，目光落在远处的霓虹灯上。即使夜色已深，城市的灯火、车辆仍是拥挤，在高处往下望时，汇聚成移动的圆点。

时枫拿着热牛奶走到阳台上，就看到林政一在另一个阳台上。

他们的房间相隔不过一堵墙，房间的阳台与阳台之间相隔不过两米。

同在阳台，一转头便能看清对方的脸，时隽已经睡觉了，万籁俱寂的深夜，让人不自觉放低声音。

“怎么了？”她开口打断了林政一的思绪。他转过身，看向不知何时出现的时机。

“怎么还不睡？”林政一问。

时机举了一下手里的马克杯：“本来打算睡了，发现牛奶还没喝，所以打算喝完再睡。”

“早点儿睡。”林政一叮嘱她，“你工作那么辛苦，一定要休息好。”

“嗯。”

时机看着他带着几分苦恼沉静的脸，不自觉切换成知心姐姐模式：“要和我聊聊吗？”

“嗯？”

“你看上去有些苦恼的样子，可以和我聊聊的。”时机说完一顿，又连忙补充，“毕竟我们现在是情侣关系嘛。”

“我教练让我归队封闭训练，我在想是等等还是听从他的意见，这两天归队。”

毕竟他和时机才在一起，感情刚刚有点儿进展，还不稳定，这个时间点，让他很为难。

“为什么要等等？”听完林政一说完来龙去脉，时机说出想法儿，“回去训练的话，你的训练成果肯定会比现在要好很多吧，实力提升对你来说是好事。”

“要去银城封闭训练，比赛完才能回来。”

时机点点头：“嗯，我知道了。”

林政一抿直了唇角，声音很低：“我们才刚刚在一起，你难道不会舍不得我？”

时机愣了愣道：“我只是觉得事情有轻重缓急。”

林政一瞥眼不看她，对她这样无所谓的态度感到有些受伤：“两个月都可能见不到面。”

时机这才反应过来。她向来是理性先于感性的，遇事先理性思考，所以刚刚才会想劝林政一去。

现在林政一提醒，时机一想：好像是这么回事，银城虽是邻市，车程不远，但封闭训练，他们就要有很长一段时间见不到面了。

“我是有些舍不得。”时机低声说。

可是她已经不是什么小年轻了，思想不可能那么幼稚，再不舍，也不可能劝林政一不去。

那不是一个成年人会做的决定，爱情是共同成长，而不是束缚对方成长。

“我很舍不得，但是去训练是对你好，我们以后还有很多时间，不急在这一时。”

“我们以后还有很多时间。”林政一心情突然就阴转晴了：时机已经在想以后了——他们的以后。

“好。”林政一心头的烦恼一下就散去了。

林政一最终决定提前归队，走的时间很快定下来了。去坐高铁的那天，时机和时隽去送他。

他不是一个人走的，教练崔柏博和他一块儿去银城。

临行前时机悄悄给林政一塞了一包糖，他挑眉看过来。时机解释道：“你训练辛苦，容易低血糖，随身带几颗糖，以防万一。”

林政一伸手拿过糖时，借势握了一下手，短短不过两秒便松开了。

“谢谢。”

时机连忙去看时隽，生怕他看出了端倪，却发现这个傻大个儿乐呵呵地正在和崔教练说话，压根儿没有关注他们。

“记得想我啊！多发信息给我，回来的时候给我带特产啊！”

时隽和崔教练说完话，转头就给了林政一一个熊抱。

“封闭式训练，应该拿不了手机，我也不是去旅游的，最多给你带瓶银城的空气。”

“……能不要那么不解风情吗？你好歹敷衍一下我。”

时机拍了时隽肩膀一掌：“别闹！”

她转头叮嘱林政一：“注意身体，别太累了，别逞强。”

林政一软了眉梢，酒窝微微塌陷：“好。”

“你这前后态度差太多了啊！”时隽抱怨，“我们这么多年感情，你对我那么凶，对时机这么温柔，是爱淡了吗？”

林政一推了一把装得恶心兮兮的时隽，陪他演：“连你姐的醋都吃？”

“爱淡了。”时隽摇头，“你以前不是这样的。”

“别贫了，时间差不多了，该上车了。”崔柏博看了眼时间，催促道。

目送林政一的背影进了安检口，时机才从出站口出来，她打算回电视台。

中午的时候，林政一给她发信息说到目的地了，附带一张照片，照片中是银城体育馆。

银城体育馆是省内比较专业的体育馆，曾经举办过大大小小的跳水比赛，只不过这两年对比赛场地的要求越来越高，所以逐渐转为训练场地。

时机也拍了张照片给他，是在乡下的农田，今天出来采访民生。

面前都是绿油油的田地，迎面吹过来的风都带着青草混着泥土的湿润气息，让人心旷神怡。

晚上陈曼来接她一起去吃饭，一家日式的居酒屋，店面不大。时机点了份拉面。

陈曼问她喝不喝酒，那会儿时机正给林政一发短信。他今天刚归队，训练任务还没正式开始，和时机说起队里的变化和一些好笑的琐碎小事。

简短的文字像是化成真实的场景鲜活起来，如同就在眼前。时机感受到林政一起伏的心情，他大概是眉飞色舞地打下这些文字，可能还会想起那些好笑的画面，笑得酒窝深深。

时机也不自觉地带上点点笑意，这些细细碎碎的琐事，因为是他说出来的，竟也不觉得无聊。

“要不要喝酒？”陈曼看时机好像没听到她的话，又问了句。

时机把注意力从手机上挪开，想起她上次喝醉酒干的事情，连忙摇头："不喝，误事。"

陈曼支着脑袋看她："你不对劲。"

那眼神直勾勾的，像是要穿透人心，时机被看得心虚："什么不对劲？"

"从我去接你，在车上到现在坐下来吃饭，你一直看手机，而且对着屏幕傻笑，很不对劲！你以前不会这样的。"

"没有，你想多了。"时机否认。

"你知道你现在像什么吗？"陈曼微微眯起眼睛，"欲盖弥彰！"

她显然不相信时机的说辞："你现在浑身冒着粉红色泡泡，那么明显，肯定是背着我谈恋爱了。我又不瞎！认识这么多年，你居然妄想用你那三脚猫的功夫骗我？想得美！"

时机尴尬一笑：陈曼不是时隽那种神经大条的脑子，观察力敏锐。

她自知骗不了陈慢，乖乖承认："是的，我谈恋爱了，就前两天，对象是林政一。"

"我的天！"陈曼捂着嘴惊讶道，"这么快！"

距离上次时机和她诉苦也不过几天时间，居然就在一起了。她的追男技巧居然这么好用！

陈曼震惊了："所以，你们……睡了？"

时机被她大胆的话吓得刚喝进去的水都呛出来了，连忙去捂她的嘴。

"你小声点儿！"时机做贼心虚地四处张望。

"我的天……"进度实在太快，有点儿国外那些爱情片的感觉了。

"就那样在一起的。"时机含糊不清地说。

她鲜少这样没底气，陈曼已经看透她了。

"林弟弟就从了？"她问时机，"一点儿反抗都没有？"

这话问的……时机压根儿没有关于那晚完整的记忆。

"好像是反抗不了……"

陈曼啧啧有声："不应该啊。"

林政一人高马大，还能推倒反抗不了？这事就离谱。

“他不会本来就图谋不轨吧？”陈曼做出大胆的假设。

时机摇头：“哎呀，他不是这种人。反正那天我也说不清，反正就这样了。”

那天断片儿太厉害了，到现在都没记全，片段的记忆里都是她“强迫”林政一的记忆，还有一句：“要一起睡吗？”

第八章 思念

“好吧。”陈曼耸耸肩。

林政一看着不像那样的人，看来是有点儿不为人知的小细节了。

“那你岂不是和林弟弟刚在一起就异地，不想他吗？正是热恋期。”陈曼问。

时机戳着碗里的面，低声道：“那也是没办法的事情，毕竟为国争光更重要。”

儿女情长总是要先放一放。

“其实我还觉得云里雾里的。”时机说。

“嗯？”陈曼喝着酒，听到这话斜睨了她一眼。

“就是我和他在谈恋爱这件事上，一点儿真实感都没有，特别奇怪，好像什么都没有变化，又什么都变了。”

现在一切和以前也没什么区别，但是又好像不是这样。

看着林政一的脸，她常常觉得很满足，会想说“这是我男朋友”，也会有“他和时隽一样大，我怎么能下手”的罪恶感。

“你想太多了，享受恋爱就是了，管那么多干什么，反正正常恋爱，又不犯法，开心就好了。”陈曼说。

时机想了想，释怀一笑：“也是。”

陈曼在两天后结束了假期，飞离渝川返回秀场。林政一因为封闭训练，一切通讯设备都上缴了，一时间生活平静了下来。

台面上的日历一格一格地被打上许多红色的叉叉，证明着时间的流逝。

相隔一百多公里，思念随着时间流逝慢慢堆积。

很快到了学期末，各大学校都开始进行期末考试。

又是每年紧张的高考季，莘莘学子显得格外紧张忙碌，渝川大学也开始了期末考试。

时隽已经在学校图书馆连着泡了几天，林政一日复一日地训练，闲时学习文化课，时间安排得满满当当，大家都各自在忙碌。

时机最近也忙碌起来了，到处跑新闻。某家工厂出现了员工聚集表达不满的事件，时机接到热线赶过去，远远就看到工厂门前围了一大帮人，拉着横幅在那里情绪激动地站着。上前了解一番，才知道这家食品加工厂的老板无故裁员，不给遣散费。

作为一个记者，时机如实报道了群众的诉求，但任他们说得再激动煽情，时机脸上也是很平静的样子。

这是直播的新闻报道，面向全市，现在只是一面之词，她不能先入为主地偏向任何一方。

记者的职责是公允报道世间百态，这份公允不能夹杂一丝私人情感。

工人们此举昼夜不分，时机只能跟着一直在现场，今天得熬夜了。

这事对记者来说不稀奇，她找了个好位置坐下，就陪着工人们等。摄像机不需要整天开着，素材足够。

等了一天一夜，终于等到工厂负责人出来应对这件事。

所有事情忙完，已经是第二天中午了，她回到电视台撰稿、剪辑和配音。

下班时已经将近晚上十点，这个点儿，电视台已经没几个人了，走廊的灯只剩下一两盏，微弱地亮着。

时机在等电梯的时候遇到了许久没见到的姚谦霖，他从对面那家公司出来,好像也是刚刚下班。

说来好笑,时机到现在没记住对面那家公司叫什么,这么久了她都没关注过,这会儿突然有闲心转头去看了一眼。

尚美娱乐有限公司。

有时候想不明白为什么每家公司的前缀都是“有限”,若是公司名叫前途,那岂不是很不好听?

时机对自己这片刻走神感到好笑,她现在遇到姚谦霖,居然已经有闲心走神了,这的确是个很不错的动向。

姚谦霖显然对在这个时间点看到她有点儿诧异,愣了一下,才走过来。

他刚刚从外地回来。最近项目比较忙,他到处跑,差不多一个月了,感觉像是很久没见到时机了。

电梯前只有他们两个人,两人之间本来就不大的空间越发狭窄。

透过电梯光洁的镜面墙壁,姚谦霖看着时机,而对方对他视若无睹。

像是过了很久,姚谦霖才开口:“对不起。”

时机轻抬眉眼,确定他是在和自己说话后,才开口反问:“对不起什么?”

“盛曦月对你做的事,我都知道了,是我没有处理好。”

他在重新遇到时机之后,已经褪去了年少时的幼稚,他明白自己现在对时机的感情。他想要排除一切障碍来追求时机,所以才会提出和盛曦月解除婚约。没想到这逼急了盛曦月,让她去找时机的麻烦。

“还有,以前的事情,对不起,是我伤害了你。”

“叮”一声,到一楼了,电梯门打开。

时机抬腿走出来,姚谦霖紧随其后。这次他没敢去抓时机,大步走到她前面,挡住她的去路。

姚谦霖的目光诚恳:“能不能给我一个补偿的机会?”

时机转头看这个男人,他的眼神很认真,而她的心绪却没有任何起伏。

就这样直直对视,她的眼神平静得没有一丝波澜。

就连当年的记忆、那些她可能心动过的情绪都已经模糊不清。

时机确信,这个人已经是她生命中一个无足轻重的过客了。

“我接受你的道歉。”她说。

姚谦霖心里一喜,期待地看着她,等待她的下文。

时机眉眼平淡,没有起伏地说:“如果要补偿,那就这辈子不要出现在我眼前,这就是最好的补偿,其他的补偿我不需要。”

她不是原谅,是无所谓了,不在意了,不想这些无谓的人在自己的大脑中占据哪怕一丁点儿的记忆。

人的记忆空间是有限的,应该存储那些值得记忆的东西,而不是这样无谓的人或事。

姚谦霖脸上的喜色一僵。

时机的目光越过他,看到了站在门口许久不见的人。她绕过姚谦霖,走向那一边,脚步越来越快,几乎是小跑着拥进了对方怀里。

“你什么时候回来的?”时机问。

“今晚。”林政一说。

林政一抬眼看了一眼那个转身看过来的男人,目光在空中交汇碰撞。

“我能亲你吗?”林政一看着她。

“嗯?”时机有点儿蒙。

大厅里的灯关了一半,光线昏暗,外面的城市灯火比里面明亮,光洒进来,将人拉出长长的影子,绰绰地交叠着。

林政一根本没有给时机拒绝的机会,托起她的后颈,薄唇就压了下来。微凉的唇瓣,莫名带着几分强势的侵略感,在相触的瞬间,被久别的热烈消融。

不知道过了多久,林政一放开了她,时机这才从晕乎乎的状态中缓过来,拍了一下林政一,莫名有些娇嗔:“干吗,还有人呢!”

“没人,只有我们两个。”林政一低声道。

不知何时,姚谦霖已经离开了,只剩下他们两个,大厅里越发空旷了。

“我好想姐姐。”林政一抱着时机,“姐姐有没有想我?”

他的声音在耳畔呢喃,带着沙哑拂过肌肤,时机身体一阵酥麻。

“前面那对情侣快回去吧！要锁门了！”保安的声音响起，他一层层巡逻下来，确定这栋大楼都已经没人了，走到大厅打算锁门，就看到这对难舍难分的情侣，于是驱赶他们离开。

时机害羞得埋在林政一怀里不肯抬头，幸好这个大叔近视，又是晚上，应该认不出她，不然明天整个电视台的人都要知道了。

“马上走。”林政一对保安说。

时机半抱着林政一出了大门，确认走到保安认不出她的距离，时机才从林政一怀里出来，拉着他赶紧跑。

“姐姐你害羞了？”林政一看着她，眼里有笑意闪动。

“没有。”时机拒绝承认，“我们的关系，现在还是要保密一下。”

“哦。”林政一对这事没说什么，上次时机就说了，怕他们还没坦白就被时隽发现了，所以希望暂时也不让周围的人知道。

他牵着她的手，慢慢地往公交车站走，时机这才注意到林政一的双肩包。

“你是一下高铁就过来接我下班？”

“嗯。”

“回来几天？”

“两天。”

明天就要考试了，队里让他回来先考试，考完再归队。

林政一捏了捏林机的掌心：“我都回答了姐姐的问题了，可姐姐都没回答我的话呢。”

“什么？”

时机抬眼去看他，撞见了一双缱绻温柔的眼。

“姐姐想不想我？”林政一问。

时机别开眼，小声说：“想。”

林政一脸上的笑容就像正午的阳光，明媚而灿烂。

“真好。”

到了小区楼下，时机怕他们俩一块儿上去，时隽会察觉到什么，就提议前后脚走。以前没觉得什么，现在身份转变了，就有种莫名的心虚。

好不容易说服林政一让他先上去，时隽突然就出现在了不远处。

“你们俩杵在那里做什么？不上去？”

时隽疑惑地看向林政一：“你啥时候回来的？”

时机瞬间收回了自己的手，默默地和林政一拉开距离。

“你怎么这么晚才回来？”她问时隽。

时隽答：“一下忘了时间，回来晚了。”

林政一说：“刚刚到的，回来考试。”

时隽倒是没察觉什么，背着包大步流星地进了楼。

“杵着做什么，回家啊。”

时机看他这副样子，松了口气，时隽今天回来的时候，被人不小心撞到，泼了一身奶茶，感觉浑身黏糊糊的，火急火燎地往里边走。

远远甩开他们两个一截，时机忽然感觉林政一在勾她的小拇指。

害怕被时隽看到，她瞪了林政一一眼，缩了一下手，但对方又跟上来了。

“他不会看到的。”林政一看着她，眼睛泛着星光。

时机完全扛不住他这样的眼神，便被他勾住小拇指。不是十指紧扣，只是简单地手指勾着手指。

内心升腾起来的甜蜜，让她不自觉勾起了嘴角。

隔天早上就要考试了，金融系和计算机系同一天考，早上时隽和林政一一同出门。

时机一边帮时隽整理衣服，一边叮嘱：“别紧张，放松点儿就好了。”

时隽笑：“就是一个普通的期末考，你会不会太夸张了？”

时机瞪了他一眼：“普通？你考不出好成绩，我就收拾你！”

时隽连忙求饶：“对不起，我错了！”

林政一眼巴巴地看着时机，她刚刚给时隽整理完了，现在也该轮到他了。

他站得笔直，乖巧得像个小学生，等待时机过来给他整理衣服。

结果时机只是看了他一眼，就撇开眼，冷淡敷衍道：“你也加油。”

就……没了？

他委屈地看着时机，可对方完全不给他一个眼神，无视他。

林政一恹恹地下楼，时隽伸手搭着他的肩膀。

“你们俩吵架啦？”他猜测，“昨天晚上杵在那里就是在吵架？时机之前对你好像没这么冷淡的，怎么回事？”

林政一听到这话瞪了他一眼，默不作声。

时隽接收到他的恶意，一脸蒙。

下午五点考完试，时机在电视台刚好没事做，就提前下班，去大学接这两个人。

林政一提议去超市买菜回家做饭，自从他离开后，时机和时隽都一直吃外卖。林政一这样提议，他们两个当然欣然接受。

三个人就去了离小区不远的大超市。这个点儿，超市有很多叔叔阿姨辈的人，把他们三个外形都不错的年轻人衬得格外醒目。

时隽推着推车，一进超市就直奔生鲜区，看到什么都想买。这会儿拿着一盒八爪鱼、一盒牛肉，眼睛亮亮地转过来：“买这个好不好？”

时机翻了翻车里的东西：“这么多晚上吃不完，我们就三个人，炒不了那么多菜。”

时隽拿的都是生鲜类，放到明天就不新鲜了，而且他们两个厨房杀手，肯定都是林政一做饭，难得他回来可以休息，时机不想让他那么累。

“可是我都想吃……”时隽有点儿遗憾，“那算了吧。”

他只好默默把东西放回去了。

“拿了吧，晚上吃火锅也可以。”林政一开口道。

“这样也行！”

虽然不是炒菜，尝不到林政一的手艺，但火锅的确方便，又可以多选择一些。

挑挑拣拣，拿完想吃的菜品，他们去货架那里挑火锅底料。他们的口味都清淡，选了个清淡的锅底。

时隽还想囤点儿零食在家吃，又吭哧吭哧地推着车去寻找。

林政一则和时机走到另外一边，时机不太爱吃那些薯片什么的，吃得多的是果干那些。她随手去拿了几包芒果干。货架上东西摆得太满，时机不小心碰掉了一包果干。

林政一看到了，立马蹲下身子去捡，但慢了时机一步，他按到了时机的手背。

四目相对，像是平静的湖面荡出一圈圈涟漪。

“我可以吻你吗？”突如其来的念头，也许是太过思念。

他的眉眼干净澄澈，语气也绅士，但动作却绝对和绅士挂不上边，几乎没有给时机拒绝的机会，瞬间逼近。

相隔不到两米的距离，一面货架横亘于三人之间，阻挡了视线。

一边是时隽，认真地挑着自己想要的零食。一边是时机被人拉着在这大庭广众之下共沉沦。

若是时隽蹲下身子，便可透过货架的缝隙，看到旁若无人亲吻的两人。

旁边有人经过，嘚嘚嘚的脚步声把时机吓得一把推开林政一。大庭广众之下，她脑子绷得很紧，容易草木皆兵，也害怕被时隽发现，动作幅度一下就有些大。

林政一被她猛地一推，身形不稳，一屁股坐到了地上，这个动静惊动了时隽。

“怎么了？”时隽小步绕过货架跑过来，看清面前的情况疑惑道，“你们在干什么？”

林政一撑着身子站起来：“不小心摔了一跤。”

时隽毫不留情地嘲笑：“让你别长那么高，容易重心不稳摔倒，你还说我酸你！你看吧，这不就摔了？还是平地摔。”

他身高一米八，林政一还高他一小节，时隽向来是羡慕嫉妒的，这会儿终于找到机会嘲笑了，他开心得不得了。

林政一倒不觉得丢脸，看了一眼时隽，拍了拍身上不存在的灰尘，漫不经心道：“基因高，没办法。”

时隽啧啧有声，倒也没说什么。

他找到机会嘲笑了林政一，这事让他心情很不错，推着车哼起了小调。

时机赶紧给自己的脸扇风。她脸上烧得慌，幸好时隽一心在嘲笑林政一，没注意到她，不然都不知道怎么解释。

想到这里，时机悄悄瞪了林政一一眼，刚好被他捕捉到，他露出了一个无辜的表情。

乖巧又温柔，让人有气也消了。

排队买单的时候，时隽推着车在前面，时机和林政一站后边。

前面排队的两个阿姨用大家都可以听到的声音说悄悄话。

"现在的年轻人不得了哦，开放得很，大庭广众之下就卿卿我我、搂搂抱抱，一点儿也不注意形象。"

"就是就是，你没看到刚刚那两个，嘴都碰一起了，啧啧啧，伤风败俗！"

"世风日下，人心不古。"

…………

时机默默地背过身子，又瞪了林政一一眼，只觉得脸臊得慌。

时隽听到阿姨们的话，转头和他们两个说悄悄话："现在人已经这么大胆了吗？人来人往的超市就这样，我居然没看到！"

他语气颇有些遗憾的样子，想起什么又叮嘱："不过这种行为，时机你不能学啊！有辱斯文！"

时机和林政一尴尬一笑。

一考完试，林政一连家都没回，就被教练接走了。

生活短暂地掀起了一点儿涟漪后又平静下来，学校开始放假，时隽整天待在家里。

他这个暑假没找兼职，时机知道他什么想法，但没点破，直到时隽忍不住开口。

"一起回家吗？"

"我要上班。"

时机端着杯子，语气没有起伏。她已经习惯睡前喝杯热牛奶了，林政一不在，她只能自己动手。

时隽点破她的托辞："你不是有假期可以休吗？"

时机来渝川市电视台上班就休了一两天假，还有假期可以累计，只要她想回去，这个根本不是问题。

"最近忙。"

时隽抿了抿嘴："爸很想你回去的。"

妈妈早在电话那边问过时机有没有打算和他一起回去几天，说爸爸很想他们。

"是吗？"时机没信这话，"一年三百六十五天都在忙工作的人，哪儿有时间想我。"

她说这话时，语气淡淡的，也没有什么情绪起伏。

她的父亲时军豪这个人，心里只有工作，从来不管家庭，对子女也没有太多的感情。

"你回去的话，就帮我问李姨好吧。我要上班就不回去了，你回去陪陪李姨。"时机说。

李姨名叫李春燕，是时机的后妈，也是时隽的亲妈。她嫁过来的时候，时机已经五岁了，她本身就比同龄的小朋友早熟一些，知道这是爸爸再娶的老婆，就是改不了口，一直叫着姨。

时隽见她心意坚定，只好放弃游说。

看着时机没有迟疑的背影，时隽微微叹了口气。他有心修复时机和父亲的关系，但冰冻三尺非一日之寒，当事人想不开，作为旁观者也很难从中做些什么。

时隽几天后才离开渝川，现在只剩时机一个人在这儿生活。生活变冷清了不少，像是回到之前在岩光市一个人生活的时候。但还好，她从小就习惯了这样的冷清，并不觉得孤独和难熬。

时机恢复了两点一线的生活，除了到处跑新闻，生活轨迹就只剩下家里和电视台这两个地方。

关于姚谦霖和盛曦月他们，也许是有人出面摆平了，也许是那天那些话姚谦霖听进去了，时机很久没再见到他们，生活安静平稳。

偶尔时隽和陈曼都会给她发消息，聊聊最近的情况，只有林政一像人间蒸发了一样，偶尔她给他发消息都石沉大海。

分别的时间并不长，却被思念裹挟住了思绪。时机只能看着林政一给的兔子玩偶缓解相思之苦。

日子不紧不慢地过着，世界锦标赛开幕的日子一点点逼近，最近的体育新闻都多了许多，还未开始比赛，就已经在渲染比赛的紧张气氛了。

世锦赛全称世界游泳锦标赛，包括跳水、游泳、花样游泳、水球和公开水域五个大项，是国际的热门赛事，每次举行都会引起不小的关注。

渝川市电视台还没有针对这次比赛做出报道，但又不甘落后，于是台里打算派一个记者过去，分几期采访这次参加世锦赛的各支运动队。

这个消息是在星期一的早会上通知的，许清嫵敲着桌子问："台里打算派一名经验丰富的记者过去，第一站去离渝川比较近的银城，采访跳水队，时间就两天，你们有想去的吗？推荐或者自荐都可以。"

时机听到这个消息时，眼睛都亮了，立马举手："我想去。"

许清嫵说："我记得你现在手上还有很多版块在负责，你能在出发前完成吗？"

时机的工作能力，现在大家有目共睹。她现在在台里负责的工作是最多的，出发去银城要趁早，但也必须把手头的工作完成，才能接下这个任务。

许清嫵显然不是很赞同，那样太赶了："年轻人有拼劲是好事，但也要量力而行。"

时机很认真地说："我手头的工作大部分已经在收尾了，采访的视频也做得差不多了，给我两天时间，我会做完的。"

时机一直都很拼，再苦再累的工作，都没见她喊过一句。之前渝川暴雨淹没了田地，她在雨中做直播报道，工作的间隙还帮农民们抢救；报道结束后，回电视台照样写文、剪辑样样不落。生病也坚守岗位，最难得的是，她每一项工作都完成得十分出色。

“台里现在应该没有比我更合适的人选了。”时机说,“大家手头都有活儿,实习记者也无法胜任这个工作,只有我能抽得出时间。”

她本身就是出镜记者,这个采访她来做再合适不过了。

许清嫣目光扫了一眼其他人。的确是这样,本身就是暑假,各地的新闻频出,还有各种栏目在做,现在适合的人选的确不多,让时机去是比较合适。

“那就你去吧,我跟台里报告一下。”许清嫣说。

开完会走出来,顾艳凑到时机旁边,小声询问:“你为什么揽下这个活儿?”

去银城采访运动员,听起来是个不错的项目,但时间那么紧,而且这种视频想要剪辑得有趣生动,也是很难的。

不说现在临近比赛,选手们都在备战,就算是平时去采访,能拍到的画面也就是那些枯燥无味的训练。短视频盛行的时代,这些东西传播到网上也掀起不了什么水花。

渝川市电视台一直没有体育频道,现在突然让人去采访运动员,时间紧迫,要查的资料更是繁多。看似是个不错的差事,实则是个苦差。所以刚刚开会时,个个都不吱声,只有时机生怕被人抢了这个肥差。

他们能想到的,时机当然也想得到,只是她不在乎:“就是想去。”

顾艳开玩笑道:“是不是在那里藏了个小情人?”

“不是小情人,是男朋友。”时机说。

顾艳惊奇不已:“你啥时候有对象了?”

时机说:“前段时间。”

她没有透露太多,不想搞得大家都八卦她。

顾艳知道时机有个弟弟,也知道她有个运动员弟弟,这两个小弟弟肯定是排除的,还就只有前段时间老缠着时机的同一楼层的娱乐公司的那个男人了。

“是他吗?”顾艳猜测。

时机觉得好笑:“你想哪里去了,怎么可能!”

想来想去,顾艳放弃了,只是感叹道:“你都脱单了,橙子什么时候才能察觉到我的想法呢?”顾艳喜欢程齐,但程齐似乎到现在都没察觉到。

时机抿了一下嘴唇,试探道:“要不你主动点儿?”

顾艳对此有点儿迟疑:“一个台里的,我怕到时候尴尬。”

这的确是个很现实的顾虑,时机没说什么,和顾艳各自去忙碌了。

为了去银城,她这两天得熬夜赶工作。陈曼打电话过来时,时机忙得不得了,一边干活儿一边敷衍她。

陈曼察觉到了她态度的轻慢,啧啧有声:“我这两天给你打了两个电话,你都这样敷衍我,是爱淡了吗?”

“别闹,我在忙。”时机啪啪地打着字,分出一点儿心思给她回话。

陈曼疑惑道:“难得你这么忙,现在市电视台都这么忙了吗?”

“我过两天要去银城采访,所以要先把手头的事情做完。”时机说。

陈曼恍然大悟:“我说呢,原来是急着去找男朋友啊!好吧,好吧,你忙去吧,争取早点儿去看男朋友。”

时机忙到没时间和陈曼打嘴架,随她说,没多久就挂了电话。

台里早就和银城体育馆的负责人联系好了,去银城的那天,时机和陈广田一到目的地,已经有人在门口等了。那人将他们带到了主任的办公室。主任姓陈,是位有些胖的中年男人,留着两撇小胡子,笑容和蔼,见到他们很热情:“时记者和陈记者是吧,这么远过来辛苦了,快坐快坐。”

陈主任招呼着他们坐下,又让人去倒茶过来。

时机说着客套话:“感谢陈主任能够答应让我们来采访,我们一定会好好拍摄、好好报道。”

“采访不是什么问题,为国争光的事情,是可以让大众了解到的,”陈主任认真地说,“我就一个要求,除了必要的采访,我希望你们的拍摄,在不影响运动员的前提下进行。”

“这是当然。”时机说,“这点儿我们还是懂的,我们做采访有分寸。”

“那就行。”陈主任站起来,“那我先带你们参观一下体育馆,你们也可以开始拍摄素材,毕竟时间比较紧嘛。”

“那好。”时机和陈广田赶忙拿了摄像机跟着陈主任走出去。

办公室出去是一条长长的走廊,两侧有不少房间,都是放置器械和杂物的,还有篮球场般大小的房间,是运动员们日常训练的场地。

“现在他们正在泳池那里进行小测,所以这里没人。”陈主任解释。

时机和陈广田参观着训练室，里面有大大小小的器械和跳板软垫,她指着那个约莫两三米高的台面问陈主任:“那是模拟跳台的场景吗?”

“是的,选手们会在这训练走板和翻转的技巧。”陈主任回答。

时机望着那高高的台面,想象着林政一在台面上跳下来的画面,她不自觉问了句:“这样不容易受伤吗?”

陈主任解释:“我们的训练器材和辅助工具都是经过专门设计的,一般选手们不会受伤。”

他走到地上的那张软垫边上,一边按压一边说:“你看,像这种软垫,我们都是计算好厚度,尽可能避免发生意外的。”

时机点点头,转身去看其他的设备,这里的一切看着都很陌生,和传统的训练辅助工具不一样。陈主任说这些都是经过专人设计的,虽然看着很危险,但是安全还是有一定保障的。

毕竟运动员训练,安全是第一位的。

时机问:“像跳水运动员的基础训练,都有些什么项目?”

“训练的话比较基础的就是压脚腕和脚板、弹跳、走板这些。跳水运动员嘛,腿上的力量,特别是脚腕和脚板,特别重要,听着很简单,但是这些都是基本功。”

陈主任说:“再细化的训练,就得问教练了,我也不是很懂。”

时机没说其他的,陈广田拿着摄像机走过来,示意她素材够了,可以换一个地方了。

时机和陈主任边聊边往外走。聊起运动员的饮食问题，陈主任表示:“饮食方面是专家专门定制食谱,制作好送到这边来,营养均衡。”

“那住呢?”时机问。

“体育馆后边有宿舍,晚一些可以带你们过去看看。”

时机欣然应允:“好。”

虽知道这些,但亲眼所见,总归更加安心。

陈主任倒没觉得她问得太过细致,只觉得这个从渝川来的记者十分专业。

边走边聊,他们很快就到了一个室内泳池,本来就是比赛场地,两侧都有看台,但比正式比赛的场地稍微小一些。

刚刚陈主任说运动员们在泳池这边小测,但现在这里没人,时机有些疑惑地看着他。

陈主任解释:“他们在露天的场地小测呢,运动员嘛,比赛时会面对各种场景,所以也要训练在不同场地比赛的适应能力。”

简单参观完这个训练场,陈主任带着他们去了露天场地。

这次,他们远远就能看到有二十多人在泳池旁边,男女都有。

是女子跳水队和男子跳水队两支队伍。

其中站着一个穿着运动服拿着本子的女人,还有一个身形高大的男人。

陈主任带着他们走过去介绍道:“这位是领队王珊,前国家跳水队队员,退役后成为青少年队的教练,后被邀请来跳水队当领队。”

陈主任说完又给他们介绍那个高大的男人:“这位是严擎争严教练,也是前国家跳水队队员,退役后任教练。”

互相表明身份后,时机站在旁边询问今天的训练事宜。

严教练比较沉默,大部分时间都是王珊领队在回答。现在是十米台的训练测试,女队已经测完,男队刚开始测,陆续有人上去准备。

时机感觉很不错,适合采访和拍摄,于是征得同意后,陈广田支起摄像机,开始对准跳台录像。队员们陆续腾空起跳,翻转入水,动作熟练唯美,摄像机记录下一个个漂亮的画面。

时机静静地看着王珊领队记录每名队员的状态。需要加强的地方和达到一定水准的动作,他们一眼就能明了。

很快就有队员跳完一路小跑过来,时机抓紧时机采访,询问每个队员的状况和面对比赛时的心情。

显而易见，每个人对这次比赛都势在必得。

说实话，除了个别拔尖的选手，男子跳水队比女子跳水队稍微弱一些，整体上有一点点不够亮眼。但是他们心态都很平稳，面对强劲的对手也不慌，拼劲儿满满的，这样在比赛中就很有气势，气势好就赢了一半。

都是二十岁左右的年纪，时机在采访他们的过程中感受到了朝气蓬勃的青春气息。

简单采访完一个选手后，又有人过来了，时枫刚刚接过陈主任给她的水，转过身来，就和林政一的视线在空中对上。

他眼睛一亮，脸上瞬间堆满了笑容，一路小跑过来："你怎么来了？"

时枫解释道："工作。"

林政一伸手拿过她手里的水瓶，给她拧开了瓶盖，又给她送回掌心。

这么多人在看着呢，时枫心虚得没顾得上喝水，急急忙忙示意陈广田拍摄，用工作掩盖自己那几分不自在。

她拿起话筒，脸上恢复了工作时的一板一眼，像前面采访每一个队员一样循例问了句："临近比赛，你现在的心情怎么样？"

"现在吗？"林政一一笑，看了一眼镜头，眼睛转向她，镜头中他的侧脸俊逸依旧，酒窝深深地凹陷，笑容灿烂明媚，"现在心情很好啊，能让你采访。"

第九章 取舍

镜头中，林政一的背景是蔚蓝色的水池，在太阳光的照射下，波光粼粼的水面都没有他这一刻亮眼，这么让人心动。

时机的心跳滞了一拍，脸上的职业表情开始破裂，春暖花开般的笑意穿透碎裂的面具，一点点漫上漂亮精致的脸。

她从来没有这样不专业过。

有人说，贫穷、咳嗽和爱情是藏不住的，原来这话说的是真的。

时机看着林政一干净澄澈的笑容，心一点点柔软下去，脸上的笑意花了很大力气才勉强掩盖。

没办法，这一段素材估计没办法用了，时机实在被撩到了，只能喊停。

林政一一点儿也没察觉造成了怎样不良的后果，时机喊停之后，他就被教练喊过去了，这会儿正和教练交流。

陈广田走过来，望了林政一一眼，对时机说："你这弟弟跟你感情挺好。"他知道时机和林政一认识，也知道林政一是时隽的朋友，也就把他归为时机弟弟那一栏，完全没多想。

时机喝了一口水，极力掩饰慌乱的心情，胡乱应了句："是吗……"

小插曲没什么人注意到。

没多久就是中午吃饭时间，有人送饭过来，时机和陈广田本打算去外面随便吃点儿东西的，但陈主任之前早交代了多送两份饭过来，于是他们两人便在体育馆经过改建的餐厅里和运动员们一起吃饭。

这里原本是选手休息室，体育馆转为训练场地后，改建成运动员餐厅。

屋子正中央有几张长桌，时机才坐好，林政一就端着饭盒，在她面前坐下。

他一过来，面前坐下了一整排散发着青春荷尔蒙的年轻人。

“老林和时记者很熟？”说话的是个熟面孔，叫杨凌，和林政一算是同期进入跳水队的，时机之前在体育频道的节目中见过他，也是男子跳水队的种子选手。他看起来和林政一很熟稔，搂着他肩膀，笑嘻嘻地看着时机。

林政一刚想介绍，时机已经脱口而出：“政一和我弟弟是同学。”

林政一的脸色肉眼可见地沉了下去。

气氛奇奇怪怪地吃完这顿饭，陈广田去洗手间，时机打算去器材室那边等他。才刚走到器材室门口，她就被一股巨大的力量扯了进去。器材室的门啪嗒一声关上，时机被人抵在了门板上。

她满脸惶恐地抬眼，就看到林政一眼睑半遮瞳孔，整个人委屈得不行。

“为什么隐藏我们的关系？”

之前在渝川，为了瞒时隽也就算了，现在时隽不在，时机还不愿意和别人透露他们两个的关系，对此他很不开心。

时机气势矮了半截：“我不是故意的，就是没经过脑子，习惯性……”这话一说出口，她就后悔了。之前说习惯了，人家一问，她就脱口而出，真不是有意隐瞒。

时机捧着林政一的脸，轻柔地哄他：“我错了，你别生气，等下我就去跟所有人说，你是我男朋友。别生气，笑一笑嘛。”

见林政一仍旧没反应，时机捧住他的脸，踮脚亲了亲他的嘴角：“不要生气嘛，一一——”

“你叫我什么？”林政一问。

时机搂住他精瘦的腰，仰头看着他：“一一呀。”

林政一本来想维持住生气的样子，让时机意识到他的不开心，可是她叫他一一耶，还亲他！林政一实在绷不住了，嘴角不自觉地扬起来。

时机见他笑了，知道他原谅她了，一双纤手在他脸上蹂躏了一把才放下来："一一好乖。"

林政一语气轻柔，眼里却很认真："下不为例哦，姐姐。"

"我知道了。"时机埋在林政一怀里，声音瓮声瓮气的。

两人搂搂抱抱地往里走，这里没人，正适合小情侣互表心意。

"你怎么会突然来？"林政一又问。

时机解释："世锦赛要到了嘛，台里要派人采访运动员，我就毛遂自荐了。"

"毛遂自荐，是因为想我吗？"林政一揽着她的腰，垂头时抵着她的额，目光交织出缱绻温情网，笼罩着她，认真而深情。

他在期待时机的回答：是否是那个让人心情愉悦的答案。

时机抬眼对上他的视线，霎时坠入了他的满目温情，点头说："嗯。"

他们才在一起就分开，时机以为自己足够独立，可以面临这样短暂的分别，可热恋中的人，思念总在叫嚣，清晰强烈到需要做些什么来缓解。

时机说："因为我想见你。"

林政一眉间的笑意就像满天繁星一样璀璨，望着时机的眼亮晶晶的。

"我也想姐姐。"他亲了亲时机，像是在奖励她的诚实。

这样的动作其实有些身份颠倒，但时机完全没察觉到，她被大波情话砸得头昏眼花。

林政一生得乖巧，以前嘴就很甜，说起甜腻腻的情话来也是如鱼得水，像是个情场老手。

时机被哄得晕晕乎乎，觉得不对劲："你是不是和很多人都说过这些情话？"

"只和姐姐说过，我只和姐姐说。"林政一托住她的腰，"姐姐以后也只能和我说哦。"

"嗯……"被一双大手托着腰，时机踮脚搂着林政一的脖子，埋在他颈边时，无意间瞥见门外站着的目瞪口呆的陈广田。

时杋霎时就僵住了。

器材室的门锁坏了，关不严，他们两人搂搂抱抱地往里走，并没有发现这个问题。

所以他们刚刚腻腻歪歪的对话，全部被人听见了。

时杋尴尬地一笑。

这一刹那，大概是想换个星球居住了。

第十章 变故

林政一发现了怀里人的僵硬，笑意一闪而过，松了手上的力度，但仍搂着她转身。这场景就像一个惊天大雷，将人劈得头昏眼花。

林政一淡定从容，似乎并没有被人抓包的窘迫，板板正正地坐在长椅上，和一边满脸尴尬的时机截然相反。

“时隽……知道吗？你们这样……”过了很久，陈广田才从震惊中缓过神来。

事实胜于雄辩，刚刚那画面摆在眼前，傻子也知道是什么情况。难怪刚刚采访，林政一看到时机那么开心，还有之前他大张旗鼓地去电视台给时机撑腰。

“他还不知道。”时机回答他的问题。

“难怪。”这样就说得过去了。

陈广田和时隽不算太熟，但知道时隽的行事风格。之前在省台，时隽去找时机，那时刚好有个同事对时机大献殷勤。时机向来是刀枪不入的，那同事见时隽出现，便想打迂回战，没想到踢到铁板。想讨好时隽达到曲线救国的目的，显然是不行的。

时隽对时机身边的异性都很警惕，就连对陈广田也曾抱有很强的敌意，后来知道他有对象之后才放下戒心。对于时隽，陈广田不是很了解，但知道他对姐姐非常在乎。这样的人怎么可能接受自己的好兄弟和姐姐在一起呢？那简直是心理和面子上的双重打击。

“他肯定接受不了。”陈广田说。

“我知道，所以你能不能先帮我保密？”时机请求他。

“这事瞒不住吧？”陈广田说。时机和林政一刚才的样子，不缺心眼，不可能看不出来猫腻。

他是真的没想到，向来冷静自持的时机，陷入热恋也会像个小女孩儿一样，情绪外露，一点儿也不稳重。

时机说：“先瞒着吧，找个合适的机会再说，我怕他接受不了。”

“好。”陈广田说。

这事是私事，当事人不想让人八卦，陈广田自然也不会大嘴巴去大肆宣扬。

这事就这样过去了。

下午，时机和陈广田本来打算采访领队和教练，不过刚好他们正在针对小测的结果和每一个队员进行谈话。这是保密的东西，不在他们采访记录的范围之内，时机和陈广田只能先等着。

陈广田闲不住，扛着摄像机到处拍素材，时机则到处参观体育馆。早上陈主任带他们逛的时候逛得太快了，她这会儿慢慢走、慢慢看，又有一种不一样的感觉。

走到一间摆放着各种奖牌和奖杯的房间，墙上有很多照片，几乎都是群体的，时机一一看过。她在一张照片上看到了林政一的身影，桌面上还有裱着相框摆放的照片，其中有一张是林政一身披国旗手拿奖牌。

看着照片中的他十分稚嫩，估摸着年纪不大，脸上还有未褪去的婴儿肥，依稀可以看得出现在的轮廓。时机忍不住伸手去摸，那么小的林政一，她还是第一次见。

“不要乱动哦！”没有人的空间里突然传来含笑的声音，时机回头一看，是杨凌。

杨凌看着时机不解的脸，顿了一下，又忽然失笑：“开玩笑的。”

“这是他什么时候的照片？”时机问。

杨凌看了一眼时机指着的那张照片，回答她：“十四岁，坦福国际赛冠军。”

那是一个新兴的赛事，年头不算长，但是在国际比赛中的含金量很高，四年一届，这些年参加的运动员数不胜数，个个都想争夺这块金牌。

那会儿林政一才十四岁，第一次参加坦福国际赛就获得男子十米台冠军，因为含金量高，那会儿林政一的风头无限。

时机那时虽然是两耳不闻窗外事的状态，但也知道国内出了一个很厉害的跳水运动员，可见林政一当时的热度之高。

“真是让人嫉妒。”杨凌突然说。

时机转头不解地看向他。

杨凌勾唇一笑：“我比他早一年进队，但是那年队里却选择让老林这个没几场比赛经验的新人参加坦福国际赛。”他的话里有淡淡的醋意和不甘，显然对那年的事情仍心存芥蒂。

时机却说：“事实证明，这是个对的决定。”

杨凌感觉自己莫名中了一箭，苦笑道：“你说话大可不必那么直接。”

虽然是事实，但作为训练了同样长时间的队员，他总觉得有些被伤害到了。

“实话而已，他一直很强，不是吗？”时机说。

林政一的履历毋庸置疑，从接触跳水到现在，几乎每一场比赛他都拿了奖项。他连续两届获得坦福国际赛男子单人十米台跳水冠军，这样的成就，鲜有人能与之比肩。

时机摸索着相框不平的边缘，照片中的笑脸和现在的林政一重合，有一种岁月的沧桑感。

杨凌当然也知道，有些人的天赋加努力，甩开其他人一大截。

他不管怎么努力，在所有人眼里，始终比不上林政一，就连这次比赛，队里仍不放心，非要让林政一复出。明明已经有他了，明明他这么多年一直努力训练，明明他不比林政一差，怎么所有人都那么看重林政一，甚至觉得已经退役一年多的林政一比一直在队里训练的他更有夺冠的希望呢?

杨凌看着时机,想起中午吃饭时林政一的异样。

他脱口而出:“时记者有对象吗? 你觉得我怎么样? ”

他说这句话的时候,完全没意识到自己说了什么,但偏偏就是他说出来的话话音落在不大的空间里,清晰可闻。

林政一很在意她呢! 这样至少有一样,他可以胜过林政一吧?

他用笑容掩盖着自己卑劣的想法, 企图用这样轻松的态度试探时机的底线:“我能有这个机会吗?”

“抱歉。”女人的声音婉转而干脆,“我有男朋友了。”

时机越过杨凌,看到门口的林政一,于是走过去揽着林政一的手,和他对视一眼。

“中午没说全。”时机对杨凌说,“正式介绍一下,他是我弟弟的朋友,也是我男朋友。”

夏日午后的阳光仍旧毒辣,这时斜斜透过窗户,落在室内的地板上,将那一块地方照得刺眼。

不大的空间,气氛瞬间凝固住了,好半天,杨凌才若无其事地笑起来:“我就知道你们肯定有点儿什么,果然!”

林政一握住时机的手, 看着杨凌:“一会儿去比赛? 教练说你又精进了,比一把? ”

杨凌笑着应允:“好啊。”

卑劣滋生于无人知晓的阴暗处,又被炙热的光亮泯灭。

他们是对手也是队友,一时比赛的输赢并不能说明什么。

他会超过林政一的,堂堂正正的,用实力说话。

两天的采访结束了,时机和陈广田返回渝川,先剪辑出成片,发布到网上。

时机把采访中的那个小插曲剪掉了, 虽然陈广田说拍出来的效果很好,也比较轻松,剪进去的话,应该会很不错。不过,时机不想林政一太抢眼,并没有把那个片段放进正片中,毕竟不是个人的采访记录,采访对象还是要平均一点儿好。

这个决定是时机对整体效果的考虑,只不过那个小片段还是在花絮中被流了出去,引起了小小的一波关注。时机那会儿正在采访其他的运动员,并没有注意到这些。

时间流逝,很快就到了世锦赛前的一个星期。这次比赛定在A国,渝川市电视台是地方电视台,没有专门的体育频道,也不会派人出国去采访跟拍。这种大型的国际赛事,只有国内著名的体育频道栏目全程直播比赛过程,还有专门的主持人解说赛况。

时间越临近,国内外的体育新闻便越多。互联网时代,风吹草动都能在网上引起不小的关注,更别说这样的赛事。哪怕不关注体育新闻的人,也会时不时在网络上刷到关于赛事的消息。

时机完成了最后一期关于花样游泳队的采访。之前发的几期采访,反响都不错,观众的兴致都很高,每个平台的视频都在极短时间内获得了数百万的点赞、评论和转发。这还是渝川市电视台建立以来,第一次打破地方限制,走到全国大众面前。作为项目负责人,时机和陈广田获得了台里极高的赞扬。

要知道,作为地方台,渝川电视台只面向渝川人民,受众面窄是地方台最大的问题。

所以这个提案的发起人许清嫵和负责记者时机,还有摄像陈广田都得到了一笔不菲的奖金。

时机作为一个刚来不久的外派记者,突然就变成了台里的一姐,许清嫵更隐隐有要升职的趋势。

许清嫵这人虽然总是不苟言笑,但能力和勤奋是有目共睹的,升职也不是什么令人诧异的事情。还没影儿的事情,大伙儿也不敢聊得太离谱,说了几句便各自散开,没人敢凑上去和她说话。反倒是时机被同事们团团围住,祝贺和调侃纷至沓来,让时机疲于应付。

相处下来,大家都知道了时机慢热的性子:原来高岭之花也是个普通人,还是一个很努力又点儿社交恐惧症的普通人。钦佩之余,大家还觉得时机有些反差萌。再加上有程齐和顾艳两个人气王带着她,整个部门的人际关系都不错。

好不容易从一堆彩虹屁里脱身,时机刚想溜,又被程齐逮住。他刚从外面回来,知道了时机被开会表彰又得了奖金的事,也恭喜她。

时机苦笑:“这句话,我刚刚已经听了不下二十遍了。”

同事们的热情让她招架不住,以前在省台,她和同事关系都一般,除了必要的公事,几乎是零交流。来到这里之后,感觉部门里的同事都格外热情,虽然内心觉得很温暖,但她习惯了一个人,多少有些不自在。

程齐习以为常道:“替你开心嘛。”

“我知道。”大家的热情她感动在心。

“你都有奖金了,怎么看着一点儿也不激动呢?”程齐观察时机的表情,觉得她太平静了,小声地说,“台里可是很抠的,这次简直是难得!”

时机被他神神秘秘的嘴脸逗笑:“没什么好激动的,以前经常的事。”

“……再见!”程齐一脚踹翻她的炫耀,转身留下一个孤傲的背影。

时机今天出去跑完一个交通新闻已经晚上八点了,想着家里又没人,回家也没什么事干,便回了电视台做后期剪辑。

电视台只有零星几盏灯亮着,是其他部门的。

时机走进新闻部,刚坐下来打开电脑,就听到隐约的声音,像是有人在说话。

这个点儿应该没人在电视台了,怎么会有声音?

时机起身仔细听了一下,声音似乎是从许清嫦的办公室传来的,被刻意压低的声音里带着几分歇斯底里:“那也是你的孩子!”

这里离许清嫦办公室有两三米远,时机听清了这句话,脚步一滞。

她有些踌躇,但最后还是选择转身。家务事,外人不好掺和。

掌心紧握着的手机震了一下,时机拿起来一看,是林政一给她发的消息。

他的封闭训练已经结束了,明天就要随队出发去 A 国。

一拿到手机，他就给时机发了消息：”姐姐。”他发了个表情包，是一只兔子一口吃掉草莓的动态图，看着特别可爱。

时机弯了弯眉眼：“你忙完了？”

明天要坐飞机，教练给大伙儿时间放松，今天便早早地结束了训练。林政一洗完澡，躺在宿舍里给时机发消息。

见她秒回，他一下坐起来：“姐姐回消息这么快呀。”

时机想，现在的林政一应该眉眼弯弯，像个小孩子一样，捧着手机和她聊天，软乎乎的，乖巧得不得了吧？

时机问：”你不喜欢吗？”

林政一很快回她，连着两条：“喜欢呀！好想和你视频呀！好久没见到你了，我好想你。”

时机正收拾东西打算走人。她怕许清嫵出来看到她尴尬，准备悄无声息地走，林政一的消息就接连不断地过来了。

“要不姐姐拍个视频给我看看吧，安慰安慰我，顺便为我打气！”

“求求了！（可怜的表情）”

时机看了一眼，被他逗笑：“别闹，那么幼稚的事我做不出来。”

她收拾完东西，蹑手蹑脚地往外走，林政一的消息又发过来了，他发了一个可怜没人要的表情包，看着特别委屈。

“哪里幼稚了，姐姐都不想我吗？”

时机故意逗他：“不想。”

林政一发了一个大哭的表情包给她。

时机出了大厦门，经过一面单向玻璃，玻璃像是一面巨大的镜子。她站在镜子前顿了好一会儿，左右看了一下，确认没人，才打开了手机后摄像头，对镜录像。

“林政一选手，你的女朋友预祝你比赛旗开得胜，拿下你心爱的奖项，一切顺遂，平平安安。”时机说完，顿了将近有十秒左右才接着说：“你女朋友让我告诉你，刚刚说不想你是假的。你女朋友很想你，很想很想。”

林政一反复看了几十遍这个视频，一遍遍听着时机的情话，一遍遍看着视频最后时机歪头一笑的模糊画面，身下的木板床被长腿蹬得震天响。

队友被他的一惊一乍整得神经都要衰弱了，直接抄了个枕头砸过去。“做个人吧！笑得跟个神经病一样！”

林政一直接埋到柔软的床铺里，克制着自己澎湃的心情。

最后他还是跑出宿舍，跑了三圈儿才克制住了自己的激动。

那天晚上的插曲，因为和林政一的聊天，时机忘得干干净净。没几天，和世锦赛首场比赛开始的消息一起传来的，是许清嬿辞职的消息。

这事一出，整个新闻部哗然，没人想过许清嬿会在这个马上要升职的关键时刻选择辞职。

或者说，没人想到，一向看重工作的许清嬿会辞职，理由是要回归家庭。

这样的辞职理由让人大跌眼镜，哪怕是许清嬿跳槽，都不会像现在这样引起这么大的轰动。

时机也把关注赛事的心思分了一些到这件事上。茶水间里，几个同事聚在一起小声议论。

“听说是家里人要求的，让许总编回归家庭。”有人说。

“许总编不是生了娃的吗？家婆家公年纪大了，请保姆不放心，只能回去自己带了。”另外一个人说。

时机想起那天晚上她听到的话，心下有几分了然，默不作声。

有人提问：“她老公做什么的，不能带吗？”

“好像是个搞编程的，反正挺忙的。”一个人说。

“台里损失一名得力干将，大毛估计哭死。”另外一个人惋惜地说。

“可不是嘛，听说台里直接开了条件挽留的，但是这样的情况，难呀。”大家都忍不住惋惜。

要事业还是要家庭，女性很容易面临这种选择。许清嬿来这边的时候，已经生过孩子了，但既要照顾孩子又要兼顾工作，身体累，精神压力也很大。

好不容易熬过那个时期,似乎熬出头了,没想到现在又不得不放弃这一切,回归家庭,说出来真的太让人唏嘘了。

时机默不作声地接了水走出茶水间,许清嫣刚好从办公室出来。

她的辞职申请还没批下来,批下来至少也要半个月才能正式离职,最近还是正常上班。

时机看着她的背影,莫名觉得,往日她那板直的脊背被家庭的重任压弯了许多。

林政一拿下男子跳水十米台第一块金牌的时候,许清嫣的辞职报告批下来了。

距离世锦赛跳水比赛结束还有不到两天的时间,单人跳水比赛已经结束,现在体育频道直播的是双人跳水比赛。

高台上,林政一和杨凌一同站在跳台上,赛场上人声鼎沸。

渝川市电视台内,许清嫣抱着箱子从自己的办公室走出来。大家没想到辞职申请批下来后,许清嫣会这么快就走人。

虽然许清嫣作为上司十分严厉,但毕竟也是有一说一,这会儿大家伙儿都站起来目送她。

从辞职到离职,许清嫣就像她平常工作一样,雷厉风行,压根儿没给人反应的时间。

部门里的其他人到现在还是像做梦一样,没有一点儿真实感。

鉴于许清嫣平常在电视台里不苟言笑的样子,也没人敢和她说一起去吃顿散伙饭。她就这样平平淡淡地离开了,好像没有掀起一点儿水花。

晚上,时机和林政一说起了这事。比赛期间,选手们没有训练任务,晚上的时间都是自己的,调整状态。

林政一为了给时机打电话,还特地跑到外面,坐在楼下的长椅上。

林政一听出她话里的不舍,问她:"这个上司对你很好?你看起来有点儿舍不得的样子。"

"就……在她身上学到挺多东西的,对这样的结局还是蛮唏嘘的。"时机说。

虽然许清嬿的话很少，一板一眼的，但来渝川这些天，她跟着她，也的确学到不少东西。独自出行，独自拍摄，独自完成一个新闻，这些都是在省台她从未经历过的，是很珍贵的学习过程。许清嬿这个人不私藏，她认可一个人的时候，也不会吝啬将她的本事教给对方。

很累，但不可否认的是，这段时间时枞的确跟她学到了很多。

林政一认真听时枞说完，他提议："要不你去拜访一下她？"

许清嬿离开，他们作为同事，也没有人做什么，挺让人寒心的。既然她对时枞像是老师一样的存在，林政一鼓励时枞去许清嬿家里拜访一下，表达一下同事之情。

时枞对此感到有点儿为难："这样好吗？感觉有点儿怪怪的。"

她从来没干过这事，对人情世故也不甚懂得，一想到要去人家家里拜访，莫名有些胆怯。

林政一则觉得可以："你去挺好的，买点儿饮料，简单拜访一下，顺便表达一下同事的关心。现在她也不是你上司了，你们身份地位平等，就当是朋友相处。"

时枞没什么朋友，这和她的性格有关。她独来独往惯了，不懂得如何去和人接触，总是下意识地拒绝别人的好意。她总是一种防备的状态，那是内心极度缺乏安全感的表现。

林政一希望她能够慢慢改变这种状态，慢慢走出自己设定的界限，和别人自然相处。

时枞最终接受了林政一的提议。大概是她内心也想做些什么，所以这个提议她接受得很快。

适逢周末，时枞休假，她买了箱牛奶，就去了许清嬿家。之前有同事给许清嬿送过文件，知道她家的地址，所以时枞也不难打听出来。

许清嬿家是老旧小区，和电视台有点儿距离。到了她家所在楼层的时候，时枞看见她家的门大敞着，只关了一个半人高的防小孩儿跑出去的铁栅栏门，从外面可以一眼看清门里的情况。

屋里地板上零星扔着几个玩具，有个约莫一岁多的小女孩儿迈着小碎步，磕磕绊绊地跑去拿玩具。可以看得出，她走路还不太熟练，看着像是随时要摔倒的样子。

没一会儿，房子里出现了一个女人，头发半扎在脑后，一身家居服。她温柔地抱起孩子，一转身，看到了时机。

这还是时机第一次见许清嫣素颜的样子。她褪去一板一眼的职业装，回归一个普通的家庭主妇，有着说不出来的温婉，完全没有之前在职场时的凌厉。

许清嫣见到她，表情一愣，似乎是没想到时机会出现在这里。

时机在许清嫣家的客厅沙发上坐下，打量了一下这间屋子。这间屋子看得出有些年头了，装修也不是时下流行的，墙面上贴着可爱的贴纸和记录身高的尺子。电视柜的旁边摆放着几张照片，有孩子的，有许清嫣和她丈夫的，也有一家三口一起的。照片记录的美好瞬间定格住灿烂的笑容，时机还是第一次看到许清嫣有这种表情。在她的印象中，许清嫣大部分时间都是不苟言笑的。

许清嫣端着水出来，时机回到沙发上坐下，接过她递过来的茶杯。

“我没想到你会来。”许清嫣还是一如既往的犀利，“我记得你在我手下工作的时候，每次在我这儿接到的都是累活儿，任务也是最重的，我以为我走了，你会很开心。”

每次最累的活儿，她都安排给时机，时机大半夜或大清早去报道突发新闻是常事。

时机交上来的稿子，几乎都要改几次，所有人都在私下里说，她是在为难时机。

时机来，她实在没想到，毕竟从她离职到现在，没有一个人来过，甚至没有一个人过问。

时机摸着杯沿，很认真地回答：“我来渝川这边学到了很多，这都是你的功劳，我想应该郑重对你表达一下谢意。”

人都是在困境中成长起来的。得益于许清嫣的吹毛求疵，时机觉得她在渝川短短的两三个月时间进步飞快。这样的成长，很是难得。

许清嫣笑了一下："你总是让我感到意外。"

每次时机总能拿出比她想象的更好的答卷，所以她对时机总是格外严苛，也总是能得到意外的惊喜。

时机不知道怎么接，只好转移话题："她叫什么？"她问的是许清嫣孩子的名字。

"圆圆，希望她可以圆圆满满。"许清嫣回答。

时机赞叹道："好名字。"

许清嫣唤来圆圆，将女儿胖嘟嘟的身子抱在怀里，让她喊姐姐。

一岁多的孩子正在学说话，咿咿呀呀的，口齿还不怎么清晰。

许清嫣抱着孩子，表情十分温柔。时机忍不住问："放弃工作。会不舍得吗？"

毕竟许清嫣努力了那么久，在职场上也是小有成就，看得出来，她是个有野心也有事业心的人，这样的人会甘心回归家庭吗？

"没有办法舍不得。"许清嫣垂着眼，看不清表情，"家庭中总有东西要取舍，照片定格的美好不是婚姻的全部。"

她不是没有争取过，婚前她原本在更大的电视台从事着更好的工作，前途一片光明。后来结婚有了小孩儿，休了产假再回到职场，她已无法适应。后来为了平衡家庭和孩子，她妥协了，来到渝川这个小地方。

之前家婆家公帮忙带孩子，她和丈夫两人各自工作，生活中虽然有些鸡毛蒜皮，但还算相安无事。但老一辈人年纪大了，带不了小孩了，为这事她和丈夫吵了一次又一次，最后请了保姆，又相安无事了一段时间。可前不久他们发现保姆虐待孩子，诸如此类的种种事情积压下来，心疼孩子的心胜过了事业心。

许清嫣说："之前错过太多圆圆的成长，现在能补回来，其实感觉还不错。"

说没有不舍自然是假的，但是孩子更重要，这是每一个母亲的天性使然。

她笑了笑，没有跟人倾诉心事的想法，将话题转移到了时机身上："其实我一直觉得台里留不住你。”

时机不解地看向许清嫵,不太明白她这句话的意思。

“你是我见过的最有拼劲儿的记者。”许清嫵说,“台里的路子太窄,不适合你。”

时机上进、有能力、肯吃苦、潜力无限,注定不会留在渝川这样的小电视台。她会走向更广阔的地方,留在这里实在是大材小用。

“你其实挺适合走体育报道的路子,之前你做的采访很不错。”许清嫵鲜少夸人,夸了就是真心实意的。

“你等一下。”她突然想到什么,起身进了房间,好一会儿时机才见她出来,看到她手上拿着一张卡片。

“我还以为我扔了,没想到还能找到。”她自言自语地说了句,然后将卡片递给时机,“这是我朋友,也许有一天你会需要。”

时机接过卡片,看到上面印着的硕大的字体后,怔住了。

Z视。

那是国内最大的电视台,在全国各地都有分站点,在国外也有驻外记者,几乎是国内每个记者都向往的地方。

时机错愕地看着许清嫵,有些明白她的意思了,但是不明白她为什么这么做。

许清嫵说:“我只是认识,但是进去还得靠实力。”

言外之意,她只是得到了一块敲门砖,但是能不能进去,还得看自己的实力。

时机想说什么,许清嫵已经要赶人了:“好了好了,圆圆到点儿要睡午觉了,你回去吧,就不留你吃饭了。’

许清嫵一贯不喜欢别人感谢或考感恩,直接就起了身,赶人的意图很明显。

时机没办法,只好起身告辞。离开时,她望着门内的女人,问出了自己的疑问:“为什么?”

“没有原因,反正那张纸对我也没用,你不必有其他太多的想法。”许清嫵说。

晚上，时枫看着那张卡片思来想去。说实话，她有一点儿心动。

那是多少记者做梦都想去的地方，和那里比起来，渝川甚至岩光，都不算什么。

他们应该也不可能让她回去了，那还不如……

“姐姐，你一晚上都在走神。”林政一委屈的声音传过来，惊醒了时枫。

她看向手机屏幕，略带歉意：“抱歉，有点儿工作上的事情。”

“很重要的工作吗？”林政一问。

时枫没察觉到异样，如实回答：“倒也不是……就是很令人费心。”

说着说着，她的思绪又有点儿飘。

林政一撇了撇嘴，嘟囔了句：“不重要的工作啊……”

时枫又走了一下神，手机那头传来窸窸窣窣的声音，伴随着重物落地的闷响，把她的注意力吸引到了屏幕上。

“你在干什么？”

时枫被惊得声音都有点儿抖了。

在满室的训练器材的背景下，林政一的衣服不知道何时被人搭在了椅子上。

他坐在地上，正做着仰卧起坐，流畅的肌肉线条清晰可见，充满整个手机画面。

林政一听到时枫的话回过头，满脸无辜：“怎么了，姐姐？我在训练啊。”

“训练……”时枫有点儿搞不懂：训练需要脱衣服？

“我看你都没时间理我，我就找点儿其他事情做。”林政一委屈巴巴地说，“你在想工作，我也不敢打扰你。”

“你先把衣服穿上。”时枫艰难地说，“人来人往的，影响不好。”

这样的造型，时枫作为一个心智和生理都完全成熟的成年女性，有点儿聊不下去了。

林政一看了一眼被他关住的门，表情十分单纯：“没事，女队的那些选手不怎么过来，她们都看习惯了。”

毕竟男队比赛时就只穿一条泳裤，在她们眼里，估计就是几块搓衣板。

时机被他提醒到了，参加比赛的选手都在一栋楼，还有女队的！

她义正词严地说：“不行，你快穿上！”

“为什么？我热。”林政一说。

时机胡诌道：“等下别人看到了不好，人家会害羞的，你别以为别人不害羞。”

林政一沉默地看着她好久，突然像是确认了什么一样，弯了眉眼，脸上的笑容就跟盛夏的阳光一样灿烂。

“姐姐你是不是吃醋了？”林政一问。

时机被他识破心里的想法，却梗着脖子否认：“我没有。”

林政一却笑得眼睛弯弯的：“姐姐就是吃醋了呀！姐姐是不是很喜欢我呀？”然后他自问自答，“姐姐肯定是很喜欢我！都吃醋了呢！”

时机被他那么多句姐姐叫得恼羞成怒，警告他：“你话太多了！”

林政一压根儿不怵她，这样没有底气的厉声厉色，在他眼里，时机更像是在撒娇。

看着快把可爱的猫逗急了，他转移了话题：“我过两天就回来。”

男子跳水比赛在他和杨凌拿下双人赛的银牌后就结束了，这两天女队比赛完，他们就该回国了。

时机听到这话眼睛亮了一下，语气有几分期盼：“你会回渝川吗？”

“回，我和队里请了两天假。”

时机调侃他：“你可是拿了一块金牌一块银牌，怎么不留在队里接受采访呀？舍得回来吗？”

世界级比赛的奖牌，还是退役复出后的第一场比赛，这样漂亮的成绩，足够那些体育记者绘声绘色地报道一番。

现在估计记者削尖了脑袋想要采访他呢，他就这样跑回来，能把人急死。

林政一笑道：“我只想接受你的采访。”

时机向来冷静自持的脸上，浮现出藏不住的笑意。

林政一回来的那天，时机去接机。

林政一高大俊逸的外形，让时机一眼就在安检口认出。早晨七点，机场里人不多，林政一也一眼就看到了时机。她穿着一条中长的裙子，搭配白色的T恤，刚刚和他今天的白色T恤搭成一套。

他背着包迫不及待地冲时机小跑过去，额前的头发飞扬起来，像是偶像剧里的男主角，阳光帅气。而在时机眼里，他就像是一只大兔子，一路跑过来，一把把她抱在了怀里。

“我好想你呀！”林政一说。

人来人往的，时机第一次没推开林政一，反而伸手环住他，抱得更紧。

“我也想你。”她同样诉说着自己的思念。

时机感受到他胸腔的震动，喜悦是有共鸣的，她抱着林政一，感到很安心。

林政一摩挲着她的发丝，清朗的声音有几分沙哑：“看得出姐姐是很想我了。”

“你黑眼圈儿都赶上熊猫了，这么累，还有心情调侃我！”

时机听出他话里的调侃，从他怀里脱身，给了他一记小粉拳，轻飘飘的，被对方接住按在胸口。

“好想和你……在一起睡觉。”

时机的心脏疯狂跳动。

时机作为一个身心发育健全的成熟女性，完全没想到，林政一说的一起睡觉，就是真的盖上被子睡觉。

看着他闭着眼睛恬静的睡颜，那么单纯，时机自我唾弃，是自己的脑子里太多黄色废料了。

“姐姐再这样看我，我不知道我会做出什么事了……”闭着眼睛的人突然开口，眼睛慢慢睁开，睫毛像一把漂亮的小扇子，忽闪忽闪的，有几分迷离。配上现在这副场景,衣领滑落露出性感的锁骨。

时枞有些不太争气地咽了下口水。

“你要做什么?”时枞问。

说完她就觉得不对。她发誓,这句话她真的不是故意说出来的,她只是大脑迟钝了。

刚刚还躺在身侧的人瞬间过来,时枞紧张地揪紧了床单。

一个吻落在眉间那一点殷红的时候,她紧张地闭上了眼,拧着床单的手透露出了她此刻的心情。柔软的触感落在耳畔,温热的气息交融在一起。

时枞听见他的呼吸声有些粗重,低哑的声音在耳畔呢喃:“我这两天好累,姐姐让我休息一下,晚上再来好不好?”

说完,刚刚悬于上方的男人陡然躺回到了身侧,闭着眼睛,看得出最近的比赛和长途奔波让他很是劳累。

时枞看着洁白的天花板,脑子里缓缓出现了三个问号。

什么玩意儿?

是她太污了?

这个走向不对劲啊!

她没有想要啊!

时枞转过身面向林政一,打算跟他辩驳一下,挽救一下她的正直形象,然而对方早已酣然入睡。

看着他恬静纯良的脸,时枞突然莫名笑了一下,感觉很安心。

这样的日子再长一点儿好像也无所谓,长到一生也很好,她并不排斥。

时枞梦到了自己的童年:在空无一人的大房子里,只有她一个人孤独地抱着那个和她一样孤独的洋娃娃。等到很晚很晚才回来的那个人,匆匆见一面又走了。铺天盖地的孤独如洪水般涌来,将她推倒淹没,让她感到窒息。

恍惚中,有人拥她入怀,轻拍着她的背,低声哄着:“不怕、不怕……”

时枞睁开眼,发现林政一正抱着她,安抚着她的情绪。他还没醒,完全是睡梦中的自然反应,只是感觉到了她在做噩梦,于是抱着她。

时机重新闭上了眼。这次她做了一个好梦，醒来记不住内容，嘴角的弧度却微微扬着。

“你醒啦？”

林政一从外面进来，见她坐在床上，走到床边，弯腰吻了吻她的唇。

“起床吧，我给你做了饭。”林政一说。

她一觉睡到了正午时分，现在窗外阳光强烈，知了叫得声嘶力竭。

时机爬起来，身子还没站稳，两条腿麻得不行，咚一下跌坐到床上。时机欲哭无泪：“我腿麻了。”

林政一嘲笑她：“睡相不好就这样。”

时机瞪了他一眼，下一秒就被人拦腰抱了起来。身体突然腾空，吓得她赶紧搂住林政一的脖子。

对方又在笑。

时机生气了：“笑笑笑，你天天笑个不停。”

林政一表情很无辜：“我本来就很爱笑的，姐姐认识我第一天就应该知道了呀！”

时机哽住。

怎么回事？

弟弟怎么突然没那么可爱乖巧了？

林政一把时机放到了沙发上，将煮好的面塞到她手里：“快吃，等下坨了就不好吃了。”

他自己则坐在沙发一侧，捞起时机的腿，帮她按摩，缓解腿麻。

阳光照进来为他的侧脸镀了一层暖洋洋的光，十分漂亮。

嗯……她的小男友还是那么乖巧体贴。

刚刚都是错觉，太久不见了，产生了没头脑的错觉。

晚上两人都没出去，时隽还在老家。

这屋子还是他们两个人的天下。吃了饭，两人窝在沙发上看老电影，很小清新的一部浪漫都市爱情片。

时机窝在沙发上，影片刚刚开始，还在播放片头曲，舒缓的乐曲让人心情愉悦。时机接过林政一递给她的热牛奶，感觉到身侧的坐垫陷了下去。随着时间的推移，她整个人靠在了林政一的身上。

荧屏上正播放着动人的故事，这部被网上无数人推荐的电影，时机感觉十分无聊。

她看了一下林政一，感觉他看得津津有味，手机不在手边，时机又耐着性子看了一会儿。过了一会儿，她实在耐不住，麻溜地爬起来，打算伸手去林政一旁边的桌子上拿自己的手机。

沙发比较长，他们两个都坐在中间，离小桌子约莫有一米的距离，林政一横在中间，时机不好拿，于是她直接俯身伸手去够。

林政一被她突如其来的动作吓了一跳，正想问，时机重心不稳，“啪”一下摔下来了，直接跌落在林政一腿上。

两人皆是一僵。

时机缓慢地转头看向他，想解释一下这尴尬的场景，林政一却先开口了：“现在时间还早，不太合适吧，姐姐。”

时机不太明白他的意思。

林政一垂眸，遮掩眼里的光，让人觉得他顺从又温柔：“不过姐姐想要的话，我也可以的……”

“可以……什么？”时机一脸蒙。

“Enjoy this wonderful night.”

享受这美妙的夜晚。

电影中的男主角用极其低沉暧昧的声音说出了这句话，像是回答时机的问话。

浅浅的呼吸声，既遥远，又似在耳畔。

时机的注意力飘了一瞬，落在了荧屏上那浪漫的画面。

她瞬间福至心灵，明白了林政一的意思，后知后觉发现自己的手正按在一个危险的位置。

“我没有！”她拔高声音，慌里慌张地把手从林政一那里抽出来。

按在自己腹部的重量骤然抽离，林政一几不可闻地呼出一口浊气。他耳廓微微泛红，眼底有些少年的青涩紧张。

“你一天天在想什么呢！我不是那种人！”时机义正词严，非常郑重地表达自己不是那种满脑子黄色废料的人，企图在林政一面前挽回自己的形象。

她的话掷地有声，眼神却有些飘忽。

林政一捕捉到时机的慌乱，忽然起了逗弄她的心思。他直勾勾地看着她，眼神纯粹又无辜。

“可是你今天……好像很想要……”他吐字很慢、很缓，一点一点地说，表情十分单纯。

若是他们之间现在讨论的不是这样少儿不宜的话题，时机倒是很想揉一揉他的脸。

不过现在，她绷着脸回答：“我没有，你误会了。”

“真的吗？”他追问。

成年人有这样的需求也很正常，没什么好害羞的。只不过林政一实在太过乖巧纯良，加上他干净无辜的眼神，时机总觉得自己太污了。再被他用这样的语气说出来，更让她恍惚觉得自己在他眼里的形象很不堪。

这样可不行！不能给林政一留下这样的形象！

时机义正词严：“你误会了，我刚刚只是想拿手机。”

她和林政一拉开一点儿距离，正襟危坐，一副清心寡欲的模样。

林政一瞧她这样子，眼里的笑意一闪而过。他乖巧地“哦”了一声，脸上全是对时机所说话的信任：“姐姐说什么就是什么。”

“嗯。”时机硬着头皮说。

林政一挪了挪位置，靠近时机，伸手揽住她：“国庆节一起出去玩儿吧，我有假期。”

他的下巴搁在她的肩膀上，说话间浅浅的呼吸在脖颈扫过，时机缩了下脖子。

“我们两个吗？”时机问。

“嗯。”林政一答。

“去哪儿想好了吗？”时机问。

“港都。”林政一回答。

去港都？去做什么？这么快见家长？

时机怕会错意，假装十分淡定地问：“为什么突然想回港都？你想家了？”

“国庆假期天气好，港都临海，去海边玩儿刚刚好。”

时机见他表情毫无异样，心里说不上期待还是不期待，反正是有些松了口气，又有些失落，很复杂的情绪。

“行，我到时候就和时隽说我去出差了。”时机说。

林政一一晚上心情都很好，听到这话，心里陡然一沉：“为什么要撒谎？你还没和时隽说我们的关系吗？”

时机愣了一下说：“我还没找到机会……”

基于时隽和林政一的关系，她害怕时隽接受不了，所以一直很踌躇。

而她和林政一刚在一起，林政一就去训练了，种种的担忧叠加，时机就想等她和林政一关系再稳定一点儿，就和时隽坦白。

结果时隽假期又回了家，拖来拖去，就搁置了。

林政一撒开抱着她的手，缩到另一个角落，小模样委屈得不行：“是我不够好，让姐姐都拿不出手吗？所以才不想让人知道我们的关系。”

他一笔一笔地跟时机翻旧账：“时隽就算了，上次你去银城，也不愿意和其他人说我们的关系；之前我去接你下班，你和同事说我是弟弟……”

林政一本来长得就极易让人怜爱，此刻眼里有委屈的雾气，更让人心疼。

时机瞬间就觉得自己太坏了，做得太过分了！

“我说我说。”时机赶忙拉住林政一的手，安抚他，“你给我点儿时间，我一定在国庆前跟他说。”

马上要开学了，等时隽回来，的确是时候向他坦白了。

其他的还好，她就怕一旦说出来，时隽和林政一多年的友情会因为她一下子崩塌了。

所以这事，她得好好措辞，准备好了才能和时隽坦白。

“你相信我！国庆前我一定解决好这件事。”时机说。

“好吧。”林政一说。

时机在林政一眼里读出了莫名其妙的情绪，越发觉得自己不是人了。

“你最乖了，我最喜欢你了。”时机蹭过去，揉了揉他柔软的发丝，抱住他。

林政一回应她：“姐姐喜欢就好。”

转天傍晚，林政一乘飞机离开。比赛结束后，跳水队又回到了燕京的训练场地，那是跳水队的大本营，这次赛事没去的选手都在那里，和渝川是一南一北的距离。

坐飞机将近四个小时，时机有些不舍得，但没表现出来。她年纪稍长一点儿，想事情比较全面。她明白林政一是一名运动员，聚少离多对于他们来说是常事。

毕竟是为国争光的事情，时机没法儿幼稚地去阻拦他。在一起之前她就知道林政一是运动员了，这样的场景她也要习惯。

林政一可不管这些，拉着她的手反复叮嘱：“我不在，姐姐要好好吃饭哦！你胃不好，晚上记得喝杯牛奶。要好好照顾自己，不要和其他男人走太近。要想我，每天晚上都记得接我电话。”

时机有点儿无语。

“姐姐听见没有？”林政一十分认真地看着她。

“幼稚！”时机被他逗笑了，“你还管我和其他人走得近不近呢？你归队了，身边女子队那么多漂亮的选手，我都没叮嘱你呢！”

“我看不见的，也不知道漂不漂亮。”林政一捏了捏她的掌心，“我的眼睛只看得见姐姐，全部都是姐姐。”

他的眼神十分纯粹，干净的脸上满是认真，没有一点儿油腻的感觉。

救命！时机觉得自己被他这样一本正经的情话撩到了。

林政一怕不是去比赛，而是去进修情话课程的。怎么才分开了一段时间，他的语言艺术一下子就有了质的飞跃？

被弟弟撩到了,时机害羞得不行,只好说:“你要误机了!”

她推着林政一去安检口,用动作掩饰自己的害羞。

“那我走了……”林政一借势往前走,走到安检口前边时,却停下了脚步。

他猛然回头喊她:“姐姐。”

时机站在原地目送着林政一的身影,他突然转身喊她,时机有些茫然。

两人的距离约莫六七米远,时机看见林政一的眼睛慢慢地弯成一道新月,笑容热烈而美好。

他举起手,高过头顶比出一个心的造型:“爱你呀!”

在这人来人往的机场,他的举动有些大胆张扬,还带着几分稚气,引得不少人频频回望。

对于这样大张旗鼓吸引众人目光的举动,时机向来是不喜的,但此刻她却陷在了林政一深陷的酒窝里,即使那里是一个陷阱,她也甘之如饴。

时机被人看得害羞捂脸,始作俑者却毫不收敛,长臂在空中挥舞,和她告别。

他充满青春气息的样子,让整个空间都温暖起来。

时机轻轻呼出一口气,心虚地觉得大家都在注视她,有些不知所措,嘴角却微微扬起。

第十一章 公开

林政一飞燕京两天后，时隽就回渝川了。

再过两天就开学了，他提早几天回来做开学的准备。

时机在工作，抽不出身去接他，连电话都是结束了手头的采访后看到的。

许清嫣一走，原来的副总编成了总编，新官上任三把火，最近新闻部被这把火烧得不行。

时机回到电视台，部门里没几个人，比以往任何时候都安静。

她在外面跑了一天，忙得一口水都没来得及喝。民生新闻就是这样，琐碎的事情又多又杂，很考验记者体力。

渝川是小地方，基本没什么大新闻，记者大部分时间就是跑些琐碎的采访。

时机已经很适应现在工作和生活的步调了，这会儿她拿着水杯，去茶水间接水。

茶水间虽然有两个入口，但还算隐蔽，平常很多同事偷闲时，都会来这里。

时机一走进来，就看到里面有两三个人聚在一起，听到脚步声，正慌乱地各自掩饰，见到是时机又松了口气，站回原地。

"怎么了？愁眉苦脸的。"她问了句。

顾艳拉着脸："还不是糟老头儿。"

糟老头儿就是副总编，因为总是一头乱糟糟的头发，所以被人取了绰号叫糟老头。他其实没那么大年纪，也就三十多岁，姓周。这个人心眼儿很小，喜欢公报私仇，人品一般，人缘不太好。

"许总编才走几天，我已经开始想她了。"有同事感叹，"许总编就是话少点儿，表情冷点儿，工作能力没得挑，对我们也还行。"

至少之前的许清嫌是就事论事的，不像现在的周总编，因为先前被人压得久了，这会儿终于有了话语权，所以不管别人做什么，都要挑点儿问题，偏偏话说了一堆，却不在点儿上，让人觉得不是交上去的作品有问题，而是他非要没事儿找点儿存在感。

时杋倒还好，没受太多影响，这归功于之前许清嫌的强压。时杋做了不少不错的报道和公益短片，再加上上次她采访运动员的反响也很好，所以她现在处境还不错，暂时没有人挑她的刺。

忙完一天的工作，时杋回到家，时隽正大大咧咧地坐在沙发上看电视。听到声音，他也只是回头看了一眼，说了句："你回来啦。"又转回头看他的电视剧。

时杋问："几点到家的？"

"没多久，和朋友吃了顿饭才回来的。"说到这儿，他回过头，"我给你带了餐，就在厨房，你热一下就可以吃了。"

"算你懂事。"时杋说，走过去揉了揉时隽的脑袋。

"我精心梳的头发！"时隽叫了起来，捂着自己的脑袋。

时杋被他逗笑："就你那寸头，还需要梳头？有头发吗？"

时隽含泪控诉她："我头发长长了！长长了！"

时杋这才发现时隽回老家的这段时间头发的确长长了不少，难怪刚刚摸着没那么扎手了。

男孩子的头发似乎都长得快，这次回来，林政一的头发好像也长了一些，都盖过眉骨了。

她突然想起林政一了。

想到他,又想到了她要和时隽坦白他们正在交往的这件事。

她慢吞吞地去热饭,又慢吞吞地端到客厅吃。在单人沙发上坐下,她边吃边偷看时隽的表情。

电视放的是情景喜剧,时隽看着心情还不错。

时枫胡诌了个话题切入:“我们台里最近有个女孩子谈恋爱了,男朋友每天嘘寒问暖的,很多人羡慕。”

“嗯?”时隽不解地看了她一眼,敷衍地应和,“挺好的。”

时枫再接再厉:“我看谈恋爱挺好的……”

“嗯……”时隽心思在电视上,继续敷衍。

时枫小心措辞:“我说假设啊,假设我谈恋爱了,你会怎么办?”

时隽一下反应过来了,转头盯着她:“你谈恋爱了?”

“我说假设,假设。”时枫说。

时隽说:“不许你自己瞎谈!你容易被骗,至少要我认识,考察过人品之后,才允许你谈。”

说实话,时枫现在也到了可以谈恋爱的年纪,只要是人品好,他也不会太反对。他总怕时枫遇上姚谦霖一样的人面兽心的浑蛋,所以老是不放心。

时枫这个人看着冷冷的很不好接近,但其实是个人家对她好,她会加倍回报的人,心肠很柔软。她小时候孤独惯了,得到一点儿好就容易感动,很容易受伤。时隽总是怕她受到伤害,有些人说得再好听都是虚假的,坏人也不会把“坏”字写在脸上,所以他要多考察考察。

时枫心里一喜,林政一可是时隽认识很多年的,知根知底,看来他不会反对了。

她心里松了口气,正打算和盘托出。

时隽想了想又说:“不过,你千万不要对我那些兄弟动心。”

时隽又煞有介事地说:“经过我和他们长时间的相处,我觉得他们不行,配不上你。”

事实上,倒也不是全部不行,还是有那么几个根红苗正的。但是时枫的对象是他兄弟……这是他万万接受不了的。

毕竟那是得叫姐夫的，老姐被拐走，就无端矮了一头。这谁能忍？

“他们不行，我没法儿接受。”时隽想了想又放松下来了，懒洋洋地说：“不过他们不敢对你有非分之想的。”

“为什么？”时机问。

时隽自信一笑：“我警告过他们了，到时候朋友都没得做！”

他很认真，继续说：“我那么信任他们，他们肯定不会辜负我的信任的。”

朋友都没得做啊……

时机心都凉了，原本还想告诉时隽她和林政一的关系的想法现在又缩了回去。

再观察两天。

时机是这么想的。

但一开学，时隽忙碌起来，社团的活动、课业，还有杂七杂八的事情。

时机在电视台也很忙。糟老头儿整治完一圈儿，搞得大家怨声载道之后，开始挑剔时机了。他揪着一篇新闻稿让时机改了七八遍，次次提出来的问题都不一样。到最后，他用上了终极甲方的措词：“感觉不对，你再改改。”

时机很无语，拿着稿子走了出来。程齐看她最近每天都进去，关心地问：“又被否了？”

时机点头。

程齐说：“真是闲的，跳槽算了。”

能让台里公认的好脾气说出这种话，糟老头儿做的事真的让人感觉十分过分了。

晚上时隽社团有活动，他在外面吃，时机给自己煮了碗青菜面，在里面卧了一个鸡蛋。

林政一看到有些心疼：“不是说让你好好照顾自己吗？你怎么晚饭就吃这个？”

时机吃了一口面，感觉有些淡，她懒得去加盐，将就着吃，看了一眼屏幕里的林政一。她不在意道："时隽不在家，我吃外卖吃腻了，就随便煮点儿面。"

"你来燕京吧。"林政一很认真地说，"我现在没有赛事的话，都在燕京了，你过来，我照顾你。"

"你要训练，能照顾我什么。"时机问。

跳水队都是住宿舍，她去了，林政一也照顾不到她。

林政一倒不觉得这是个问题："不封闭训练的话，我可以出来的。"

他顿了一下，又说："我很想姐姐，才分别几天，我就想你了，想抱抱你。你如果住在燕京，我们就能经常见面了。"

少年的感情，总是赤诚热烈，不吝于倾诉自己的爱意。

林政一说起这些来，没有半分扭捏，直白又热烈，虽然一说耳朵就红，但是他还是会说，红着脸，眼睛亮晶晶的模样，真的让人心动。

只不过燕京，她不是去，是回。离家很久了，她越发没有勇气回去了。或者说没动力回去，总觉得自己是个外人。

林政一不知道她的情况，眼巴巴看着她说："姐姐过来嘛，不工作也行，我可以养你的。"

时机被他的话逗笑："你拿什么养我呀？"

林政一很认真地表示："我有比赛的奖金、压岁钱，我不训练的时候还去给人当教练，也挣了一些，我都攒起来了，养你没问题的。"

他一笔一笔地算完："可能没办法像有钱人那样挥霍，但过日子还是可以的。我会努力拿奖的，争取让你过上好日子。等我退役了就去当教练，也能赚钱。如果是工作的话，燕京也有适合你的，国内最大的Z视电视台总部就在这边，姐姐这么厉害，人家肯定要你的。"

"你好像在给我画大饼耶，弟弟。"时机说。

"我是认真的！我可以赚钱养你的！"林政一被人质疑，有些着急。

时机却在笑："哦，我知道。"

他有这个心，时机就觉得很开心、很温暖。

也许，动力已经出现了呢。

"我真的好想好想姐姐，好想快点儿到假期，好想抱抱你呀。"林政一故意压低了声音，拉长尾音，像是一把钩子勾着时枂。

"你在和谁视频？"

时隽的声音突然响起，他显然听见了刚刚最后那句话。

时枂被吓得一激灵，慌忙把手机扣在了桌面上。

"你什么时候回来的？"她慌张地问。

"就刚刚，你和谁视频？这么入迷，连我回来了都没听到。"时隽问。

时枂迅速恢复镇定："刷视频呢，最近不是很火吗，那个电视剧。"

时隽仍保持怀疑："是吗？你以前都不看的。"

"谁说的，你也太不了解我了，我压力大的时候，也会看啊。"时枂伸手把他推出去，"你都这么大了，不要随便进我房间，这样不好。"

把人推出房间，时枂利落地上了锁。

她靠在门上长吁了一口气，心想：失策了，没锁门。

她赶紧跑到桌前拿起手机，视频还没挂断。

她找了个离房门很远的位置，确认时隽就算在门外都听不到，才压低声音说："时隽突然回来，把我吓到了。"

林政一问："你还没说吗？"

眼看假期结束也不是很久了，他以为时枂已经和时隽说过了呢。

时枂有些心虚："时隽的态度不是很乐观，我还没找到机会说。"

林政一说："那没关系，再等等也行。"

"嗯。"时枂说。

时隽被时枂推到房门外，看着被时枂关上的门，满腹狐疑：不对劲，十分不对劲。时枂心里肯定有鬼，上次也是，她那些话，现在想来肯定是在试探他。她想谈恋爱或者说正在恋爱的对象，究竟是谁？

时隽想破脑袋也没想出来。时枂不擅长社交，身边认识的就那几个人，应该不是和时枂新认识的人。

他找出陈曼的电话号码，电话响了好一会儿才被接起。

"喂——"她的声音懒倦得像只猫。

时隽只当她是在睡梦中被叫醒，直接切入主题："你知道时机对象是谁吗？她是不是有暧昧对象了？"

陈曼被这句话惊到了：时隽这缺心眼儿居然发现了。

她一脚把身边的男人踹开，打算和时隽唠一唠，看看他究竟知道多少，却被男人一撞，闷哼出声。"你不乖。"身边的男人说，喑哑的声音响在耳畔，一点一点摩挲。

缠绵带着愉悦的尾音不言而喻，时隽瞬间明白了。

陈曼再去捞手机的时候，电话已经挂了。她觉得时隽肯定听到了异样，感到颜面尽失，又踹了男人一脚："你出去！"

本来晚上就有些心焦，打了个电话又没问出个所以然，时隽觉得今晚真是糟透了。他又打了个电话给林政一，前两天听时机说他回了趟渝川，也许会发现什么。

林政一的电话也响了一阵才接起来，时隽心有余悸地先问了句："你现在在做什么？"

"刚洗完澡，怎么了？"林政一说。

"你一个人？"时隽问。

"不然呢？"林政一有点儿好奇。

时隽确认完毕，松了一口气，步入正题："你上次回渝川，有没有发现时机不对劲的地方？"

"怎么个不对劲法？"林政一问。

时隽说："我这次回来，发现时机好像谈恋爱了，但是我不知道是谁，你知道吗？上次回来，你看见什么陌生男人了吗？"

林政一拿毛巾擦拭头发的动作一顿："你发现不对劲了吗？"

时隽郑重点头："前几天，我一回来她就试探我的态度。今天晚上，我一回来就发现她好像在和一男的视频。那男的声音黏黏糊糊的，说什么想抱抱姐姐，妈呀，好猥琐。"

他似乎是在把一个没见过面的、不知姓名的人批评得体无完肤。

他最后点评道："一听声音就不是什么好人！"

林政一听得脑门青筋都要爆了,忍住火气说:“你怎么能把人说得这么坏呢?”

时隽哼了一声说:“他都要拐跑我姐了,被我骂几句怎么了?我到时候见了面还要当面骂他!我一定要看紧时机,揪出那个小兔崽子!”

切入点不同,林政一突然觉得也十分有道理。

他正愁没机会让时隽知道这事,于是他清了清嗓子:“那你就看紧点儿呗,任何一个假期都不要放过,寸步不离地跟着她。”

林政一直接点醒了时隽:“没错,寸步不离!”

对,晚上那句话没听错的话,那个男的是说了假期的。

“谢了,兄弟。”他直接挂了电话,打算这两天注意一下时机的动向。

时机这两天在整理简历,根本没时间搭理时隽,她想趁假期结束给林政一一个惊喜。

这几天忙得不可开交,时隽上下班接送也没有发现一点儿可疑之处,一天天忙得飞起,恍惚觉得那天的事情是他想岔了,于是逐渐松懈下来。

当时机告诉他这个国庆假期台里派她去外地采访的时候,时隽虽有些怀疑,但还是选择了相信她。毕竟时机是个工作狂,向来不拿工作开玩笑的。

于是时机去坐高铁,面无异样地和时隽挥手告别后,在中途中转去了港都。

到目的地是下午,林政一比她早半个小时到,也是同一个高铁站,在外面的长椅上坐着。

高铁站很大,时机从安检口出来,有点儿找不到方向,看着指示牌走。

有人忽然拍了拍她的后背,时机回头就见到林政一那灿烂的笑容。

“姐姐!”

“等很久了吗?”

“刚到没多久,你饿吗?我有面包还有水,你先垫一下肚子。”林政一从自己的大背包里翻出食物,塞到时机手上。

时机的确有点儿饿,拆了面包包装吃起来。

林政一牵着她的手往外走:“我已经定好民宿了，我们一会儿直接过去,把行李放下。你不累的话,我们就出去吃海鲜;累的话我们就在民宿解决,民宿提供餐饮。”

“好呀。”时机没有任何异议。

她吃完面包有点儿渴,伸手去拿林政一手上的水瓶。

“开一下。”她动了动林政一的手,见他不解地转过头来,她举起两人交握的手,“我没手开。”

林政一反应过来,有些不好意思:“好了。”

两人打车到了民宿附近。这边的海还没开发得那么商业化,人不算特别多。这里是本地人才知道的小众海滩,外地来的游客都冲着其他网红打卡地去了。这一片海不算大,但是海水很澄澈。

车子在大路上行驶,一路都是蓝色的海。

民宿在里侧,越靠近目的地,路面就越颠簸,时机被颠得有些难受。下车后,林政一扶着她进了民宿,在前台拿了钥匙。

海边的民宿都一样,都是独栋的小别墅,林政一定了间海景套房。

这是这边环境比较好的民宿,唯一不好的就是这家民宿的大床房和单人间都被定完了,只剩下家庭套房,两室带阳台。

房间显然是打扫过的,露天阳台上摆放的椅子桌子都很干净。

时机本来有点儿晕,走到阳台吹了一下海风,感觉好多了。站在阳台上,目光所及是蔚蓝的大海,让人心旷神怡。沙滩上人也不多,这里的确是个好地方。

林政一从背后环住她的腰，下巴靠在她的肩膀上:“姐姐要出去吃吗?还是就在民宿吃?”

时机蹭了蹭他毛茸茸的脑袋:“出去吃吧,顺便走走。”

“好。”林政一乖巧地回应。

他牵着时机的手出去,沿路吹着海风慢慢走。

临海的地方自然少不了海鲜,但是由于这一片还没被开发,客流量小,所以海鲜餐馆并不多。林政一选了一家人比较少的,老板娘热情地迎上来:

“这边坐,这边坐。两位要点儿什么?”

林政一问:“有什么比较新鲜好吃的?”

“都新鲜。”老板娘十分热情地给他们介绍菜品。

林政一点了好几个。

时机怕吃不完,赶紧拉住他:“够了够了,太多了吃不完。”

“你不是一天都没吃什么吗,肚子难受吃不下吗?”林政一问。

“不够再点嘛。”时机说。

老板娘见状附和道:“应该差不多了,一会儿不够再点,很快的。”

她的视线在时机和林政一两人之间转了一圈儿,感叹道:“你们小两口儿可真俊呐!我在这儿开馆子这么多年,第一次见你们这么般配的,是新婚来港都度蜜月的吗?”

时机想解释,林政一却笑着道:“对。”

反正也不认识,吃完这顿饭,这辈子也不一定会再见面。林政一既然已经这样回答了,时机也觉得省心,懒得去解释太多。

老板娘拿着菜单去了后厨。海鲜的做法大多都简单,特别是新鲜的海鲜,越简单越能做出原本鲜甜的味道。

菜上得很快,三菜一汤。

林政一还给时机点了一瓶苹果醋,晕车的人,吃点儿酸的东西比较缓解。

吃完饭,趁天还没黑,林政一带时机去海边走走。沙滩上人不多,沿路走也就几个人。夕阳将蔚蓝的海天交界处渲染成一片橘黄色。

时机脱了鞋,赤脚踩在柔软的细沙上。潮水退去,她在湿软的海面上落下一排脚印。“明天早上我们早起看日出吧。”时机提议。

“好。”林政一无条件答应。

十月一到,太阳下山变早了,才半个多小时的光景,天就全黑了。远处有一个灯塔,闪着微弱的灯光。入了夜的海边没什么光照,漆黑一片,管理人员不让靠近海边。

林政一便和时机回了民宿。

洗完澡，林政一悄悄发了个朋友圈，带定位的那种，配图是一张平平无奇的照片。发完他才转身去帮时枳吹头发。

海藻般的墨色长发，一点点在林政一手中变得蓬松干爽，时枳耳边是吹风机嗡嗡的声音。她看着林政一认认真真地帮她吹头发的脸，看了很久很久，突然抬手戳了戳他的酒窝，动作很轻。

林政一不解地去看她，撞进了时枳的眼里。

“你长得好好看。”时枳说。

林政一垂眼低笑，酒窝似有若无：“姐姐喜欢就好。”

头发吹干，林政一关了吹风机，噪音骤然停下，套房的客厅瞬间就安静了下来。墙面上挂着的时钟，滴答滴答地，提醒他们现在时间还早。

林政一突然想到什么，提议一起看电影。

民宿的套房设备很齐全，什么都有，时枳还记得上次和林政一看的那个电影，太无聊了。所以她表示不想看爱情片。

林政一本来就不打算看爱情片，他举着手机给时枳看：“看这个，姐姐你会怕吗？”

那是国外的一部恐怖片，杨凌推荐给他的，说是很恐怖、很吓人，没有女孩子不怕的，林政一觉得在这个场合看刚刚好。

他想起杨凌绘声绘色的描述，脑子已经想象起了时枳因为害怕缩在他怀里的表情。如果晚上时枳吓得不敢一个人睡，他就可以顺理成章地过来陪她了。

林政一小算盘打得啪啪响。

时枳看了一下那部电影的片名，有点儿眼熟，好像她和时隽一起看过。印象中，时隽当时好像被吓得不轻，都哭了。这个情节太让时枳震惊，所以记了好久。

她重新看了一眼那个片名和主演名单，没错，就是把时隽吓哭的那部电影。

看过了……时枳看了一眼林政一期待的表情，点头道：“好吧。”

多看一遍也无所谓，反正她记得还是挺不错的一部电影。

林政一见她点头，就去捣鼓投影仪，技术生疏，搞了半天才好。屋内开着冷气，怕一会儿冷，林政一又给时机拿了条薄毯。茶几上有民宿老板免费供应的零食，一切准备就绪。

电影一开头是一条长长的阴暗的走廊，脚步声在空旷的走廊里回响着。之前为了增加恐怖感，林政一特地关了灯，所以电影里的声音在寂静的屋子里越发清晰震撼，让人不得不全神贯注。

随着镜头的推进，在一个拐角，一个恐怖的鬼脸突然出现，占据了整个荧屏，好像要从荧屏里透出来。

林政一毫无准备地和主人公一样被吓了个激灵，耳边充斥着尖锐的叫声。

他转头去看时机。只见时机正看得津津有味，手上不知道什么时候拿了包薯片，正吃得十分开心。

这不对劲！

林政一轻声问："你不会怕吗？"

时机一脸轻松地摇头："不会。"

她以前的解压方式有两个，一个是看鬼片，一个是去打拳。

看过不少鬼片的人，胆子本来就大，再加上之前看过这片子，知道情节走向，恐怖效果大打折扣，还不至于吓到她。

林政一很无奈：时机为什么不怕鬼片？

小算盘落了空，林政一颓了几分钟。

看着时机的侧脸，林政一突然又有了其他的心思。

时间不早了，明天还要早起看日出，两人各自回了房间。坐在床上，时机看着房间的墙壁，觉得林政一还真的是纯良得不得了，做的事情也出乎她的意料。她还以为林政一会订大床房呢，没想到订的是套房。这就是他会做出来的事，就挺意外又不太意外的。

林政一就是比较保守，要不是那时候她喝醉了酒，估计也不会成功。

时机莫名觉得他很可爱，心情很好地关了灯躺下。

万籁俱寂，不知道过了多久，房门突然被人轻轻敲响。

"姐姐。"是林政一的声音。

时机还没睡着,这声音很轻,但屋子很静,她听得清清楚楚。

不知道发生了什么事,时机翻身下床去开门:"怎么了?"

林政一抱着枕头,半晌没说话,很是局促不安。

时机看他这副样子,像极了小时候时隽非要和她一起看鬼片,最后晚上吓到不敢一个人睡,抱着枕头过来敲她房间的样子。

"你不敢一个人睡?"她试探着问。

林政一点头,话里仍有几分局促不安:"那个……有点儿吓人。"

他显然十分不好意思,头都要垂到地上去了,像个鸵鸟。

时机虽然想笑,但顾及林政一的面子,还是忍住了。

她侧过身子让林政一进来。

黑暗中,林政一的嘴角轻轻翘了一下。

光线太暗,时机没注意到,拍了拍自己身侧的位置:"睡这里吧。"

林政一顺从地将枕头放好,躺到了时机身旁。一开始还很局促,过了一会儿,身侧的温度通过被子一点点地传递过来。两个人距离越来越近,林政一轻轻搂住时机,温香软玉在怀,他心里十分满足。

无关其他,只是单纯觉得很满足,像是某一块不完整的地方骤然被填满,那种灵魂契合的感觉。

他紧紧地抱着时机,像是要把她融入自己的血肉之躯里。

时机以为林政一晚上看鬼片被吓得不轻,环抱着他,安抚地拍着他的背。

"睡吧。"她轻声哄着。

一个人待在家里的时隽,写完作业后,躺在沙发上刷朋友圈。

时机出差,林政一在燕京训练。原来三个人的房子,只剩下了他一个,他无聊得不行。

突然,他刷到了林政一发的朋友圈,着实稀奇。林政一这人的朋友圈就跟小号似的,三年五载发一次,认识他这么久,时隽几乎没看到他发过。

一看定位，是在港都的一个民宿，林政一居然没有训练出去玩了？

时隽点开照片看了一眼，没什么稀奇的，就是一张阳台的照片，玻璃门关着，外面一片漆黑，影影绰绰地映着屋里的场景。

没什么特别的，时隽又退了出来。

好一会儿，他突然反应过来什么。那个玻璃门的角落映着一个女人的身影！

好家伙！林政一有女人了！

我的妈呀！

是他那个心上人吗？

时隽十分八卦地重新点开照片，企图看清那个女人的脸。

没办法，生活有点儿无聊了，吃一下瓜才会快乐。

他一点点放大，越看越觉得不对劲。

这个女人，怎么那么像时机？

不对！就是时机！

时隽拍案而起。

时机暧昧的对象是林政一？

有了这个怀疑，一切的蛛丝马迹就串联起来了。

因为觉得林政一有心上人，所以时隽一直都没有怀疑过他，对他十分信任。但现在想想，这两个人之间平常相处有太多破绽。

那个眼神，那个说话的暧昧不清……太明显了！

时隽感觉自己被最亲近的两个人欺骗了，一时间呼吸都不顺了，暴跳如雷。

天一亮，他立马就杀了过去。这是最后的机会，他非要当面抓住这两个人，杜绝他们两个继续欺骗他。

在港都的时机和林政一还一无所知，看完日出，他们在沙滩上捡了一些海货，拿回民宿让老板娘加工成早餐，打算吃完早餐就回去躺一会儿。

为了看日出，他们五点就起床了，这会儿刚好补个觉。室内温度宜人，十分舒服。直到下午，林政一醒来的时候，时机已经不在床上了。

他穿上拖鞋出去找时机,发现她在阳台上。

下午一点多,正是外面最热的时候,但阳台有遮阳伞,还不算太热。

来海边玩儿,时机穿上了轻薄的吊带长裙,外边搭了件薄纱外套。海风一吹裙角飞扬,风景如画。

林政一推开门,走出去将她拦腰抱住:“姐姐饿不饿?”

时机摇头道:“不饿。”

她看着蔚蓝的大海,心情很平静:“住在海边的人真好,天天都能看到这样的景色。”

“是很轻松。”林政一回答她的话,“小时候每天都看到海,很喜欢下海玩儿。”

沿海城市的居民看海,在海边玩儿都像家常便饭,实在让人羡慕。

林政一看出她眼里的向往,说:“我们以后有时间可以常来。”

“好呀。”时机说。

林政一蹭了蹭她的脸,余光看到远处驶来的出租车。那车停在了路边,从车上下来一个熟悉的人影。

他们这个阳台在三楼,视线开阔,刚好可以将下面的场景看得清清楚楚。

林政一看着人影四处张望的样子,将对这一切浑然不知的时机转过身来,抵在围栏与他之间的方寸之地。

时机不知道他想做什么,睁着漂亮的眼睛看着他。

林政一的手覆上她眉间的红痣,轻轻摩挲:“有没有人跟姐姐说过姐姐这颗痣很好看?”

时机愣了一下,倏尔笑道:“没有,你是第一个。”

“很好看。”他的视线寸寸往下,落在时机的脸上,“姐姐笑起来更好看。”

林政一轻轻在时机的眉间落下一吻,耳鬓厮磨时低声请求:“姐姐以后多对我笑笑,只对我笑,好吗?”

他的眼神澄澈,让人无端心悸。

时机还来不及说话,他已经伸手托住了她的后颈,一点一点在她唇上汲取甘甜。

时隽终于找到林政一在朋友圈定位的那个民宿，硕大的招牌挂在墙上，霓虹灯闪烁。

他心里一喜，视线一转，看到了正在阳台上忘情拥吻的两个熟悉的身影。

他的头发瞬间就奓起来了。一路上他还抱着这只是误会的希望，在这一瞬间破灭了。

阳台上的时机还不知道时隽就在附近，被林政一吻得晕乎乎的。和之前的点到为止不一样，他这次格外有耐心，一点一点地勾着她。

终于被放过时，时机感到有些缺氧，脑子里晕乎乎地想：为什么林政一肺活量这么好？跳水运动员会需要憋气训练吗？

脖子上传来一阵阵温热的触感，洁白细腻的肌肤被人反复采撷。

时机推了推林政一，倒也不是拒绝，只是觉得大庭广众之下不好意思："进屋去吧。"

林政一闻言，从她的脖子处抬起头，眼神有些迷茫："嗯？"

"进屋去。"时机重复道，"外面不行……"

林政一如梦初醒般回过神来，腼腆地表示："白天……不好的，姐姐。"

时机还有些蒙。

林政一成功看到时机脖子上的红痕，退后一点儿距离，着急忙慌地帮她整理好小开衫。

"姐姐笑起来太漂亮了，我一下没忍住。"他好像犯了什么大错一样，有点儿局促不安，"对不起姐姐。"

时机很无语。成年人的胃口都给吊起来了，现在就这样？

时机思考着像上次一样把林政一推倒的可行性。但看着林政一小白兔一样的表情，时机感觉自己像个狼外婆。

一点儿贪念吊在中间不上不下。

在时机纠结的当口，楼下似乎出了什么事，轻微的争执声传上来。他们在第三层，一楼的声音模模糊糊，听不真切。

“好像出事了。”林政一提议，“我们下去看看吧？”

出去一下，平息一下蠢蠢欲动的荷尔蒙，这似乎是个好主意。于是时机点了点头。

林政一牵着时机的手，慢慢地往楼下走去。

越靠近，一楼的交谈声便越清晰，听起来不算太剑拔弩张。

时机听见老板娘的声音：“你不是我们这里的租客，我不能让你上去，你找人的话，就打电话让人下来吧。”

“那我要租房间，你带我看房，这总可以了吧？”一个男人的声音。

时机蹙了下眉，这声音……听着很熟，像是时隽。

“这声音好像时隽。”林政一说，顿了下又说：“不可能是他，他这会儿在渝川呢，怎么可能跑这里来。”

时机觉得林政一说得有道理，一下又打消了疑虑。

脚步未停，他们走到一楼楼梯的拐角处，站在上边的时机一眼就看到了时隽，震惊得瞪大了眼睛。

时隽怎么会在这里！

动作快过大脑思考，时机第一反应是躲起来不被时隽发现。

但林政一惊呼出声：“时隽！”

声音不大不小，刚好是可以被时隽听到的音量。

时机转身逃离的动作僵在了原地，视线慢慢挪动，刚好和时隽对上了，那是一双因为被欺骗而充满愤怒的眼睛。

他看起来很想揍人，目标可能是林政一。

时机立马把林政一拉到身后护住，怕时隽等下一拳头就过来了。

时隽大步流星地冲他们两个的方向走过来。

“解释。”他言简意赅。

事到如今，时机内心反而轻松了，像是一直悬着的大石头落了地，虽然这很意外。

趁这个机会，她硬着头皮，将两人交握的手举到眼前：“就是你看到的这样。”

“你们！你们！”时隽气得来回踱步，然后发现周围的人都在悄悄注视他们，他沉下脸，“回房间说。”

家务事不能让人看了笑话去，要关起门来解决。

于是三人上了楼，时隽看到租的是两居室的套房的时候，脸色稍霁。心情没好转几秒，转头又注意到了时机脖子上的草莓印，他一口气又哽在了喉咙里。

“你睡哪间？”他沉声问。

时机伸出手指了一下，手腕就被人握住了。

她被时隽拉进房间，打算姐弟俩来个交流，林政一本来想一起，被他瞪了一眼留在原地。

房门一关，林政一碰了一鼻子灰。

房间内，时机坐在床上，看着时隽急躁地在房间里来回踱步，走来走去。

终于，时隽酝酿好情绪，打算严厉指责时机背着他谈恋爱，还是和他要最好最信任的兄弟谈恋爱这件事时，时机抢在时隽前面开了口：“小隽，我喜欢他，很喜欢他。”

时隽刚酝酿起来的情绪立马就崩盘了，本打算指着时机鼻子骂的手僵在了半空。

他嘴一瘪，一跺脚，表情有点儿委屈：“你怎么就喜欢他呢？虽然，他是长得比我帅一点儿，个子高一点儿，成绩好一点儿，性格还算可以一点儿，会做饭一点儿……”

怎么越说越觉得林政一还蛮可靠的！

这不应该啊！

“你之前明明把他当小孩子看的！”时隽说。

“我也不知道是什么时候，我的心意是在什么事上发生改变的。”时机说，“等我反应过来，就已经很喜欢很喜欢他了。”

甚至，看着林政一，她常常会想，他们以后会是怎么样的？

短短几个月的相处，她已经在规划这辈子和林政一要度过的生活了。

“很抱歉瞒着你，我知道你现在肯定很难接受，但是我不可能和他分手的。”时机说。

时隽已经从时机认真的表情中明白了她的态度，脑子嗡嗡的，好看的五官都皱到一起了。

时机给他时间消化信息，目睹了他从震怒到表情狰狞，到跳脚，然后迅速颓下来。

“行吧。”他的语气像个受了委屈的小媳妇。

事已至此，他又舍不得对时机发脾气，不行也得行了。

换个思路想想，林政一也不算太差吧。好歹知根知底，相处那么久了，再怎么样，都比时机之前看上的强。

这次时机的眼光有所提升，这也算是进步了。

时隽绷着脸打开房门，看见林政一在房间门口杵着，保持着刚刚他们进去时的那个姿态。

“谈谈。”时隽说。

关上门，两个男人之间的谈话就显得直接坦白得多。

“什么时候的事？”时隽问。

林政一如实回答：“你去国外比赛的时候。”

时隽想起他离开前，满怀信任地将时机托付给林政一，现在恨不得时光倒流，回到当初，把那个将羊送入虎口的自己掐死。

他绷着脸：“谁先动的手。”

“我先动的心思。”林政一言简意赅，“动手的话……应该是一起动的。”

心意相通，一切都水到渠成。

“你们到哪一步了？”时隽问。

林政一抬眼看他：“你指哪方面？”

“床。”

林政一看着时隽，笑了一下，无辜中带着几分腼腆。

一句话没说，一切便都在不言中。

时隽脸上的表情绷不住了：“来打一架吧。”

说完撸起袖子，就要往林政一那张拐走他姐还一脸无辜的俊脸上招呼，这时门外有重物掉落的响声。

时机怕他们两个出什么事，焦急地要去开门，却发现门上了锁。

里面的声音听起来不容乐观，时机出门打算去找老板娘看看有没有备用钥匙。

结果响声停了，房间里边又恢复了平静。

时隽揉着自己刚刚挨了几拳的腰，疼得龇牙咧嘴，还不忘问："你打算怎么办？"

林政一早就想好了："等法定年龄一到，就求婚。"

早点儿娶回家，早点儿安心。

林政一这说的还是人话，时隽心里算是满意了，脸上却不显。

他哼了一声，撂下话："我就一个姐，你最好不要做什么对不起她的事，我会一直盯着你的，你小心点儿！"

听这话的意思，时隽算是接受了林政一从兄弟变成姐夫的身份转换。

林政一暗自松了口气，认真道："不怕你盯。"

时隽没说什么，起身打开门，这次门外站着的人换了时机，正往里面窥探。

林政一走出来，脸上青一块紫一块的。

时机心疼得不行："你怎么打得那么狠！"

她赶忙绕过时隽去看林政一的伤势。鉴于现在的处境，时机也不敢骂时隽打人这事，只好小声抱怨了句。

时隽听到，不可思议地瞪大了眼："我打他狠？"

他的手在自己和林政一之间来回指着。

时机看了一眼除了衣服有点儿乱身上半点儿伤都没有的时隽，眼里的意思不言而喻。

他身上可没少挨林政一的拳头，衣服掀上来估计青了好几块。

林政一下手可也没留情。

时隽气笑了，为了争一口气，他不想在林政一面前承认自己被揍得很惨，只好嘴硬："他难道不该打吗？"

亏他这么信任他，林政一就是这样回报他的！

想想气就不顺了。

林政一摇了摇头，小声对时机说："我没事。"

他生得白，一点点痕迹就很明显，现在嘴角和眼角都青了，看着触目惊心。

时隽下手没轻没重的，时机心疼得不行。

"我一会儿去买药，给你擦一下。"时机说。

"没事。"林政一摇头，"小伤而已，过两天就消了。"

时隽绷着脸："那边的那两位，秀恩爱适可而止吧。"语气挺哀怨的。

时机突然被时隽戳中笑点。

她走过去揽住时隽的手臂，柔声问他："你吃饭没有？"

"没有。"时隽气鼓鼓地说。他一早上就买票坐高铁直奔这里，一滴水都没进，时机不说，他都感觉不到肚子饿了。

"我要吃饭。"时隽指使林政一，"你去买，我好累，不想动。"

林政一眉头一挑，视线瞥到时机的目光，转过来时又是一脸乖巧的模样。

"好。"他温柔应下，体贴地问完两人想吃什么后，就出门去买。

时隽大大咧咧地坐在沙发上，跷着二郎腿，看他这副样子，没有想象中那么难以接受的感觉。时机松了口气，给他倒了杯水。

"你是怎么发现我们在这里的？"时机问。

位置找得那么精准，时机想不通，很好奇：明明出发前一切都没有异样，究竟是哪里露了马脚让时隽发现了？

时隽哼了一声："我聪明啊。"

时机给了他一个眼神，时隽这才说："刷朋友圈看到的，林政一这人几乎不发朋友圈，昨天晚上发了一个，我好奇看了一下就发现了。"

"朋友圈？"时机疑惑地问。时机也是个很少发朋友圈也很少刷朋友圈的人，压根儿没注意到林政一发朋友圈了。

时隽这样一说，她就打开林政一的朋友圈看了一眼，发现了时隽说的那个朋友圈，是昨天晚上发的。

看着没什么特别的，就是定位了这个民宿。

时机打开配图，是随手拍的这房子里的场景，平平无奇。

但仔细一看，时机在角落里找到了自己的身影：正在吹头发，露出小半张脸。

因为场景里的东西比较多，一眼看过去不是很显眼，不细看不会发现，但绝对不是很隐蔽。

难怪时隽会发现。

“他难得那么粗心大意，还破天荒发了朋友圈，这才被我发现了！”不说还好，一说时隽就有些生气了，嘟囔道，“要不是我自己发现了，你们指不定要瞒我到什么时候。”

林政一平常的确是一个很细心的人，这种情况不应该出现。

联想到今天发生的一切，时机隐隐觉得不对劲，感觉一切都太巧合了。

不等她细想，林政一拎着吃的东西回来了。临海就是好，可以吃一切和海鲜沾边的食物。

时隽边吃边挑林政一的刺儿，一会儿是饭买得太硬了，一会儿是菜淡了或咸了，幼稚得像个三岁小孩儿。

林政一一脸温和，没有半点儿生气的意思，照单全收。“那你先将就吃，晚点儿买另外一家的吃。”

他的态度越温和，越衬得时隽胡搅蛮缠。

时机本来理亏，一直也不敢说什么，迁就时隽的情绪，这会儿也有些看不过去了：“你可以了，吃饭都堵不住你的嘴了。”

被时机一训，时隽委屈地闭了嘴。

时隽来都来了，又是在假期中，就留了下来，两人行变成了三人行。

时机和时隽聊完之后，一直感觉到不太对劲，有点儿小小的怀疑。等时隽洗澡时，她才找到机会和林政一单独聊天。

她说：“我问小隽怎么发现我们在这里的，小隽说是因为你发的朋友圈。”

归功于采访经验，时机问话很有一套，也不是直接质问，只是抛出一个开头，让对方先乱阵脚。

林政一心一紧，脸上却还是很无辜单纯的表情：“啊？怎么会……我没发什么呀。”

他说着又像是突然想起了什么，拿出自己的手机翻看着，喃喃自语道：“不会吧，我只是随手发了一下朋友圈而已……”

时机看他，好像是完全不知道怎么回事的样子。

她提醒了句：“我看了一下，你拍的照片把我拍了进去。”

林政一小小地“啊”了声，打开图片看了好一会儿才说：“我完全没发现这件事，第一次和姐姐出来玩儿，太开心了，发了朋友圈都没注意到。”

一句话解释了他破天荒发朋友圈和为什么粗心大意把时机拍进照片的原因。

因为喜悦忽略了细节，这很正常。

“对不起姐姐，我没想到会这样。”他像是犯了什么大错一样，表情局促不安。

时机看着他这样的神情，心里的一点点异样感觉散去了。

“没事，被发现了也好。”她反过来安慰林政一，也对自己今天怀疑他的心思感到好笑。

林政一这么乖巧听话，怎么可能会自导自演？时机觉得自己想太多了。对林政一的不信任感散去，她心里有些愧疚，主动亲了亲他的嘴角，说：“没事的，不怪你。”

林政一仍是一脸愧疚：“都是我的错，早知道就不发了。”

“真的没关系，我反而觉得松了一口气，不然看着时隽，总不知道怎么开口。这样挺好的。”时机捏了捏林政一的手，对他笑了笑。

“嗯。”林政一抱着她，下巴搁在她的肩膀上，眼皮低垂，遮掩着零星的笑意。

时机这个人在日常生活中是有些鸵鸟心态，大部分时候瞻前顾后、得过且过，非常佛系。现在被逼到了这个地步，她反而有了勇气。

所以很多事情她只需要一个契机、一点点外力，就会有意想不到的收获。

时隽一洗完澡出来，就看到了他俩抱在一起的画面。

姐姐谈恋爱了，暴击值100。

姐姐和自己兄弟谈恋爱了，现在还抱在一起，暴击值是100的N次方。

晚上睡觉，时隽和林政一一间房，美其名曰要盯住他。

“你不困吗？”林政一一翻过身，就看见时隽正睁大眼睛盯着他，“这么晚了，不睡觉盯着我做什么？”

“睡不着。”时隽就想盯着他。

这两人热恋期腻腻乎乎，时隽现在有一种老姐被人抢走的危机感。

林政一默默转回身去：“那你继续。”

到了后半夜，时隽终于忍不住困意睡着了。他早上早起，一路奔波，又经历了很多情绪波动，睡得跟猪一样，还打着鼾。

林政一白天补眠，本身就没什么睡意，而且睡眠比较浅，时隽的动静搞得他一下就醒了。

他翻来覆去没有睡意，捞起手机，试探性地给时机发了消息：“姐姐睡了吗？”

凌晨四点多，林政一没抱时机能回消息的希望，但意外的，手机在掌心震了一下：“睡不着。”

白天睡太多了，现在脑子很亢奋，完全失眠了。

林政一提议：“出去好吗？”

“好。”时机回复道。

时机把床头的小披肩搭上，打开房门，刚好林政一也从房间里出来。

现在这个点儿，外面天还是黑的，世界朦朦胧胧的，像是被罩了一层巨大的灰色薄纱。

时机和林政一牵着手漫步于海滩，天还未破晓，周围没有一个人，静悄悄的，只听见海浪拍岸的声音。

这样的环境让人心静，时机觉得心情很好。

来港都玩的短短两天，虽然有些意外，但是仍觉得是一次不错的体验。

脚下的沙子细腻，走着像是踩在棉花上，时机干脆脱了鞋踩上去，在海浪打湿的地方留下一个个脚印。

快入秋的月份，早晚温差变大，海水凉意十足，海浪拍打过来，漫过脚腕，让人清醒。

林政一拎着鞋子跟在她身后，看时机去踩水，伸手将她拉回来："太凉了，你别玩儿水。"

时机看见林政一好看的眉头轻蹙着，难得玩儿心大发，就着一个拍过来的海浪，纤足一踢，甩了林政一一身水。

"会凉吗？"她笑盈盈地看着他。

水花溅得很高，零星溅到林政一脸上，凉凉的，他抹了一把脸上的水珠。

"姐姐不知道吗？"他含笑看着时机，"姐姐被泼一下试试好不好？"

时机从林政一温和的口吻中听出了些许的危险，摇着头后退："我不要。"

"试试嘛。"林政一一点点逼近，时机加快速度远离。

"你别过来哦！"时机没有半点儿气势地说。

林政一笑得软软的："姐姐怕了吗？"

时机嘴硬："怕什么，我没怕过的！"

话音刚落，林政一突然加速向她跑过来，时机被他吓得拔腿就跑。

刚走几步就被人追上拦腰扛起来。

世界在眼前颠倒，时机瞪大了眼睛，她完全没想到有朝一日自己会像一袋大米一样被扛起来，错愕了两秒才反应过来。

"你要干吗？"时机拍打林政一的后背，"快放我下来！"

他有力的手臂横过臀下，温度透过薄薄的布料传到她身上。

时机烧红了脸："你快放我下来！"

林政一轻柔地把时机放到了干燥的沙滩上，将人困在自己的怀中。

他含笑望着她："姐姐不害怕，跑那么快做什么？"

"有人追我，我肯定要跑啊。"时机说。

林政一若有所思地点头:“这样很对,如果有人追姐姐的话,姐姐千万不要搭理人家,要跑快点儿,跑到我这里来。”

“说什么呢。”时枫假装听不懂,伸手去推林政一,对方纹丝不动。

“但是如果是我的话,姐姐不用跑,站在原地就好。”林政一说。

时枫抬了眼皮去看他,故意问:“为什么?”

“他们都是不怀好意的坏人,只有我,对姐姐是最好的,不会伤害姐姐,是带着最真诚最漂亮的花来的。”

时枫伸出手:“那现在花呢?”

“姐姐没看到吗?”林政一将自己的手放在她的掌心,漂亮的眼睛直直望进她的眼里,“在我眼里啊。”

那一刹那,大概是有一个小人儿在脑海里尖叫。

她又被撩了!

“你学坏了!你怎么会说这么肉麻的话!”时枫害羞得捂眼,“你以前不会的。”

林政一拿住时枫欲盖弥彰的手,按在沙滩上,直勾勾地看着她,声音低哑:“姐姐不喜欢吗?嗯?”

他的尾音轻颤,带着几分勾人的意味。

时枫小声说了一句:“喜欢。”下一刻她被人深吻。

在这一望无垠的海边,微风拂起时枫的秀发。

口中的香甜被人掠夺,时枫揪紧了“侵略者”的衣角。

时间好像过了很久,久到时枫快要喘不过气来,林政一才放过了她。

时枫脑子晕乎乎地倒在他怀里,耳畔是他温热的气息。

“去我家吧,姐姐。”林政一说。

“我想把你介绍给我的家人,也希望以后是你的家人。”

一字一顿,带着魔力。